DIE BAR

METROLIT

DIE AUTORIN

Ju Innerhofer arbeitet als freie Journalistin und Autorin in Berlin. Sie ist Doktorin der Humanmedizin und Absolventin der Axel Springer Akademie. Drei Jahre arbeitete sie im Berliner Nachtleben.

JU
INNERHOFER

DIE
BAR

EINE
ERZÄHLUNG

METRO
LIT

Dies ist kein Tatsachenbericht, sondern ein fiktionaler Text. Weder haben sich die Geschehnisse so in der Realität zugetragen, noch handelt es sich bei den Schauplätzen – insbesondere bei der Bar – um eine Beschreibung real existierender Orte. Ähnlichkeiten mit real existierenden Personen sind rein zufällig.

PROLOG

Es ist dunkel. Du entscheidest, was du siehst und was nicht. Die Musik bestimmt deine Gedanken. Sobald du anfängst zu tanzen, ist es wie mit Sex. Du fickst deinen Kopf frei.

Die einzigen Fragen sind: Wie lange bist du schon da, wie lange bleibst du noch?

Ich bin schon weg.

Links und rechts, vor und hinter mir bewegen sich die Menschen. Manche mit nacktem Oberkörper, manche in Jogginghose und weißem Unterhemd, manche in kurzen Kleidern.

Es ist heiß, und es gibt nichts, was aufhält, alles bewegt sich.

Es gibt keine Regeln, keinen Codex. Wenn du es reingeschafft hast, bist du in einem Vakuum. Anarchie. Freiheit. Eskapismus. Hedonismus.

Ich sehe Menschen mit Krawatten, an denen ich ziehe, weil ich das liebe und immer schon geliebt habe. Frauen mit durchsichtigen Kleidern, ich in Jeans und T-Shirt. Aber es ist egal. Kein Morgen.

Es gibt einen, der nicht mehr sprechen kann, weil er gerade zu viel Sperma geschluckt hat. Es gibt nur eine Regel.

Man spricht nicht darüber. Und diese Regel sollte man niemals brechen.

Ich tue es trotzdem, was sollte ich sonst von dieser Welt mitgenommen haben?

Danke an alle, die mit mir all die Jahre durchgeflogen sind,
und danke an alle, die mir bei der Landung geholfen haben.

SONNTAG, NUMMER 25

Ich stehe am Kotti, mein Herz pocht laut und wild gegen meine Brust. Ich will raus aus meiner Welt. Eintauchen in die andere, die mir jetzt monatelang verwehrt war. Genau das will ich, jetzt und sofort.

ICH WILL RAUS AUS MEINER WELT

Ich winke den Taxis entgegen. Es ist heiß, und ich schwitze, ohne mich richtig bewegt zu haben, geschweige denn, dass ich überhaupt gearbeitet hätte. Schweiß läuft meinen Nacken hinunter und mit ihm alle blöden Gedanken und Sorgen. Ich wünsche mir in meinen Schweiß all meinen Kummer rein, damit er an meinem Rücken verdampfen kann.

Ich bin auf dem Weg in die Bar, in mein persönliches Paralleluniversum, um dort als Kellnerin – oder besser gesagt: als Barfrau – meinen ersten Dienst in dieser Saison zu verrichten. Langsam macht sich auch die erste Vorfreude breit. Alle wiedersehen, das Neueste hören.

Mit dem eigenen Auto zur Bar zu fahren wäre sinnlos. Denn den Laden fahrtüchtig zu verlassen ist unmöglich. Mit der U-Bahn möchte ich auch nicht fahren, da ich heute noch genug Sprüche, Beschwerden oder auch Anmachen hören werde. Da muss ich nicht schon am Kottbusser Tor damit anfangen.

Eigentlich hatte ich gehofft, dass Victor, mein bester Freund und WG-Mitbewohner, mich hinbringt. Es war immer schon

Tradition in unserer Freundschaft, dass wir uns gegenseitig abholen oder woanders hinbringen. Das hat irgendwie etwas Familiäres. Fängt einen auf. Nur – er ist schon vor Ort. Zumindest war sein Bett leer, und da ich ihn kenne, kann das an einem sonnigen Sonntag nur bedeuten, dass er schon in der Bar ist. Wir haben also gleich zweimal das gleiche Zuhause, da telefoniert man nicht so oft.

Und genau jetzt hält endlich ein Taxi an. Schwungvoll werfe ich erst meine Tasche und dann mich selbst auf die Rückbank. »Einmal in die Bar, bitte.«

Es ist nicht nötig, in dieser Stadt die Adresse zu nennen. Dafür ist der Laden zu bekannt. Die Taxifahrerin ist aufgeregt: »Sie wollen in die Bar? Toll, dass die wieder offen hat. Ich habe gestern schon Gäste hingebracht. Alle freuen sich so. Wie ist es denn da drinnen? Gibt es 'ne Tanzfläche?« Alle kennen den Laden, die wenigsten kommen rein. Ich antworte ihr kurz angebunden, nehme mein Telefon und rufe meine Freundin Katherina an, in der Hoffnung, damit das Gespräch mit der Taxifahrerin abzuwürgen. Katherina erzählt mir zu meiner Überraschung, dass sie beschlossen hat, dieses Jahr nicht mehr in die Bar zu kommen: »Zeitverschwendung. Ich höre wieder auf mit dem Alkoholkonsum, dem Feiern und überhaupt mit jeglichem. Wünsch mir Glück, dass es klappt.«

ALLE KENNEN DEN LADEN, DIE WENIGSTEN KOMMEN REIN

Aha. Einen ähnlichen Vorsatz habe ich schon so oft gehört von Leuten, die in der Partywelt hängen geblieben sind. Mal sehen, wie sie das durchhält. Tage, Wochen oder ganz. Meist gibt es nur ganz oder gar nicht. Wie im Leben. Außer man will Mittelmaß. Langweile.

Jetzt durchströmt mich auch eine Unruhe, ein klein wenig Nervosität. Die sich sofort auflösen wird, sobald ich den ersten Schritt in den Club gesetzt habe. So ähnlich wie kurz vor einer Prüfung an der Uni, wenn mein Adrenalin-Spiegel gestiegen ist. Sobald ich aber die erste Frage gestellt bekommen hatte, war meine Konzentration so groß, dass ich die Umgebung nicht mehr wahrgenommen habe, wie in einem Tunnel. Nach der letzten Frage konnte ich dafür meine ausgeschütteten Endorphine umso mehr genießen.

MEIST GIBT ES NUR GANZ ODER GAR NICHT. WIE IM LEBEN

Genau so wird es mir ergehen, wenn ich ankomme. Ich lasse die Realität vor dem Bretterzaun, der das Gelände der Bar umgibt, nehme sie nicht mehr wahr und werde auch jegliche Schwere wegspülen – mit was auch immer.

Ganze acht Monate stand ich nicht mehr in dem Laden, in dem ich meine Zeit exzessiv verschwendet und genossen habe. Meinen Körper und Geist bis an die Grenzen gebracht habe. Manchmal auch darüber.

ICH LASSE DIE REALITÄT VOR DEM BRETTERZAUN

Es ist heiß und schwül. Trotzdem habe ich mir hautenge schwarze Lederimitat-Hosen angezogen, schließlich ist es als Barfrau unmöglich, eine Schicht ohne verschütteten Alkohol oder Spritzer von klebrigen Fruchtsäften zu überstehen. Und all diese Flüssigkeiten perlen an falschem Leder nun mal ab.

Als Oberteil ein schlichtes, weißes Feinripp-Männerunterhemd. In diesem Outfit lasse ich mein Wochentags-Ich zu Hause.

Dazu gehören auch genug Make-up und mein bestes Barfrauen-Accessoire: eine Diesel-Bauchtasche, schwarz, ausnahmsweise aus echtem Leder, genug Platz für rote Gauloises, Getränkebons für Freunde, Concealer gegen Augenringe und natürlich für mein Blackberry, denn es werden Gott und die Welt anrufen, um zu fragen: »Kannst du mich nicht reinholen? Die Schlange ist so lang.« Oder: »Der Türsteher ist ein Idiot, hat mich tatsächlich nicht reingelassen. Kannst du da nichts machen?«

Letztes Jahr war die Bar beim traditionellen Saison-Opening im Frühling so voll, dass ich von den Türstehern über die Menge gehoben werden musste, um arbeiten zu können. Stagediving à la Bar.

Ich erinnere mich genau an mein erstes Mal in der Bar, bevor es mein »Homestay-Place« wurde. Ich war gerade in Berlin angekommen. Lost. Ein DJ, den ich aus München kannte, hatte mir die Bar empfohlen.

Natürlich hatte ich in Wirklichkeit gehofft, dass er mir Berlin zeigen würde. Gehostet werden, eingeführt werden, bekannt gemacht werden, und das vor allem von jemandem, den jeder kennt. Aber die Stadt hat sich dann ganz einfach von selbst gezeigt.

Mit dem Hinweis, dass es nicht einfach sei, sich Eintritt zu verschaffen, ging ich damals los. Ich wurde nicht aufgehalten an der Tür. Nicht an diesem Abend und auch an keinem darauffolgenden Abend, Morgen und zu welcher Tageszeit auch immer. Vielleicht wäre es besser gewesen, jemand hätte mich damals aufgehalten.

ICH WURDE NICHT AUFGEHALTEN

Obwohl man ja eigentlich auch niemanden aufhalten kann, der auf der Suche ist. Es wäre dann eine andere Bar geworden, ein anderes Paralleluniversum. Es gibt ja genug davon in dieser Stadt.

Also wurde die Bar mein Lieblingsort. Zuerst nur sonntagabends. Meist saß ich alleine an der Theke und konnte nicht genug sehen, genug kriegen und genug staunen. Aufsaugen und aufgesaugt werden. Ein Feuerwerk an Eindrücken, das mir in dieser Art noch nie begegnet war und auch nie wieder begegnet ist.

AUFSAUGEN UND AUFGESAUGT WERDEN

Kurz darauf bin ich zu Victor in die WG gezogen und habe auch Jan kennengelernt. Anfangs war er nur ein Freund der Wohngemeinschaft. Mittlerweile der Dritte im Bunde, neben Victor und mir, wenn es um unvergessliche Sonntage geht.

Zwischen all den Leuten, die hier tanzen, als ob es kein Morgen gäbe, fliege auch ich jeden Sonntag durch die Bar. Bunt, laut, intensiv, jeder redet mit jedem. Alles ein Fluss, eine Bewegung. Ein Strom, der dich mitreißt, weil alles so leicht erscheint. Eine Flut von Bildern, die durch meinen Kopf blitzen oder auch Geschichten auslösen oder in meinem Kopf nachhallen. Die ich dann manchmal mit nach Hause nehme oder einfach dort zurücklasse.

Die Musik trägt dich durch die Zeit, die Gespräche vermischen sich, Wörter kann man nur mehr einzeln hören und fügen sich dann doch manchmal wieder zu Sätzen. Man kann einfach da sein. Muss nichts erklären, nichts suchen. Alles kommt und geht. Ein bisschen Heraklit – »panta rhei«.

Niemand interessiert sich wirklich für deinen Job da draußen. Die Frage danach wird dir höchstens aus Höflichkeit gestellt. Alter, Geld, Position – alles mehr oder minder egal. Es geht hier um den Hedonismus.

Ich fand mich auf jeden Fall Woche für Woche aufs Neue in einer nächtlichen Subkultur wieder, die mich magisch anzog. Jedes Wochenende wieder. Und irgendwie ging es wohl den Jungs nicht anders.

Berlin ist eine unfertige Stadt. Sie kann einen aber fertigmachen. Und trotzdem ist Berlin wohl einer der größten Sehnsuchtsorte für Kreative, Suchende und Abenteuerhungrige. Das Unfertige inspiriert und das Fertigsein nimmt man dann in Kauf. Oder sieht es als Herausforderung. Oder als Tribut.

BERLIN IST EINE UNFERTIGE STADT. SIE KANN EINEN ABER FERTIG MACHEN

So sind Neuberliner begeisterter von der Stadt als jene, die hier schon länger leben. Aus gutem Grund: Der Anfang in dieser Stadt scheint einem schier unendlich viele Möglichkeiten zu bieten. Damit war ich nicht allein. In Scharen strömen Feiernde aus der ganzen Welt nach Berlin, um dort abzutauchen in eine Welt des Hedonismus, die kaum woanders in dieser Form geboten wird. Kein Wunder, dass auch ich darin hängen geblieben bin – zumindest für eine ganze Weile. Ganz lang. Eine kleine Ewigkeit.

Ich weiß nicht, ob Ewigkeiten enden. Aber dieser Ort ist dazu verdammt. Es wird der letzte Sommer. Das Ende der schier unendlichen Möglichkeiten. Der letzte Sommer, in dem ich jeden Sonntag weiß, was ich machen werde, wo ich stecken werde und mehr oder weniger auch, wen ich treffen werde.

Angekommen. Und die Taxifahrerin noch einmal abgewürgt. Diesmal ist die Tür der Bar überschaubar. Der Eingang ist nicht größer als eine ganz normale Wohnungstür, sie wird von zwei oder drei Türstehern und einem Selektor bewacht, der darüber entscheidet, wer reindarf und wer nicht.

Und es ist nun mal gar nicht einfach reinzukommen. Das Spiel mit der Exklusivität. Es ist in dieser Stadt auch gang und gäbe, dass der Club leer ist und man doch eine riesige Schlange vor dem Eingang warten lässt. Erhöht die Begehrlichkeit, den Wunsch, dabei zu sein, reinzukommen. Einfach und effektiv. Die Anziehungskraft von etwas Geheimem, Verwunschenem, Verbotenem lässt jede Woche eine Schlange von unterschiedlichsten Menschen vor der Tür stehen.

DIE ANZIEHUNGSKRAFT VON ETWAS GEHEIMEM, VERWUNSCHENEM, VERBOTENEM

Außerdem will man diesen Ort, der so märchenhaft ist, nicht mit allen teilen. Und es gibt auch keine Logik, wer dazugehören darf und wer nicht. Wer reindarf, wer nicht. Wer einen Job in dem angesagten Club kriegt und wer nicht. Big Game.

Im Endeffekt sind alle Schichten, alle Altersklassen verbunden an einem Ort, an dem man Musik hört, an dem die Dekoration einen nicht vermuten lässt, wo auf der Welt man sich befindet, und an dem man das Gefühl hat, frei zu sein. Und dabei befriedigt man eines unserer größten Bedürfnisse, auch wenn wir es nicht gerne zugeben: dazugehören, gesehen werden, begehrt werden.

DAZUGEHÖREN, GESEHEN WERDEN, BEGEHRT WERDEN

Die Tagespolitik bleibt hier ebenso draußen wie echte Probleme oder ein eventuell drohender Weltuntergang. An der Tür verabschiedet man sich auch vom Zeitgefühl. Zwar gibt es an einem fiktiven Check-in-Schalter, wie am Flughafen, einen Schedule mit dem Flugplan, auf dem in Wirklichkeit steht, welcher DJ wann auflegt. Aber außer den DJs hält sich hier fast niemand an irgendwelche Uhrzeiten.

DIE BAR IST AUCH EIN MÄRCHENREICH

Die Tür der Bar, vor der ich gerade stehe, wirkt wie das Erdloch in »Alice im Wunderland«, durch das Alice sich zwängen musste, um ins Märchenreich zu gelangen. Die Bar ist auch ein Märchenreich. Ein Treffpunkt für Hedonisten aus aller Welt. Hinter dem Holzzaun, der auch eine Baustelle umranden könnte, erstreckt sich auf einer Fläche von dreitausend Quadratmetern ein Spielplatz für Erwachsene.

Heute sitzt einer der Türsteher davor, total durch, fertig, müde, in einem alten Wohnzimmersessel. Eine Plüschblume in der Hand, die bei Knopfdruck »Happy Birthday« summt. Letzte Woche war sein Geburtstag, und das ist davon übrig. Am Rand der vierspurigen Straße sitzt also: ein übermüdeter junger Mann mit Glitzer im Gesicht und Plüschblume in der Hand. Ein Bild für die Götter, gegen jede Bürgerlichkeit, gegen alles, was man so sein kann.

»Und wie ist es drinnen?«, frage ich.

»Schön, sobald du kommst«, lautet die Antwort.

Den Satz will man hören. Grins. Das zaubert ein Lächeln auf mein Gesicht. Das auch noch acht Stunden halten soll. Rein theoretisch.

Jetzt noch schnell zur Kassenfrau oder einfach an ihr vorbeihuschen (fast unmöglich): »Süße, ich hab's eilig, weil Schicht. Es kommen noch ein paar Freunde von mir. Kannst du die durchlassen?«, bitte ich sie.

Sie stellt sich dumm: »Ich kenne deinen Freund doch,

Georg, der kommt immer rein.« Ich ahne, dass Georg das Thema meines Tages wird.

Als die Bar im letzten Jahr geschlossen hat, waren wir gerade zusammen. Inzwischen nicht mehr. Es weiß jeder hier. Jeder hat schon darüber geredet. Außer mir. Aber die Bar verbindet uns weiter, ungewollt. Er hat mich auch irgendwie in diese Parallelwelt eingeführt. Mir meinen ersten Job hinter der Theke hier besorgt.

Und diese Welt lässt uns beide nicht los. Oder wir lassen sie nicht los. Oder wir uns nicht, denn loslassen ist nicht einfach. Obwohl wir wissen, dass alles zurückkommt, wenn wir es gehen lassen, fällt uns das ungemein schwer. Und wir wissen auch: Wenn es nicht zurückkommt, dann deshalb, weil wir Platz für Neues schaffen müssen. Alles, was zu dir gehört, bleibt. Alles andere muss gehen. Aber bitte zum richtigen Zeitpunkt.

LOSLASSEN IST NICHT EINFACH

Die Kassenfrau jedenfalls bleibt bei dem Thema, nachdem ich sie einsilbig aufgeklärt habe, dass diese Beziehung vorbei ist. Dass man es auch noch sagen muss, in Wörter und Sätze packen, obwohl es eh jeder weiß. Bäh. Erwachsensein.

»Echt? Wie hat er das überlebt?«, hakt sie unverfroren nach.

Kompliment oder nicht? Ich zucke mit den Schultern. Immer gelassen bleiben. »Die Zeit heilt alle Wunden«, antworte ich. Schlecht wird mir, bei so einem Satz. Aber ihre Antwort ist feiermäßig auch ganz weit vorne: »Wir müssen darüber unbedingt in Ruhe reden.« Klar. Bis dann.

Ich gehe an der Reihe von Metallspinden vorbei. In denen man so wie in vielen anderen Clubs die Taschen aufbewahren kann oder in denen wahlweise erfahrene Raver die wichtigsten Feierutensilien für die anstehenden drei Tage im Wachzustand (Deodorant, Zahnbürsten und ein frisches T-Shirt) unterbringen. Wie in einem Schwimmbad. Nur ist hier die Gefahr unterzugehen größer. Lifeguards sind selten.

Mit wehendem Haar, roten Lippen und meiner Tom-Ford-Brille schwebe ich durch die Menge. Noch nicht die Brille abnehmen – soll ja niemand sehen, dass ich stocknüchtern bin.

Ich denke an meine letzte Schicht in dem Laden, kurz bevor der Laden im Winter, wie sie viele Orte, die nur dann offen haben, wenn es warm genug ist, saisonbedingt geschlossen wurde. Mitten im Liebeskummer. Sophie, meine Kollegin an der Backstage-Bar, meinte damals zwei Minuten nach Schichtbeginn: »Mia. Kannste dir mal einen Stimmungsaufheller checken. Du machst die ganze Stimmung hier kaputt. Ernste Miene kommt nicht an, in keinem Club der Welt.«

Yep. Ich weiß. Zum Problemewälzen kommt man nicht hierher.

ZUM PROBLEME-WÄLZEN KOMMT MAN NICHT HIERHER

Kaum habe ich den Eingang hinter mir gelassen, hält mich schon der erste Bekannte-Unbekannte auf: »Wow, du siehst immer anders aus. Und immer gut.«

»Thanks, ist auch nicht schwer, unter den durchgerockten und übermüdeten Gästen zu strahlen, wenn man zwei Tage geschlafen und gelesen hat.«

Eine kleine Runde am Ufer des Sees. Es gibt alles, was man sich wünschen kann: ein Zirkuszelt mit Freiluftkino, einfache Holzhütten, in denen man übernachten kann, eine riesige Rutsche, eine Manege mit aufgefülltem Sand und ein übliches Clubaccessoire: einen Fotoautomaten, von dem wohl fast jeder Gast zwei oder drei Bildstreifen zu Hause liegen hat. Man fühlt sich so wohl hier, dass man die Momente, die Nächte, unbedingt festhalten will.

Die Bar grenzt direkt an einen See. Ich setzte mich ans Ufer. Neben mir steht die Currywurstbude und hinter mir ein Karussell, das sich ununterbrochen dreht. Man möchte meinen, dass man im Wiener Prater ist. Nur das Riesenrad fehlt. Von dem Essenstand weht ein angenehmer Duft nach Berliner Küche zum Ufer. Dort gibt es große Podeste aus Holz, die stufenförmig Richtung Wasser führen. Der Bereich lädt zum Hinsetzen oder Hinlegen ein. Der Blick auf das Wasser lässt mich immer wieder oder schon wieder an Heraklits »panta rhei« denken. Alles bewegt sich ständig, nichts bleibt gleich. Das fühlt sich beruhigend und beunruhigend zugleich an. Trotzdem oder genau deshalb liebe ich es, dort manchmal einfach die Wellen zu beobachten und alle quälenden Gedanken an »Wie geht es weiter?«, »Was mach ich mit dieser oder jener Entscheidung« verdrängen.

Daneben, auch direkt am Ufer an einer der Weiden, hängen zwei Schaukeln, groß genug für drei. Wenn ich dort schaukele, dreht sich die Welt, auch wenn ich nicht betrunken bin. Zumindest nicht vom Alkohol. Man fühlt sich »ivre de vie«, trunken vom Leben.

MAN FÜHLT SICH »IVRE DE VIE«, TRUNKEN VOM LEBEN

Ankommen. Einatmen. Kippe anzünden. Sich einen Überblick verschaffen, bevor man nichts mehr überblickt. Ist der Laden voll? Wer ist da? Wer nicht? Wer spielt? Aus dem Augenwinkel versuche ich, das bisherige Geschehen einzuschätzen. Ich nehme noch einen tiefen Zug von meiner Zigarette. Die Wellen plätschern ruhig und regelmäßig. Fast beschaulich ist es hier vorne am Ufer. Wenn man davon absieht, dass doch einige schon rumliegen, schlafen, nicht mehr ansprechbar sind.

Direkt neben mir räkelt sich Jan, mein lieber Freund. Komischerweise schämt er sich, eingepennt zu sein. Entschuldigt sich dreimal. »Ist schon gut«, sage ich. Komm erst mal zu dir. Leute, die durch sind, sollte man niemals stressen.

Ich stehe auf und ziehe ziellos weiter. Ich habe keine Lust auf das Gebrabbel. Jetzt noch nicht. Ich bin zu klar im Kopf.

Zehn Minuten später treffe ich Jan wieder. Keine zehn Meter weiter an dem Container. Ein Überseecontainer wie auf großen Frachtschiffen, der zu einer Bar umgewandelt wurde. Eine Längswand wurde komplett entfernt und eine Theke reingebaut. Am Hamburger Hafen tragen die Container viele unterschiedlichen Farben. Hier hat man versucht alle Farben auf einem Container zu platzieren. In Form von Blümchen. Ein bisschen Woodstock-Flair in Berlin.

Jan lädt mich zu einem Kurzen ein, wahlweise Wodka oder Jägermeister. Viele nehmen Letzteren, da sich das Gerücht, er sei gut für den Magen, seit Jahren wacker in der Party-Szene hält. Bullshit. Der Magen ist das Organ, das als erstes unter den Langzeitfolgen des Feierns leidet. Dauernd wird er übersäuert durch Alkohol und Drogen.

Ich halte mich zurück. Kein Alkohol vor Arbeitsbeginn. Jan lallt in meinem Armen vor sich hin: »Ich liebe die Berge, wann fahren wir endlich mal zusammen dort hin?«, fragt er mich mit seinem »Ich weiß, dass du mich magst«-Blick.

»Bald.«

Was soll ich sonst sagen?

»Duuu, Mia.« Ja, Jaaaan. »Wusstest du eigentlich, dass meine Freundin dich hasst.« Echt? Auch gut.

Es ist mir ein Rätsel – und es wird mir auch immer eines bleiben –, mit welchen Informationen einen die Menschen im berauschten Zustand beglücken. Jan sieht gut aus: blonde Haare, helle Augen, enge Jeans und verwaschenes T-Shirt. Er ist einer von diesen Männern, die irgendwie ein bisschen zu hübsch sind oder zu weiche Züge haben. Einen metrosexuellen Touch. Auf jeden Fall fällt er unter die Kategorie »Jungs«. Wahrscheinlich bin ich nicht die einzige Frau, die seine Freundin nicht besonders mag. Und ungünstigerweise mag ich ihn sehr, sehr. Er ist ein Herzstück.

Jan erinnert mich an Sebastian, einen Freund aus meiner Studienzeit. Beide sind DJs. Nur hat Jan auch ein abgeschlossenes Architekturstudium. Aber ein Architektenbüro von innen gesehen hat er noch nie, soweit ich weiß. Er gehört zu jener Generation, die die digitale Zeitenwende ganz knapp verpasst hat. Er kann gut zeichnen, doch von ArchiCAD und InDesign hat er keinen Schimmer. Dafür von der Bühne. Seine Musik ist gut. Die Vermarktung seiner Musik aber eher miserabel. Ich habe das Gefühl, dass ihm das egal ist. Er lebt für den kurzen Ruhm, wenn die hübschesten Mädchen in der ersten Reihe zu seinen Liedern tanzen. Wenn ihm die Menge zujubelt, wenn er für die Dauer eines Sets die Sonne im System ist.

FÜR DIE DAUER EINES SETS DIE SONNE IM SYSTEM

Jetzt kommt auch schon Jans besagte Freundin um die Ecke. Ein Ex-Model. Hübsch, aber zerfeiert. Dünn, knochig und überschminkt. Wahnsinn, wie groß der Mund dieser Frau ist. Ich mag Frauen mit großen Mündern, mochte ich schon immer. Wahrscheinlich, weil man immer das mag, was man selber nicht vorweisen kann. Die Bewegungen zu hektisch, die Stimme zu laut. Viel zu laut. »Warum bezahlst du ihr einen Kurzen? Warum musst du jeder Bitch, die hier rumläuft, nen Drink bezahlen?«, brüllt sie Jan ins Ohr – und damit, da ich ja neben ihm stehe, eigentlich direkt mir ins Gesicht.

Ich kann mich hier nicht um alles kümmern, und um so was schon gar nicht. Also ziehe ich weiter. Jan wird sie eher früher als später nach Hause schicken, und dann sehe ich ihn sowieso an meiner Bar wieder. Sie wird nichts davon erfahren. Es gilt das Gesetz des Jardin Secret.

Ich begegne meinem Mitbewohner Victor. Wie vermutet.

»Na, lange nicht mehr gesehen zu Hause«, sagt er und drückt mich ganz fest.

»Hier sind wir ja auch zu Hause«, antworte ich ihm und drücke noch fester.

I love him. Der Beste von allen. Seit drei Jahren wohne ich mit ihm zusammen. Er hat all die Qualitäten, die man sich von einem besten Freund wünscht: großartig im Zuhören, ruhig, verlässlich und die Diplomatie in Person. Und vor allem liebe ich es, mit ihm auszugehen. Es fühlt sich so an, als seien wir eineiige Zwillinge. Auch wenn wir uns stundenlang nicht sehen, wissen wir immer, wo der andere steckt. Und die Male, die mich Victor in ein Taxi getragen, nach Hause und in mein Bett gebracht hat, kann man nicht mehr an beiden Händen abzählen.

Die Partywelt ist sein Leben. Er ist ja auch Booker und verbucht die besten DJs an die besten Clubs. Die Künstlerbetreuung übernimmt er dann meist auch mit. Ein schöner Euphemismus fürs Dauerfeiern. Er ist seit zwei Tagen wach und der Gossip beginnt: »Ich hab drei Frauen geküsst.« Gratuliere. Grins. Er fährt fort:

»Eine davon erzählt so einige Gerüchte über dich. Sie sagt, dass alle sagen, du bist die Bitch, die Georg verlassen hat. Sein Herz gebrochen.«

Das reicht mir an Infos für die ersten zwanzig Minuten. Bis später, Victor.

Und hiermit muss auch ich feststellen, dass selbst Victor ab einem gewissen Level des Konsums oder des Wachseins etwas von seinen diplomatischen Fähigkeiten verliert.

Es ist immer das Gleiche, wenn die Leute schon so viel länger gefeiert haben und du noch nüchtern bist, erscheinen dir selbst deine besten Freunde ab und an wie von einem anderen Planeten. Das ist jetzt nicht schlimm. Ich weiß, dass ich ihnen in wenigen Stunden wieder über den Weg laufen werde. Spätestens, wenn meine Schicht beginnt, erwarte ich die beiden zu einem Einstandsdrink.

Max, einer der Abendleiter ruft an. Verdächtig. Es ist kurz nach halb vier und Schichtbeginn ist erst in einer halben Stunde. Normalerweise werden die Arbeitszeiten in diesem Laden nicht so genau genommen. Irgendwer ist immer zu durch, um weiterzuarbeiten, um überhaupt mit der Arbeit anzufangen.

»Backstage-Bar bleibt zu. Zu wenig los«, sagt Max.

»Alles klar. Dann bis nächsten Sonntag um die gleiche Zeit.«

Und irgendwie fühlt sich das auch gerade richtig an. Ich husche noch mal nach vorne zum Ufer. Victor und Jan räkeln sich jetzt nebeneinander in der Sonne. Ein tolles Bild. Ich lege mich kurz dazu.

»Ganz schön blau«, sage ich.

»Der Himmel oder wir?«, fragt Victor.

»Beides.«

Wir lachen.

Ab und an stolpert jemand an uns vorbei oder über uns. Irgendwie habe ich wohl den richtigen Zeitpunkt verpasst, alle sind schon gut angefüllt. Wenn ich die Augen schließe, sehe ich rot, weil die Sonne mittlerweile so stark scheint. Ich fühle mich eher so, als ob ich an am Meer liegen würde. Jan erzählt von seinem letzten Gig, irgendwo in der Schweiz, und Victor von seinem letzten Booking Coup. Die Wörter purzeln an mir vorbei. Ich bin nicht wirklich in Feierlaune und stehe auf.

»Jungs, diesen Sonntag müsst ihr ohne mich bestreiten.«

Obwohl – wenn ich mir die beiden so anschaue, bestreiten die auch nicht mehr viel und das nicht mehr sehr lange. Andererseits weiß ich genau, dass man das Durchhaltevermögen dieser beiden niemals unterschätzen sollte. Unter leisen Protesten verabschiede ich mich.

DER SOMMER HAT GERADE ERST BEGONNEN

Also wieder nach Hause, ohne gearbeitet zu haben, ohne meinen Ex-Freund gesehen zu haben. Vielleicht ist es nicht verkehrt, die letzte Saison mit einer kleinen Dosis Bar zu beginnen. Und ohne der Vergangenheit begegnet zu sein. Der Sommer hat gerade erst begonnen.

SONNTAG, NUMMER 24

An diesem zweiten Sonntag wache ich gegen Mittag auf. Mein Telefon zeigt zehn Anrufe in Abwesenheit an. Alle wurden gegen vier Uhr morgens getätigt. Dass der Dienst heute erst zwei Stunden später als üblich beginnt, habe ich doch schon am Freitag erfahren. Weshalb kriege ich mitten in der Nacht so viele Anrufe vom Abendleiter? Vielleicht habe ich was falsch verstanden, und mein Dienst hat schon um ein Uhr nachts begonnen. Dann habe ich ein Problem bzw. die Bar hatte ein Problem, weil eine Arbeitskraft gefehlt hat oder … keine Ahnung.

Ich schleppe mich in die Küche. Victor sitzt schon am Tisch mit F. A. S. und frischen Brötchen. Daneben ein Stapel mit fünf Büchern. Eines davon liest er gerade oder auch alle gleichzeitig. Leider überschneidet sich unser Geschmack bei Büchern kaum. Victor bevorzugt amerikanische Literatur, ich deutschsprachige.

»Guten Morgen, Schatz, möchtest du auch Rühreier?«, werde ich begrüßt.

Hmmm. Ich bin beim Essen schwierig, und Victors Kochkünste beschränken sich auf Tiefkühlpizza und viel zu lange gebratene Rühreier.

»Nee, ich mach mal Kaffe«, antworte ich. Wie ein biederes Ehepaar morgens in der Küche sitzen wir uns wunderbar schweigend gegenüber.

»Ich komme nachher mit. Jan schaut eventuell auch noch bei uns vorbei, und wir könnten gemeinsam los«, verkündet er.

»Klingt gut.« In diesem Moment fallen mir auch wieder die Anrufe in Abwesenheit ein.

Mit einer Tasse Kaffee in der Hand, müde und träge, rufe ich die Bar zurück. »Nö, alles bestens. Wir wollten nur wissen, ob du kommst«, erklärt mir José, der heute wohl Schichtleiter ist. Es gibt nur ein Handy für die Abendleiter, das hat dann, selbsterklärend, derjenige, der gerade arbeitet.

Klar komme ich. Genau deshalb habe ich vorher geschlafen. Birgt doch eine gewisse Logik. Warum verlernen Menschen, die Nächte zu respektieren? Vielleicht, weil in Berlin die Nacht zum Tag wird. Oder weil es keinen Unterschied zwischen Tag und Nacht gibt. Warum auch, die Party dauert so lange, wie sie dauert.

DIE PARTY DAUERT SO LANGE, WIE SIE DAUERT

Vielleicht liegt es auch an der Eigenheit der Bar, dass einige Mitarbeiter direkt in der Nähe wohnen, sozusagen im Hinterhof des Clubs. Deshalb hört man dort noch die Geräusche der Partys und ist auch dann nicht wirklich weg vom Geschehen, wenn man den Ort verlassen hat. Deshalb zieht es diese Leute nach ein paar Stunden Schlaf oft wieder zurück. Wo man doch eh nicht wirklich weg ist. Und dann arbeiten oder feiern sie weiter.

Die Menschen, die mir am nächsten stehen, Jan und Victor, gehören nicht dazu. Die Freundschaft mit denjenigen, die sich auch außerhalb des Bretterzauns bewegen, ist auf eine Art anders. Vielleicht, weil man den Weltensprung intensiver erfährt.

Mein zweiter Dienst an der Backstage-Bar ist für Sonntag um sechzehn Uhr angesetzt. Das heißt, dass uns alle Zeit der Welt bleibt, um uns fertig zu machen, bevor wir uns richtig fertigmachen.

Während ich dusche, klingelt Jan, und als ich mit noch nassen Haaren und in Unterwäsche in die Küche komme, ist das Frühstück schon abgeräumt und der Spaß vor der Party schon aufgetischt. Während Jan behutsam kleine weiße Linien auf einem Spiegel portioniert, folgt ihm Victors Blick magisch.

»Es gehört nicht zu unserem Lebensstil, daran zu denken, dass wir auch mal alt, hässlich, krank und gebrechlich werden könnten«, sinniert er dabei vor sich hin.

»Wie wäre es denn einfach gleich damit, dass wir negieren, überhaupt mal sterben zu müssen?«

Ich komme um diese Frage nicht herum. Weil ich es genauso empfinde. Während man in anderen Ländern den Tod als gegeben ansieht, ist es für uns fast schon eine Provokation, dass das Leben endlich ist. Wenige von den Patienten, die ich während meines Studiums im Krankenhaus sterben gesehen habe, hatten sich vorbereitet oder das Schicksal angenommen. Verdrängung war schon damals großgeschrieben. Denn als Medizinstudentin habe ich mich angesichts Todkranker ohnmächtig und alleine gefühlt.

Jan und Victor wissen beide, dass ich bei diesem Thema überproportional emotional werde. Dass ich eigentlich nicht gerne über meine Zeit vor Berlin rede.

Victor schlichtet: »Wir wissen, dass unsere Generation gerne den Tod verleugnet und das Altern abschaffen würde.«

»Uff. Wir haben dieses Thema doch schon totdiskutiert. Und außerdem habt ihr gerade schon was genommen, und außerdem nehme ich nichts, bevor ich arbeite, und außerdem …«

Ich lasse die beiden in der Küche sitzen, gehe in mein Zimmer. Anziehen, schminken. Zurück. Ich schmiere mir noch ein Brötchen und dringe langsam auf den Aufbruch. Victor und Jan haben sich in ihrer Diskussion festgefahren und sehen mal gar nicht nach Aufbrechen aus. Also beschließe ich, doch alleine loszuziehen.

Ich komme wie immer, na ja, fast immer, frisch und ausgeschlafen von zu Hause. Aber mein Dienst wird wie so oft nach hinten verschoben. Beginn ist um achtzehn Uhr. Aber das gehört dazu, zum chaotischen Planungssystem in Berliner Nachtclubs, ich habe es auch noch in keinem Laden anders erlebt. Überhaupt ist Zeit hier etwas anderes als draußen.

Es sind nicht nur Stunden, die einem irgendwie abhandenkommen. Oft auch Tage. Ein Ex-Freund bat mich oft, ihn doch sonntags abzuholen. Alleine schaffte er es nicht raus. Wenn ich sonntags kam, bat er mich, ihn montags abzuholen. Und als ich montags dastand, meinte er: »Was willst du heute schon hier?«

Es gibt nur wenige DJs, die es hinbekommen, ihr Set zu spielen und dann den Club zu verlassen. Die meisten bleiben und feiern. Das Nachtleben wird ihr eigentlicher Beruf. Die Ausrede, warum man länger bleibt, ist immer die gleiche, dass man ja Kontakte knüpfen muss und sich quasi über die nächste After-Hour den nächsten Gig beschafft. Ich habe das viel zu lange geglaubt. Aber im Endeffekt akquiriert man keine Jobs beim Ausgehen.

Außerdem – und das lernt man ziemlich schnell – weiß am nächsten Tag sowieso fast niemand mehr die Details aus der vorangegangenen Nacht. Das beste Beispiel dafür ist meine Freundin Katherina, die ich ja voraussichtlich diese Saison in der Bar schmerzlich vermissen werde. Egal. Auf jeden Fall kann ich mich noch gut erinnern, dass sie an einem Sonntagnachmittag, als der Laden gedroschen voll war, stundenlang auf der Theke der großen Bar im vorderen, für alle zugänglichen Bereich, getanzt hat. Die Hauptbar neben der großen Tanzfläche hat eine Stange von der Theke bis zur Decke. Und genau da hat sie in einem quietschgelben, gummientenbadewannengelben Kleid getanzt. Poledance vom Feinsten.

POLEDANCE VOM FEINSTEN

Nachdem sie dann doch einige Male fast ausgerutscht und runtergefallen war, konnte ich sie überreden, die Bühne zu verlassen. Zum Bedauern der vielen Bewunderer rundherum. Ich brachte sie nach hinten, um eine Runde zu chillen. Und alle, wirklich alle, die nach und nach von vorne nach hinten kamen, um ebenfalls eine Pause einzulegen, meinten: »Ha, bist du nicht die, die gerade noch die Theke gerockt hat?«

»Nein. Katherina würde das nie machen.«

Kurzes Nachdenken bei allen, vielleicht sogar ein Abwägen, wie abwegig das wäre … und ZACK: Einer nach dem anderen aus der Runde entschuldigte sich für die vermeintliche Verwechslung.

Und was haben wir daraus gelernt? Niemand erinnert sich oder ist sich in seinem Rausch sicher, ob das, was er so zu sehen gedacht hat, auch wirklich so passiert ist. Sprich: »Do whatever you want.« Man kann es den Leuten auch wieder ausreden. Sehr praktisch ist das. Und daran denke ich auch immer, wenn mir Victor wieder mal grinsend erzählt: »Sei froh, dass du nicht mehr alles weißt, was du bei der Party so aufgeführt hast … Du würdest sonst nie wieder weggehen.«

Danke schön. Recht hat er wahrscheinlich trotzdem.

Katherina werde ich nun weniger sehen, aber die Chancen, meinem Ex-Freund nicht mehr zu begegnen, stehen nicht so gut. Schließlich geben wir beide unser Territorium nicht auf. Also sind wir beide gezwungen, uns über den Weg zu laufen.

Etwas über den anderen zu hören. Es ist ein anstrengendes Spiel. Andere stalken sich heute online über Facebook oder früher über Myspace. Wir machen es analog. Die Bar ist eine der letzten analogen Plattformen geblieben. Hier trifft man sich einfach. Keine fünf Anrufe, um jemanden zu sehen, denn irgendwann entdeckt man sich sowieso in der Menge. Genau dafür liebt man aber auch die Bar.

ANDERE STALKEN SICH HEUTE ONLINE ÜBER FACEBOOK ODER MYSPACE

Es ist, als lebten wir in einem Dorf, nicht in einer Großstadt. Das hat auch seine Vorteile. Ich treffe meinen Mitbewohner, wenn schon nicht zu Hause, dann hier. Und Jan auch. Und dann ist die Bar schon wieder wie zu Hause. Eine komische Mischung aus »sich aufgehoben fühlen« und trotzdem Abenteuer. Manchmal mittendrin und manchmal außen vor. Oder wie ich, hinter der Bar, viel zuhören und beobachten. Wie wir alle beobachten.

Jetzt bin ich hier, im letzten Jahr oder besser der letzten Saison dieser Welt. Denn danach wird sie für immer geschlossen sein. Schon komisch, dass Welten Saisons haben können.

SCHON KOMISCH, DASS WELTEN SAISONS HABEN KÖNNEN

Dieser letzte Sommer ist gar kein richtiger Sommer. Wie so oft in dieser Stadt. Das Wetter ist launisch. Entweder zu schlecht oder zu gut, wie letzten Sonntag. Dann fahren manche doch lieber zum See, raus aus der Stadt, in die Natur. Und wenn es regnet, ist die Bar nicht der richtige Ort.

Das Wetter ist übrigens auch eines der wenigen Phänomene, das die Realität draußen und den Wahnsinn in der Bar gleichermaßen betrifft.

Es ist nicht viel los. Das letzte Wochenende blieb hinter den Erwartungen zurück, und die sind ziemlich groß. Immerhin ist es die letzte Saison der Bar. Alle versuchen, jede Party noch besser zu machen, jede Veranstaltung beim nächsten Mal noch zu toppen oder auch einfach nur noch mal richtig Geld zu verdienen.

Gegen acht Uhr morgens, manchmal auch erst mittags, stolpern die Leute aus der Panorama Bar, aus dem Watergate oder dem Arenaclub, Die Bar ist und bleibt oft die letzte Station. Ein Auffangbecken für diejenigen, die auf keinen Fall nach Hause wollen, wo sie meist nur Einsamkeit erwartet. Noch zu druff, um zu schlafen. Scheint die Sonne, macht die Bar alles ein bisschen ruhiger, runder. Es ist der ideale Ort, um von seinem Rausch runterzukommen oder um ihn etwas aufzufrischen. Und das alles im Freien, neben dem Wasser, in einer kunterbunten Welt, die jeden Erwachsenen noch mal Kind sein lässt und ihn verzaubert. Die meisten Gäste hier sind verkleidet oder zumindest auffallend geschmückt. Sie tragen Matrosenuniformen oder Zirkuskostüme. Auf jeden Fall etwas, in dem sie in der Welt draußen nicht rumlaufen würden.

Man kann hier absurde Träume leben. Genau das zieht an. Auch mich. Als ich mit fertigem Studium in die Stadt kam und eigentlich alles, was die Zukunft bringen sollte, schon fast in Stein gemeißelt war, war es befreiend, die Bar zu entdecken. Draußen war es klar, dass man nach dem Studium anfängt zu arbeiten.

Hier ist nicht viel fix. Und trotz meines abgeschlossenen Studiums sehnte ich mich kein bisschen nach einem festen Job. Wenig ambitioniert, erwachsen zu werden. Ich wollte mir eine Decke über den Kopf ziehen, und das konnte ich nirgendwo besser als in der Bar. Ich hatte entschieden, mich zu verstecken vor der Welt, vor der Realität. Nicht unter einer Bettdecke, sondern im großen Partysumpf der Hauptstadt. Und wenn man darin erst mal versunken ist, ist es auch gar nicht einfach, wieder herauszukommen.

Scheiß auf nine to five. Ich hatte mich entschlossen, mich noch ein Jahr treiben zu lassen. Mal was Kreatives machen: Zum Beispiel Design. Oder einfach malen und basteln. Keine kranken Menschen mehr sehen. Keinen weißen Mantel mehr tragen. Sich nicht jeden Tag verkleiden. Das ist nämlich genau das, was man als Medizinerin macht: Sich – schwupp – 'nen weißen Mantel überziehen und so tun, als wisse man viel mehr, als man weiß, als könne man viel mehr, als man kann. Hoffnung geben, wo es keine mehr gibt. Dann schon lieber in der Bar sein. Wo eigentlich niemand von mir erwartet, gerettet zu werden – zumindest nicht im medizinischen Sinne. Obwohl genau das dann passiert ist. Ich wollte aber auch in der Bar niemanden retten. Prinzipiell will ich niemanden retten. Höchstens gerettet werden.

GERETTET WERDEN

Zurück zum Jetzt. Ich trudle also gegen siebzehn Uhr in der Bar ein. Jan und Victor werden erst später kommen, wenn überhaupt. Manchmal ist unser Küchentisch fast so magisch wie die Bar.

Ein bisschen akklimatisieren schadet mir nicht, schadet nie. Meine Bar ist noch nicht hergerichtet. Das wundert mich nicht. Die Bar im Backstage-Bereich ist nicht für jeden Gast zugänglich. Meist wird sie nur zu besonderen Anlässen geöffnet. Man braucht eines der speziellen Bändchen, um überhaupt in diesen privaten Teil der Märchenwelt zu gelangen. Backstage ist angesagt. Das hat sich irgendwie so entwickelt. Zuerst kamen nur besondere Freunde in den hinteren Teil des Clubs, irgendwann die Freunde von Freunden, die DJs sowieso, aber auch deren Entourage. Zum Schluss waren es zu viele.

Der Eingang wird streng kontrolliert. Die Farbe der Bändchen wechselt jedes Wochenende. Willkommen in der Zwei-Klassen-Rave-Gesellschaft.

Wenn Tobias Rapp einmal einen Ort beschrieben hat: wo »man das Promi-Sein für das hält, was es ist: Zeitverschwendung«, dann hat sich das wohl durch die Abgrenzung, durch das Backstage, im rasenden Tempo verändert.

Märchenhaft ist es hier nicht so sehr. Hier geht es um den puren Konsum. Es gibt keine Tanzfläche. Und es ist nicht die Musik, die die Besucher hier weiterträgt. Es gibt auch keine kuscheligen Ecken, man ballert sich hier hinten nur weg.

Meine kleine Bar steht genau in diesem Bereich des Geländes. Man kommt entweder durch die vordere Hauptbar, wo sich die meisten Leute aufhalten, oder direkt durch eine kleine Tür neben dem großen Eingang hierhin. Falls man durch die Hauptbar geht, wird man von einem eigens dafür abgestellten Wächter kontrolliert; neben dem Haupteingang gilt der Einlass sowieso nur für Personal oder Special Guests.

Am Ende des Geländes gibt es noch einen großen Zaun. Dieser ist nicht aus Holz, sondern aus Draht. Irgendjemand hat dort Löcher reingeschnitten. Und ganz weit weg vom eigentlichen Geschehen, dort wo man die Musik fast nicht mehr hören kann, treffen sich heimlich Leute in einem Bauwagen. Man sollte ihn besser Ziehwagen nennen. Der Name ist Programm, denn in den alten Bauwagen ziehen sich Leute zurück, um Drogen zu konsumieren. Zum Ziehen von Lines. Kokain, Speed, Ketamin oder whatever. Quasi das Gegenteil von Schaufensterziehen wie in Amsterdam, wo man in die Kneipen schauen kann und Menschen beim Kiffen sieht.

Das erinnert mich an die Schaufensterkrankheit, ein leidiger medizinischer Begriff. Die Schaufensterkrankheit wird durch eine Durchblutungsstörung verursacht, die durch Verschlüsse der Beinarterien entsteht. Meist sind Raucher betroffen. Die Patienten haben beim Gehen Wadenschmerzen. Sie bleiben stehen, um sich von den Schmerzen zu erholen. Das tun sie aus Scham bevorzugt vor Schaufenstern. Zum Ziehwagen gehen die Leute aus Gier. Um zu sehen, wer noch was hat, wer hier was zieht und vor allem: Bekomme ich noch was davon ab.

Nicht dass man im Clubleben dieser Stadt den Konsum verheimlichen müsste. Zumindest nicht so wirklich. Man sollte sich, wie in der Schule, beim Schummeln nicht erwischen lassen. Am Eingang wird man auf Drogen kontrolliert und muss sich Mühe geben und kreativ sein, die Substanzen vernünftig zu verstecken.

An meiner Bar sehe ich viele von diesem verbotenen Ort hinter dem Drahtzaun zurückfliegen. Meistens stehe ich allein hinter dem Tresen. Zu zweit ist es natürlich besser für die Stimmung. Und man hat die Möglichkeit, mal kurz ’ne Pause zu machen, oder man spannt eine Kollegin oder einen Kollegen ein.

MEISTENS STEHE ICH ALLEIN HINTER DEM TRESEN

Gegenüber von meiner kleinen Ein-Frau-Bar ist die Backstage-Toilette. Ein kleines Häuschen, das aussieht aus wie ein geklauter Zugwaggon. Die Farbwahl lässt – auch für den treffsicheren Kitsch der Bar – zu wünschen übrig. Das Schlimmste aber sind die dort angebrachten Spiegel. Ein Stammgast beschwerte sich als Erster bei mir. Das ginge ja wohl gar nicht, vor allem, wenn man auf Acid ist. »Letztes Wochenende bin ich daran vorbeigelaufen und hab mich plötzlich zehn Mal selber gesehen. Fürchterlich ist das.«

Nicht ohne Grund gibt es in Berliner Clubs sonst keine Spiegel. Im Berghain gibt es nicht einen einzigen. In keiner Toilette. Nirgends. Es gibt keine Spiegel, weil die Leute sonst sehen würden, wie kaputt oder drauf oder fertig sie sind. Denn das würde sie vielleicht veranlassen zu denken: »Oh, ich muss nach Hause, schlafen.«

Oder es würde einfach dazu führen, dass sie sich nicht mehr so wohl in ihrer Haut fühlen. LSD ist eine psychogene Droge, und in seinem eigenen Gesicht grimassenhafte Verzerrungen zu sehen ist wesentlich unangenehmer, als sie bei anderen zu beobachten. Außerdem ist LSD eine von diesen Drogen, bei denen ein einmaliger Konsum genügen kann, um eine Psychose auszulösen. Getoppt wird das nur von Gras oder Dope.

Jedenfalls gibt es dort zwei Toiletten, eine für das Personal und die andere für die Gäste. Bei meinem ersten Besuch höre ich aus der Nebentoilette ein Gespräch, wie schon in Dutzend anderen Clubs gehört: »Hier gibt es keine Polizei.« »Doch? Echt? Auch Backstage?« Egal. »Am besten du setzt dich zum Ziehen auf den Klodeckel, somit ist es schon mal ausgeschlossen, dass die Drogen in der Toilette landen. Ich brauch Karte und Schein oder Tupfer und Skalpell.« Ich weiß nicht, wie ich diesen Spruch finde: originell, doof, zu oft gehört. Aber ich muss sowieso zurück. Leider verlässt einer der Hobbymediziner gleichzeitig mit mir die Toilette. »Hei, du soo?«, fragt er. »Äh«, keine Ahnung, wer das ist. »Machste heute wieder die Backstage-Bar? Dann komm ich rum. Oder willste noch mal mit?«

Nachdem ich wirklich keine Ahnung habe, wer das ist, und weil er mir auch den Ausgang versperrt, muss ich fliehen. Ich dränge mich vorbei. »Genau da muss ich hin. Arbeiten. Bis dann.« Und weg. Meint doch jeder nach einer Schicht, er kennt dich. Falls du zwischendurch einen Kurzen spendiert hast, kann es durchaus auch vorkommen, dass er denkt, man ist Best Friends. I hate.

Ich bin froh, wieder den schützenden Tresen vor mir zu haben.

Sam hängt an meiner Bar rum, ein DJ wie ziemlich viele hier im Backstage. Ich mag ihn. Weißer Hautton, Sommersprossen, irgendwie britisch. »Sweetheart, wann ziehst du wieder dieses Kleid an, das ich so sehr liebe. Fast wäre ein Song draus geworden …« Ach ja, ich erinnere mich an die Geburtstagsparty eines befreundeten DJs vor zwei Jahren. Ich habe dort gearbeitet, hinter der Theke. Das war eine fürchterliche Schicht. Das Kleid hatte am Rücken einen Ausschnitt bis zum Ansatz des Hinterns und vorne einen bis zum Bauchnabel. Sams Statement: »This fucking shit is gonna make me switch.« Toller Satz, und bald war er der Satz des Abends oder wie Sam sagt: »I can't go further.« Klar.

Jetzt gesellt sich auch noch Jan dazu.

»Hey, doch schon da?«

»Yep, I missed you too much«, antwortet er. Fit und entspannt wirkt er.

Klar. »Und wo ist Victor?«

»Du kennst doch unseren Star der Szene, der wurde schon am Eingang aufgehalten, um gaaanz wichtige Gespräche zu führen …«

»So wichtig wie deine ausführlichen Beschreibungen von deinen Sets, oder?«, gebe ich zurück.

Es ist ein Running Gag zwischen uns, ob es denn nun wichtiger sei, sich ausführlich über ein Set oder über ein Booking zu unterhalten. Natürlich nur, solange wir nüchtern sind.

Denn wenn nicht, können einige Stunden an unserem Küchentisch vergehen.

Nachdem ich sichergestellt habe, dass seine verrückte Freundin nicht in der Nähe ist, begrüße ich ihn mit Küsschen und einer fetten Umarmung. Ich halte mich meist aus dem Liebesleben der beiden raus. Und dieses Mal besonders, denn meiner Meinung nach hat seine Neue eine komplette Klatsche. Aber mal sehen, wie lange das hält. Es gibt ja auch Zeiten, in denen Jan jedes Wochenende eine Neue hat, da komme ich gar nicht mehr nach, irgendwelche Sympathien oder Antipathien zu entwickeln.

Sam ist wieder in der Menge verschwunden, und Victor hat es endlich nach hinten geschafft. Also stehen wir da, so zu dritt. So wie wir oft rumstehen oder rumlungern. Victor steht vor mir, ich liege halb über der Theke und versuche, mich mit meinen Stiefeln in einer Schublade festzukrallen, Jan liegt ein bisschen über der Theke und auf meiner Schulter. Ein Gefühl von Gewohnheit und Sicherheit. Weil wir fast jeden Sonntag so dastehen oder -hängen. Ich befreie meinen Fuß aus der Schublade, um uns unseren Start-up-Drink zu machen. Halb Prosecco, halb Apfelsaft, naturtrüb, und ein Schuss Sprudel. Erfrischend, belebend. Das sichere Zeichen, dass die Feier bald beginnt.

Victor ist auf der Suche nach Frischfleisch. Ich meine, dafür ist es noch zu früh, und Jan sagt, er denke darüber nach, seine Freundin zu verlassen. Eigentlich ist es ein perfekter Sonntag in der perfekten Welt der Bar. Die Sonne scheint. Es fühlt sich alles ganz ruhig und endlos an. Wie wir da so rumhängen und trinken und über nichts reden, das außerhalb des Bretterzauns wichtig sein könnte. Nichts fehlt.

ES FÜHLT SICH ALLES GANZ RUHIG UND ENDLOS AN

Wir fühlen uns jung, frei, mit einer kleinen Portion »wasted«, die aber durchaus als schick bezeichnet werden kann.

Und vor allem ahnen wir nicht, dass all das hier der Anfang vom nahenden Ende ist. Und selbst wenn wir es ahnen würden: »We don't give a fuck.«

»WE DON'T GIVE A FUCK.«

SONNTAG, NUMMER 23. ODER: NEXT ONE

Heute wird Geburtstag gefeiert. Jens wird vierzig. Nicht zu alt für die Bar. Hier findet man nicht viele, die unter fünfundzwanzig sind. Im Gegenteil: Das fortgeschrittene Alter derer, die immer noch feiern, als gäbe es kein Morgen, ist erschreckend – oder auch beruhigend – hoch. Ich freue mich auf diese Schicht, denn ich kann davon ausgehen, dass zu diesem Anlass alle da sind. Anders gesagt, ich habe Lust zu feiern und mich trotz der eigentlichen Arbeit von der Aufregung um das besondere Fest mitreißen zu lassen. Victor und Jan werden auch da sein. Mögen die Spiele beginnen.

MÖGEN DIE SPIELE BEGINNEN

Nachdem ich beim Eingang eine lange Schlange und ein babylonisches Sprachgewirr hinter mir gelassen habe, treffe ich gleich nach dem Kassenhäuschen eine Gruppe Spanier mit offenen Hemden und weit aufgerissenen Augen, die es gar nicht fassen können, dass sie es nach drinnen geschafft haben. Wahrscheinlich haben sie sich auf den Partymarathon gut vorbereitet: Zuerst vorschlafen. Mit Kaffee und Brötchen losstarten und dann drei Tage wach. Und die letzte Station, das Highlight sozusagen, ist nun die Bar. Bei einem von ihnen sehe ich kurz einen Tablettenschieber in seiner Hand, mit dem man Medikamente dosieren kann, so ähnlich wie im Krankenhaus. Man muss sich schließlich alles gut einteilen: Etwas zum Rauffahren, etwas zum Runterkommen, etwas für zwischendurch, eventuell mal einen Joint. Gerade jetzt sehen die Spanier aber eher so aus, als würde ihr Kopf Karussell fahren. Naja. Gratuliere! Lange halten die bestimmt nicht mehr durch. Ich muss noch jemand anderem gratulieren und dränge mich erst mal ganz unverfroren in den Backstage rein. Das Geburtstagskind suchen!

Das Geburtstagskind ist verkleidet, als sei es gerade vier und nicht vierzig Jahre alt geworden – wie passend. Glitzerhose, buntes Hemd, Strohhut. Ein falscher Bart, eine Perücke und »dezentes« Make-up in allen möglichen Farben.

In der Hand hält Jens ein kleines Tütchen, das DJ-Equipment: Kaugummi, Backstage-Bändchen, Kondome, ein paar Tabletten »Alka Seltzer«. Alles, was man als DJ eben so braucht, um sich zwei bis drei Tage durch die Bar zu schlagen. Die Veranstalter bereiten diese Tütchen mit viel Liebe für große Veranstaltungen oder Geburtstage vor. Dann werden sie an einer Kordel, wie an einer Wäscheleine, ganz vorne an der Hauptbar aufgehängt. Sobald der Artist in die Bar kommt, wird ihm das Tütchen feierlich überreicht.

Ich habe Jens einmal in der Münzstraße in Berlin-Mitte getroffen und ihn, aus dem Kontext der Bar gerissen, gar nicht erkannt. Er war mit ein paar Freunden unterwegs. Wenn man Leute nur verkleidet aus der Bar kennt, fällt es manchmal schwer, sie sich in einem normalen Leben vorzustellen. Oder sie ohne Maskerade überhaupt einzuordnen. Oder zu wissen, ob sie in der Bar maskiert sind oder in ihrem Leben draußen.

Gleich zuerst, als ich backstage ankomme, treffe ich Jens und gratuliere ihm. Er ist schon ziemlich gut dabei und hat ein etwas eigentümliches Grinsen im Gesicht. Ich tippe auf … nein, ich tippe gar nicht mehr, denn er hebt mich schwungvoll hoch und stellt mich drei Meter weiter wieder ab. Über seine Kraft muss ich immer lachen, sofort fühle ich mich auch wie ein Kind, das so leicht ist, dass man es einfach so von A nach B stellen kann.

Bei der Aktion reibe ich mir meine Wange an seinem dicken schwarzen Fake-Stoppelbart auf. Zeit, mich darüber zu ärgern, habe ich nicht, denn die Backstage-Bar ist ungewöhnlich früh schon von Durstigen umringt. Immerhin ist meine Bar aber ausnahmsweise schon hergerichtet, die Getränke sind aufgefüllt, die Kasse mit dem Wechselgeld ist da et cetera. Es hat schon eine frühere Schicht gegeben, und das heißt: Der Laden ist voll. Also schwinge ich mich hinter die Theke und fange an. Bier, Kurze, Wodka mit Saft. Alles ganz schnell, aber auch einfach. Ich muss mich nur einmal drehen, um den Kühlschrank zu öffnen. Meine Bar ist so klein und fein. Ich lächle die Leute an. Ich mag es, wenn ich sofort anfangen kann. Die Zeit vergeht dann wie im Fluge.

Wieder einmal wird mir die immer gleiche Frage gestellt: »Kosten die Drinks hier Geld?« Wie kommen die Leute auf die Idee, dass die Drinks kostenlos sind, nur weil sie sich backstage befinden?

Die Party geht los, weiter oder läuft ohnehin schon seit Tagen. Es lebe die Bar. Von vorne, vom Epizentrum des Ladens, von der Tanzfläche, höre ich die Beats. Jemand hat Boxen an meiner Bar installiert. Ich fange an zu tanzen und gebe das erste Bier über den Tresen. Es ist Tradition, dass die Mitarbeiter mitfeiern, das überträgt sich auf die Gäste. Das gehört sich so in der Bar, in Berliner Clubs. Wir sind keine Statisten, sondern auch einer der Gründe dafür, dass hier alles anders ist. Ich lächle und fühle mich leicht.

VON DER TANZFLÄCHE HÖRE ICH DIE BEATS

Überhaupt – wenn man gemeinsam hinter der Theke arbeitet, hat der Spaß an der Arbeit Vorrang. Das ist der Geist der Bar. Egal, wie viele Leute auf ihre Drinks warten: Wenn man zusammen einen Kurzen nimmt, müssen alle für einen Moment innehalten, denn dann genießen genau wir diesen einmaligen, perfekten Moment, in dem wir alle dazugehören, alle eins sind und alle erst genau diese Party möglich machen. Freeze. Wie beim Frisbeespielen. Der Moment, bei dem es keine Schiedsrichter gibt, sondern die Spieler selber entscheiden, was ein Foul war oder nicht.

Und die Leute akzeptieren das. Manchmal schaut einer genervt oder runzelt die Stirn, aber niemand, niemand hat sich jemals über diesen Moment beschwert. Lieber noch kurz warten. Ich weiß nicht genau, was genau der Grund dafür ist. Eine Art Respekt vielleicht. Das Wissen, dass das ganze Event auch von all jenen getragen wird, die es dazu machen. Keine Ahnung. Manchmal gibt es auch hier etwas, was sich nicht in Worte fassen lässt.

Leider kommt aber die Realität der Nicht-Realität dazwischen. Einer dieser Stammgäste, die dazu tendieren, sich so zu benehmen, als ob es ihr Laden wäre. Er ist dreißig Jahre alt, von Beruf – genau – DJ, seine Erfolgsquote sowohl bei Frauen als auch mit der Musik eher mittelmäßig. Er hat einen Lockenkopf, richtige Korkenzieherlocken. Normalerweise lösen diese Locken bei Frauen einen »Oh, wie niedlich«-Reflex aus. Bei ihm ist das eher nicht so. Es mag an seinem runden Bauch liegen, der eigentlich zu rund ist für Leute, die viel weggehen, wenig schlafen und viel tanzen. Außerdem macht er sich dauernd Sorgen, zu dick zu sein, und das ist ebenfalls unsexy. Und liebt es, mir an der Bar seine Lebensweisheiten zu erzählen, da ist er auch nicht Einzige: »Ich mag betrunkene Menschen, die sagen die Wahrheit.« – »In vino veritas«, erklärt er mir. Eine gute alte lateinische Redewendung. Gelangweilt gebe ich ihm recht. Obwohl ich finde, man könnte von Koks das Gleiche behaupten.

Es gibt im Berliner Nachtleben so einige, die nicht nur Alkohol konsumieren. Die meisten kombinieren ihn mit anderen Drogen. Es gibt Drogen, bei denen der zusätzliche Konsum von Alkohol extrem gefährlich ist. Wie zum Beispiel bei GHB, auch Liquid Ecstasy genannt. Die Chemikalie 4-Hydroxybutansäure kann man sich ganz legal im Internet bestellen, eigentlich ist sie ein Lösungsmittel. Die Dosierung erfolgt mit einer Spritze. Pi mal Daumen zu dosieren ist hier überhaupt nicht empfehlenswert. In niedrigen Dosen von circa 0,5 bis 1,5 Milliliter dominiert der stimulierende Effekt. GHB wirkt dann angstlösend und leicht euphorisierend. Man fühlt sich einfach locker. Nur lockert sich auch die Kontrolle über die eigene Motorik. Etwa so, wie wenn man betrunken ist. Und mit Alkohol sollte man es nicht unbedingt kombinieren. Es kann zu einer zentralen Atemdepression führen. Und das kann böse enden.

Ich habe schon aus verschiedensten Clubs und Kneipen Geschichten von Leuten gehört, die diese unschöne Mischung unfreiwillig probieren mussten. Das Mittel kann schnell und unauffällig in einen Drink gekippt werden. Der Betroffene wirkt auf Außenstehende einfach Stück für Stück betrunkener. Und dann finden sich ganz schnell vermeintliche Freunde, die einen gern nach Hause bringen. Liquid Ecstasy ist auch als Vergewaltigungsdroge bekannt. Deshalb ist es in Berlin normal, dass man sein Glas niemals unbeaufsichtigt rumstehen lässt oder sogar einfach die Hand schützend darüber hält, sicher ist sicher. Oder man vermeidet dieses Risiko – wie in meinem Fall – indem man seinen besten Freund und Mitbewohner dabeihat. Oder Jan, der auch immer auf mich aufpasst, es sei denn, seine verrückte Freundin funkt dazwischen.

Selbst dem erprobtesten Szenekenner kann etwas passieren. Ein alter Freund hatte einmal beim Verlassen des Berghains noch kurz mit dem ihm bekannten Türsteher geplaudert. Gleich daneben standen Flaschen, die den Gästen immer am Eingang eines Clubs abgenommen werden. Ohne lange nachzudenken nahm er einen »Kleinen Feigling«, einen dieser kleinen Shots mit der furchtbaren grünen Beschriftung, so als letzten Drink, bevor er sich verabschieden wollte. Als er die kleine Pulle an die Lippen setzte, wurde ihm schlagartig klar, dass sich darin kein Klarer befand. Trotzdem hatte er schon einen kleinen Teil der Flüssigkeit intus. Er hatte Glück, dass a) die Türsteher sofort begriffen haben, was passiert sein musste, und dass b) der nächste Rettungswagen nicht weit weg war. Das hätte ihn auch sein Leben kosten können.

Ich fange langsam an, nach Jan und Victor Ausschau zu halten, meinen beiden Barfriends, Thekennutten, wie auch immer, um den Sonntag richtig zu starten. Aber keiner da. Es wundert mich, dass Jan nicht hier ist. Gestern hatte er noch groß angekündigt, dass er sich heute die totale Kante geben will. Heute Morgen habe ich ihn nicht in meiner Küche gesehen. Victor auch nicht. Mal sehen, wo sich die beiden verloren haben.

MAL SEHEN, WO SICH DIE BEIDEN VERLOREN HABEN

Den Dienst mit guten Freunden um sich herum zu beginnen ist angenehm. Fast hat man das Gefühl, als sei man gar nicht zum Arbeiten hier. Warum auch? Hier hinten im Backstage kenne ich die meisten, und wenn nicht, dann lernt man sie schnell kennen. Es gibt ja nur meine Bar und mich. Außer, sie wollen die etwa fünfzig Meter nach vorne zur Hauptbar zurücklegen, um sich was Flüssiges zu beschaffen. Worauf die meisten verzichten, denn dann wird man dauernd aufgehalten, kommt erst mit total ausgetrockneter Kehle an, und dann muss man eventuell noch warten. Da man ja von hinten kommt, und die Kellner eher nach vorne oder nach links oder rechts schauen. Und dann braucht man erst mal deren Aufmerksamkeit oder läuft Gefahr, sie zu verärgern, denn normalerweise sollte man doch vor der Bar bestellen und so weiter und so fort.

Egal. Meine Bar ist eh fast schon zu voll, um mich ganz und gar Freunden widmen zu können. Außerdem scheint irgendwo nicht allzu weit weg ein Mädchen mit dem Kreislauf zu kämpfen. Sie ist zwar so weit entfernt, dass ich sie nicht sehen kann, aber wie alles spricht es sich schnell genug herum. Kurze Betroffenheit macht sich unter meinen Gästen breit.

Eine sehr kurze.

»Ich würde sie ja in den Zirkus legen«, sagt einer.

»Oha, keine gute Idee, da wurden mir das letzte Mal die Schnürsenkel zusammengebunden, als ich rumlag. Als ich aufstehen wollte, hat es mich voll auf die Fresse gehauen«, antwortet darauf ein anderer.

Es könnte natürlich auch sein, dass sie und er nicht nur an einer Kreislaufschwäche gelitten haben. Gerüchte machen die Runde, sie habe Ketamin genommen.

Das Ketamin. Als starkes Betäubungsmittel wird es vor allem in der Notfallmedizin eingesetzt und ja, eben auch im Nachtleben. Im Unterschied zu anderen Schmerzmitteln wirkt es kreislaufstabilisierend. Zudem hat Ketamin eine antidepressive Wirkung, und es geht einem auch am nächsten Tag bei Weitem nicht so schlecht wie nach dem Konsum diverser anderer Substanzen. Zumindest muss man nicht, wie ein Freund es mal treffend zusammengefasst hat, »sogar bei Superman heulen«.

»SOGAR BEI SUPERMAN HEULEN«

Wie so einige Drogen wurde auch Keta durch einen Krieg bekannt: seit dem Vietnamkrieg unter dem Namen »Special K«. Kriege haben die Entwicklung von Drogen nach vorne gebracht, und unser Konsum von Drogen löst Kriege aus.

»Wie ist eigentlich das Line-up?«, fragt der, der sich eben noch um das Mädchen sorgte.

Ich kenne es nicht. Ich weiß eigentlich nie, wer gerade auflegt. Hier hinten, an meiner Backstage-Bar, ist die Musik sowieso kaum zu hören, und die Boxen, über die ich mich vorhin noch so gefreut habe, sind gerade ausgefallen.

In der Bar sind die Beats oft Nebensache, die Leute werden von anderen Sachen getragen. Heute werden alle, die Besucher und die Arbeitenden, von allen gegenseitig getragen. Ich hüpfe öfter als sonst nach vorne und pausiere, um etwas zu trinken oder einfach die Stimmung der überfüllten, überschwappenden Tanzfläche aufzusaugen. Schweiß fließt. Körper winden sich zwischen Körpern. Wahlweise reiben sie sich auch. Reibung erzeugt Energie. Alle Sinne werden berührt, Hören, Sehen, Riechen, Tasten. Ein dichter Moment. Gefühle überlappen sich. Es hat alles was von Gleichzeitigkeit. Zwar sind wir schlussendlich alle Fremde, der Moment ist aber unglaublich verbindend. Wie Klebstoff.

HÖREN, SEHEN, RIECHEN, TASTEN. EIN DICHTER MOMENT

Die Tanzfläche ist voll, aber nicht zu voll. Und die Musik lässt mich nicht still stehen. Hinter mir entdecke ich Victor.

Er steht, an einen Holzbalken gelehnt, am Rande des Dancefloors und schaut zu. Ein kurzes Nicken. Ja, wir sind beide da.

Er tanzt nicht oft. Aber irgendwie tanze ich für ihn mit.

Ich lasse mich in diesen aufgeladenen Wirren treiben. Ein wahrlich feierlicher Moment, wenn man die Tanzfläche hier vorne betritt. Zwischen all den Menschen zu stehen, die hier ihre Vibes versprühen. Ich mache mit – für einen Moment, der sich wie eine kleine Ewigkeit anfühlt. Ich habe Lust zu tanzen. Mich vor dem DJ-Pult treiben zu lassen. Nur noch meinen Körper zu spüren, der eins wird mit der Musik, und meinen Kopf komplett auszuschalten.

Die Tanzfläche ist brechend voll. Es ist eng. Ein Ellbogen da, ein Ellbogen dort. Ob hier wohl irgendwer morgen zur Arbeit gehen muss?

Ich beschließe, mich ein letztes Mal hinter das DJ-Pult zu wagen. Das wird zwar nicht soooo gerne gesehen, aber als Mitarbeiterin kann man es schon mal machen. Also tanze ich dort noch kurz, bevor ich trotz der Lautstärke meinen Namen durch die Wellen der Musik höre. Ich versuche kurz, es zu ignorieren. Aber nichts da. Der Abendleiter klopft an meine Schulter: »Love, schön wie du tanzt, aber hinten warten Leute auf ihre Drinks.« Ja, auch als Mitarbeiter kann man mal die Zeit vergessen. Das wird hier fast nie eng gesehen … Trotzdem, ich muss zurück zur Arbeit.

Meine Bar hinten ist heiß begehrt. Und so heiß, wie ich das pure Sein vorne begehre, so heiß wird nach dem anderen hinten gefragt. Also zurück. In meinem Kopf hallt der Satz: »Forward ever, backward never.« Fühlt sich, rein theoretisch, gut an.

»FORWARD EVER, BACKWARD NEVER.«

SONNTAG, NUMMER 22

Ich bin müde. Die Nacht zuvor habe ich in einem anderen Club gearbeitet. Des Geldes wegen. Aber das Publikum war so prollig, und überhaupt sind mir zwei Schichten hintereinander zu viel. So. Dafür gibt es im in diesem Club Pfand auf die Plastikbecher. Das ist so ungefähr das Beste, was dir als Barfrau passieren kann. Wenn du ein gutes Verhältnis zu den Runnern hast – das sind die Jungs, die die Getränkekisten anschleppen, um deine Bar aufzufüllen –, und sie die leer herumstehenden Becher einsammeln, kannst du davon ausgehen, dass du mit viel »Trinkgeld« nach Hause gehst. Denn der Euro Pfand landet dann in der Trinkgeldkasse. Den Job habe ich über Victor bekommen, der dort gerade als Abendleiter aushilft. Und das ist auch das Schönste: dort mit meinem Mitbewohner zusammenzuarbeiten.

Trotzdem, Prolls, die mir Ansagen machen wie: »Kannst du bitte lächeln, während du meinen Drink machst?«, oder mich mit einem fetten Grinsen auffordern, mich ein bisschen tiefer zu bücken, finde ich zum Kotzen. Wenn sich vor deiner Bar aber fünf Schichten Menschen drängen, schafft man es nicht, jemanden rauswerfen zu lassen – egal wie angepisst man auch ist.

Dagegen ist meine kleine Ein-Frau-Bar im Backstage der Bar purer Luxus. Ich bin alleine, mein eigener Chef. Die Theke ist überschaubar. Und niemals drängeln sich fünf Schichten Menschen davor.

Nach so einer Nacht tanze oder taumele ich angeschlagener als sonst zu meinem Dienst in die Backstage-Bar. Das Wetter ist schön, und meine kleine Holzhütte ist schon von Leuten umgeben. Trotzdem ist es nicht so wie am letzten Sonntag: Nichts ist vorbereitet, nichts ist klar, im Gegenteil. Ich muss den Wartenden verkünden: »Es ist noch nicht offen. Sorry. Ihr müsst noch 'ne halbe Stunde warten.«

Der heutige Abendleiter meint, ich solle in Ruhe erst mal alles saubermachen, die Getränke auffüllen. »Dann erst bring ich dir die Kasse.« So läuft es eigentlich immer – bis auf wenige Ausnahmen. Irgendwie ist alles immer nur halb fertig und halb vorbereitet. Vielleicht macht das auch den Charme aus. Etwas unmotiviert begebe ich mich auf die Suche nach einem Runner, der mir Alkohol und Softdrinks besorgt und einen Kübel Wasser mit einem Lappen, um die Theke abzuwischen. Ich erwische den Chef des Putzdienstes. He treats me like a princess und trägt dem restlichen Putzteam auf, meine Bar sauberzumachen. Auch die Hippiewelt hat ihre Hierarchien. Seine Leute putzen, obwohl sie schon Dienstschluss haben und auch schon aus der Liste ausgetragen sind. How sweet! Schön ist es, wenn man auf diese Weise hofiert wird und einem das tägliche Rumgestreite erspart bleibt.

IRGENDWIE IST ALLES IMMER NUR HALB FERTIG UND HALB VORBEREITET

Meine Bar ist immer noch nicht geöffnet, aber Georg steht schon ganz in der Nähe. Aufgetaucht aus dem Nichts. Ich bemerke seine Blicke. Unangenehm. Hat er was genommen? In welchem Film steckt er gerade? Egal. Hier geht es jetzt los.

Es ist Österreicher-Wochenende. Ein Teil der Mitarbeiter kommt aus Österreich. Ihre Herkunft wird traditionell an bestimmten Wochenenden gefeiert mit österreichischen DJs, Mädels in Dirndln und mit Kuhglocken. Und was das Klischee des Nachbarlands halt noch so bietet.

Oliver, ein Bekannter, kommt vorbei um zu fragen, ob ich Hunger habe oder Kippen brauche. Oder er macht einfach nur kurz Pause, um zu erzählen, was sonst so läuft. In meinem Kopf nenne ich ihn »Informant«. Ich mag das Wort. Hat was von »Spion«. Eigentlich ist er DJ (den Satz kann man fast nicht mehr lesen …), gehört wie so viele auch zum Inventar der Bar und organisiert ab und an seine eigenen Veranstaltungen.

Er hat sich angewöhnt, mich zu besuchen, wenn ich arbeite, um mir von den Highlights der Partywelt vor dem Backstage-Eingang zu berichten. »Die gravieren irgendwelche österreichischen Adler auf Würstchen«, erfahre ich von ihm. Macht mich jetzt nicht wirklich hungrig. Außerdem haben die Österreicher die DJ-Musik abgeschaltet, um vor der Hauptbar Almabtrieblieder zu singen und Tänze zu veranstalten. Verrückte Welt.

Trotzdem haben heute alle irgendwie schlechte Laune. Das bin ich von der Bar nicht gewohnt. Zumindest nicht vor Dienstag, wenn das große Runterkommen einsetzt. Der zweite Abendleiter rennt herum wie ein Diktator und fragt jeden: »Wie heißt du? Was machst du? Wie bist du backstage gekommen? Über wen? Und warum hast du kein Bändchen?«

UND WARUM HAST DU KEIN BÄNDCHEN?

Eigentlich ist das ein Witz. Wegen des schlechten Wetters und der Tatsache, dass dies der letzte Sommer ist, hat sich ja jetzt schon einiges verändert. Dieses Wochenende werden dreihundert Backstage-Bändchen ausgeteilt. Auch meine kleine, heile VIP-Welt ist schön kommerzialisiert. Außerdem habe ich noch ganz andere Probleme. Nicht nur, dass der Backstage gleich zumachen kann bzw. gar nicht aufzumachen braucht, wenn der Abendleiter sich weiterhin so benimmt. Nein. Wieder mal kennt niemand den Code der Schlösser an den Kühlschränken meiner Bar. »War's nicht 9/11?«, schlägt jemand aus dem Team vor. Da die herbeigerufenen Helfer, Barleute, Runner und andere Mitarbeiter die Zahlenkombination auch nicht kennen und bei allen auch noch die Feinmotorik versagt, wird wieder mal das Schloss des Kühlschrankes aufgebohrt.

Leider steht schon eine Reihe von Gästen an meiner Theke und verlangt zumindest nach Flaschenbier. Zudem torkeln gerade einige Österreicher aus einem anderen, durch einen Zaun abgegrenzten Bereich, in dem die Gästehütten stehen. Und sie wollen Frühstück. Das heißt, sie verlangen nach Jägermeister. Ich rufe den Abendleiter an: »Bringst du mir die Kasse?« Der biegt um die Ecke: »Was soll der Scheiß, du hast ja noch nicht mal Eiswürfel da?«, brüllt er mir entgegen.

Den Ton bin ich nicht gewohnt.

»Sorry, aber für Flaschenbier und Jägermeister brauch ich kein Eis«, antworte ich.

Ich kann auch unterkühlt sein in der Happy-Party-Welt.

Mittlerweile hat er es aber sowieso geschafft, dass der Backstage-Bereich leer ist. Seine Verhörmethode wirkte wohl etwas verschreckend. Wenigstens ist mein Ex-Freund Georg auch weg. Er ist so schnell verschwunden, wie er aufgetaucht ist, sodass ich fast meinen Sinnen misstraue.

Auch gut, das heißt, ich kann mir einen Wodka-Mango machen, mich auf meiner Theke räkeln, und Menschen zugucken, die von der dunklen Tanzfläche stolpern, die sich blinzelnd an das helle Sonnenlicht gewöhnen, die sich festhalten und dann in Richtung Musik weiterschleppen.

Endlich. Jan kommt rum. Bestellt sich seinen Lieblingsdrink: Jägermeister mit Red Bull. Jeder, wie es ihm gefällt, würde ich sagen. Er begrüßt mich ungewohnt distanziert. Sieht so aus, als ob er auf der Suche wäre. Seine Augen sind glasig. Sobald er den Drink in der Hand hat, fragt er blindlings in die Menge: »Hat jemand 'ne Line Koks?«

»Nee, nur Speed. Ist doch sowieso besser, von Koks musst du nur sofort aufs Klo«, antwortet jemand aus der Runde.

Dankend lehnt er ab. Der ist heute, passend zum Rest, auch schräg drauf. Oder war das etwa eine Art Begrüßung? Langsam dämmert mir, dass alle hier wohl schon länger gefeiert haben und ich hier – obwohl Sonntag ist – mit einer klassischen Dienstagslaune konfrontiert werde. Großartig finde ich das. Humpf. Zwei Tage wach bleiben? Die Zeiten sind vorbei.

ZWEI TAGE WACH BLEIBEN?

»Könntest du uns nicht einen Strohhalm klein schneiden?«, fragt mich einer meiner Gäste.

Klar. Full Service. Weil eh niemand vor meiner Bar steht, versorge ich zumindest die Gäste mit sauberem Equipment. Allemal besser als dreckige Geldscheine sind Strohhalme. Jan amüsiert sich über mein Engagement. Wenigstens kann der Gute mal lachen. Ich mag ihn ja auch, manchmal liebe ich ihn, und manchmal hasse ich ihn auch.

Die Glitzerprinzessin kommt zu mir an die Theke. Die Glitzerprinzessin ist ein kleiner, extrem hübscher Mitarbeiter, der immer am meisten Glitter auf der Haut trägt und sich deshalb den Namen redlich verdient hat. Er ist total aufgeregt.

»Wir hatten Falschgeld an der Kasse.«

»Echt? Wie viel?«

»Einen Fünf-Euro-Schein!«

Ich bin mir sicher: Etwas Schlimmeres hat dieser Ort noch nie erlebt.

Meine Nase läuft, ob ich wohl irgendwo eine Küchenrolle auftreiben kann? Ich frage einen zufällig vorbeilaufenden Gast, ob er mir helfen kann. Seine Antwort: »Ich bin auf Keta, um so was kann ich mich jetzt wirklich nicht kümmern.« Na dann. Wenn man eine Bar alleine macht, ist man zwar sein eigener Chef, aber das Problem dabei ist, dass man so gut wie nie wegkann, weil man immer jemanden braucht, der in der Zwischenzeit auf den Alkohol und die Kasse aufpasst. Ich spanne eine Spanierin ein, die Freundin eines Mitarbeiters. Die ist lieb und nett und vor allem froh, weil ich eine der wenigen hier bin, die Spanisch spricht. So kann ich mit ihr in ihrer Muttersprache kommunizieren.

Ich drehe eine Runde, schaue in den kleinen Raum hinterm DJ-Pult. Genau dort, wo bei Highlight-Events wie dem »großen Fressen« alte Damen sitzen und stricken. So als Deko. Das ist ein Ausdruck des Bemühens, das Absurdeste noch zu toppen. Die Leopardentapete in diesem kleinen Raum erinnert mich an meinen neuen Louis-Vuitton-Schal, ein Geschenk eines Freundes, Haute Couture in der Bar. Hier ist der beste Platz, um dem DJ ein Küsschen zu geben, falls man das möchte.

Ich treffe Jan wieder, der jetzt plötzlich was übrig hat. Endlich. Ich gebe mich hin. Was soll's. Ich versuche, gelassen zu reagieren auf die Distanz zwischen uns, die wohl existiert, weil hier nun mal nicht unser Küchentisch steht. Vielleicht liegt die Stimmung auch daran, dass ich manchmal die Leute nicht mag, die den Club mit ihrem Wohnzimmer verwechseln und versuchen, sich selbst ein Bier aus dem Kühlschrank zu nehmen oder dem DJ auf die Turntables fassen.

Wir gehen ein Stückchen, ganz nach hinten, abseits vom

Gelände der Bar, und verschwinden in den Ziehwagen, irgendwo hinter dem letzten Zaun. Kommt man rein, steht gleich rechts ein roter Feuerlöscher. Zur Linken stehen ein Glastisch, Sessel und Sofas. Durch einen kleinen Durchgang auf der rechten Seite sieht man noch mal das gleiche Szenario. Die Tischplatten sind verkrustet. Es sei allerdings jedem abgeraten, davon zu naschen, ohne sich vorher genau erkundigt zu haben, was das Übriggebliebene ist. Die Folgen könnten übel sein. Im rechten Raum gibt es ein kleines Fenster, so können diejenigen, die hier hängen bleiben, wenigstens sehen, ob es draußen hell oder dunkel ist. Welche Uhrzeit es ist oder welcher Tag, das wissen oft die wenigsten. Auf dem Fensterglas prangt ein Preisschild: 1,99 Euro. In einer Ecke hängt ein riesiges Bild. Auf dem oberen Teil ist eine römische Orgie abgebildet. Klassische Dekadenz, vermischt mit etwas neuerer.

Irgendwie verhalten sich gerade alle ein bisschen komisch. Jemand erzählt irgendeine Anekdote von einem alten Freund. Das kann ich jetzt gerade gebrauchen. Ein Ziehen macht sich in meiner Brust breit. Ich konnte ihn da nicht rausholen. Raus hier.

Aber vorher legt Jan noch mal Lines. Ich will los. Denn wenn ich nicht arbeite, ist mir der Mantel der Sinnlosigkeit an diesem Ort mittlerweile doch zu groß geworden.

»Lasst euch das schmecken, allein!«, ruft einer und verlässt die Runde.

Es ist immer ein bisschen komisch an diesem diabolischen Ort, alle schauen, jeder will was abhaben. Aber das geht halt nicht.

Ein DJ kommt rein. Den kenne ich doch. »Hi, du noch da? Hast du nicht letzten Sonntag gesagt, du bist am Mittwoch wieder weg?«, frage ich ihn. Und heute ist wieder Sonntag.

»What should I say? Manchmal dauert es länger …«, sagt er.

Und warum denn auch schlafen gehen oder gar nach Hause? Das Prinzip ist »Waisting your youth«. Und wo könnte man das besser als hier? Ein Mädchen steht neben mir auf und verlässt den Wagen. Über ihrer Schulter hängt, ganz Berlin-Style, ein Jutetasche mit dem Aufdruck: »Sleep is commercial.« Ein wunderbarer Satz in dieser Welt. Erfunden von zwei italienischen DJs, die mittlerweile auch ein Modelabel unter diesem Namen betreiben. Ich habe das Gefühl, die haben Ahnung von dem Spruch, den sie auf ihre Taschenkollektion aufdrucken.

SLEEP IS COMMERCIAL

Ein Bekannter holt mich ab, um einen Kurzen zu trinken. Lange nicht gesehen, da kann ich ja schlecht Nein sagen. Ich mag ihn. Trotz der kuriosen Geschichte, die uns beide verbindet. Er ist der Mann, der einen meiner Ex-Freunde um seine Hochzeit gebracht hat. Er hatte eine Affäre mit seiner Verlobten. Kurz vor der Trauung entdeckte er – per Zufall oder auch nicht – eine eindeutige Mail. Affäre. Hochzeit abgesagt, Langzeit-Schaden programmiert. Trotzdem, wir mochten uns immer. Auch als mein Ex durchdrehte, wenn ich zusammen mit ihm Dienste gemacht habe. Wer in der Bar darauf Rücksicht nimmt, wer mit wem fickt oder mal gefickt hat, kann es gleich vergessen. Wir sitzen beim Smalltalk. »Du hast Sabine geküsst?« »Na ja, bei gut aussehenden Menschen ist das halt so.«

Ist das so?

Wahrscheinlich schon. Gerade vorhin habe ich noch einen meiner Stammgäste gesehen. Er küsste eine Unbekannte, eng umschlungen. Dabei habe ich ihn vor zwei Tagen noch bei mir ums Eck auf der Straße getroffen. Seine Freundin wohnt im gleichen Haus wie Jan. Da war er noch auf der Suche nach einem Blumenladen um die Ecke, um seiner Freundin Blumen mitzubringen. Aber um die Ecke steht in diesem Business auch schon die nächste Frau. Sehen und gesehen werden, begehrt werden und dem erliegen. Not my cup of tea.

Genau so geht es weiter. Wer begehrt wen, wer hatte was mit wem vor allem, als er/sie noch mit dem zusammen war. Zu behaupten, es gehe immer um Liebe, wäre hier unpassend. Aber zumindest geht es meist um Anerkennung.

Wir halten noch ein bisschen Smalltalk. Aber ich merke, dass mein Bekannter getrieben ist, auf der Suche. Nach etwas, das ich ihm nicht geben kann. Überhaupt habe ich meine Bar schon viel zu lange im Stich gelassen. Also verabschiede ich mich und gehe zurück zur Arbeit. Meine Ablöse ist froh, dass ich nach einer Stunde wieder zurück bin. Schon etwas wackelig auf den Beinen stelle ich mich wieder hinter die Theke. Es ist noch ziemlich viel los. Und meine Schicht dauert noch zwei Stunden. Ich ertappe mich dabei, wie ich immer wieder auf meinem Handy nach der Uhrzeit schaue. Uhren mag ich nicht. Ich trage seit meinem Abi keine mehr. It's a kind of freedom. Überhaupt bilde ich mir ein, dass hier kaum jemand eine Uhr trägt. Warum auch?

Während ich so meinen Gedanken nachhänge und Getränke rausgebe, sehe ich schon von Weitem einen meiner Lieblingsgäste auf mich zukommen. Ah, Gerüchte, Intrigen, Geschichten. Auch als erprobte Barschlampe – ein nett gemeintes Attribut in dieser Welt – hauen mich manche Sachen noch um. Heute ist es dieser Gast zum Beispiel. Ist ja nett, dass er mir die Zeit versüßt mit Anekdoten und Geschichten, but sometimes …

Dieses Mal erzählt er mir von Blair. Letztes Jahr noch fixes Inventar der Berliner Feierszene, hat sie den Absprung geschafft, und man sieht sie kaum noch drei Tage lang raven. Ein neuer Freund ist meist das einzige Sprungbrett hinaus, und auch nur dann, wenn er selber kein Konsument ist. Blair: Amerikanerin, immer einen Tick zu laut, ein bisschen zu viel Make-up. Und dann ganz großer Liebeskummer … Kein Unbekannter in der Feierszene hat sie verlassen. Liebeskummer in der Feier-Öffentlichkeit auszuleben ist das Schlimmste. Sein Herz und Inneres dort rauszukehren, wo jeder in seinem eigenen Rausch gefangen ist und gar nicht zuhören kann. Reden und erzählen und sich verstehen, ohne eigentlich mitzubekommen, was der andere sagt.

JEDER IST IN SEINEM EIGENEN RAUSCH GEFANGEN

Er zeigt mir einige Bilder von ihr auf seinem Handy, irgendein Festival. Ich frage ihn: »Seid ihr eigentlich eng befreundet?«

»Nein, nicht wirklich. Aber ich habe ihr zwei Abtreibungen bezahlt. Die Kinder waren von … Also eigentlich eine Spende, um die Weltbevölkerung kleiner zu halten.« Too much information.

Ich bin froh, dass mein Dienst vorbei ist. Übergebe meine Bar an die Nachtschicht und bin um null Uhr dreißig zu Hause. Mit der guten Absicht, mal montags fit zu sein.

Zu Hause höre ich Stimmengewirr aus der Küche. Das kann nur bedeuten, dass heute noch zwei andere ausnahmsweise früher gegangen sind. Ich werfe meine Tasche in mein Zimmer. Hole meine Elektrozigarette – ein Versuch, gesünder zu leben – aus der Schreibtischschublade und gehe in die Küche.

»Hei, uff, ich kann vor lauter Smalltalk nicht mehr denken. Warum seid ihr da?«, frage ich Victor und Jan.

»Same, same.«

»Haben wir noch Wein da?«, fragt Jan.

»Nee.«

Und jetzt stellen sich die üblichen Fragen: Wer geht los, welcher Späti hat offen, welcher Wein? Die beiden letzten Fragen sind weniger das Problem – eher die, wer aus dem Dachgeschoss vom fünften Stock noch mal nach ganz unten läuft. Meistens kriege ich den Mädchenbonus. Auch heute. Victor hat den Gastgeberbonus, und Jan zieht sich die Schuhe an. Das Geld werfen wir alle zusammen. Jan schnappt sich meinen Wohnungsschlüssel. Weg ist er.

»Warum bist du überhaupt zu Hause?«, frage ich Victor. In der Regel ist er nämlich mit Abstand am längsten unterwegs, davor geht Jan, und ich bin normalerweise die Erste, die zu Hause ist. Irgendwie lässt meine Kondition zu wünschen übrig.

Obwohl Victor auch dafür, wie für alles, eine Erklärung hat. »Solange du mit deinen fünfzig Kilogramm Lebendgewicht dauernd genauso viel trinkst wie Jan und ich mit locker mal zwanzig oder dreißig Kilo mehr, musst du dich nicht wundern, wenn du vorher aufgibst.«

Er hat recht. Aber Jan ist zurück. Somit breche ich das Thema ab und mache mich auf die Suche nach Weingläsern. Oder: sauberen Weingläsern.

Außerdem muss ich mir sofort eine Jogginghose und ein Unterhemd anziehen. Das löst das Zu-Hause-Gefühl erst richtig aus. Es ist fast schon ein Ritual. Oder besser gesagt, es ist unmöglich, mich nicht in Jogginghose oder Unterwäsche zu Hause anzutreffen. Heute packen Victor und ich auch nicht unsere Laptops aus. Das ist schon Mal was. Wir können uns nämlich stundenlang über den Rand unserer Computer hinweg unterhalten. Oder gleich nebeneinander per

Facebook. Aber da unser geschätzter Gast Jan das nicht mag, lassen wir es bleiben.

Es ist schön, einfach die Party zu Hause ausklingen zu lassen. Jan erzählt davon, dass er schon mit sechzehn das erste Mal in einem Club hinter der Theke stand.

»Und ich dachte, man darf erst ab achtzehn rein.«

»Hei, in der Schweiz ist man nicht so spießig wie hier.«

»Genau.«

»Und irgendwann werden wir dann auch Spießer.«

Jan als DJ-Spießer und Victor als Booker-Spießer kann ich mir nicht vorstellen. Mist, dann werde ich die einzige Spießerin der Runde.

Jan, der Gedankenleser, guckt mich an: »Zum Schluss wirst du die einzige werden.«

»Ich überlasse das meinen Kindern.« So.

Ich fühle mich komisch. Vor allem, weil ich schon nach dem ersten Glas Rotwein merke, wie sehr ich mich nach Schlaf sehne. Mein Rücken tut weh. Und ich wollte morgen arbeiten.

»Oh, denkt da jemand ans Bett?«, sagt Victor. Ertappt. Wie könnte es anders sein. Ich gestehe. Niemand nimmt es mir übel. Also rolle ich mich ins Bett, schlafe ein, im Hintergrund das Gemurmel des Gespräches meiner Liebsten, das durch die Schlafzimmerwand dringt.

SONNTAG, NUMMER 21

Heute wird schon wieder Geburtstag gefeiert. Eigentlich braucht man in Berlin keinen Anlass, um zu feiern. Der heutige ist trotzdem sehr besonders: Der Geburtstag der Bar. Dagegen ist Jens' Geburtstag oder jeglicher anderer, egal von wem, quasi ein Kindergeburtstag. Wie jedes Jahr feiert die Bar ihr Jubiläum und sich selbst mit großem Aufwand. Den Tag, dem zu verdanken ist, dass diese Märchenwelt entstanden ist. Den Tag, an dem ein Bus auf einer großen leer stehenden Fläche – die es damals in Berlin noch zuhauf gab – abgestellt wurde, und auf der dann während eines Sommers mit Hilfe von Freunden ein riesiges Zauberland zusammengezimmert, -gehämmert und -gebastelt wurde.

Man wird heute vom Dekor- und Verkleidungsirrsinn verschluckt. Opulent, dekadent, glitzernd, glühend, glimmernd! Es ist ja auch der letzte Bar-Geburtstag, der gefeiert wird. Heute wird also an nichts gespart, vor allem nicht an Konfetti, bunter Dekoration und eigenen Traditionen – wie der Rumrutsche.

Die Rumrutsche ist mittlerweile so bekannt, dass sie sogar ab und zu an andere Clubs verliehen wird. Ich habe schon Flyer für Veranstaltungen gesehen, auf denen stand: »Die Rumrutsche aus der Bar«. Dabei wird Rum über zwei lange Eisbahnen geschüttet. Am anderen Ende warten dann zwei offene, ungeduldige Münder, bis der Spiritus angekommen ist. Du trinkst den Rum und küsst dann die Person, die gerade neben dir an der anderen Eisbahn getrunken hat. An diesen Eisbahnen sind schon einige Zungen ineinander verschmolzen. Bekannte und Unbekannte haben sich geküsst, Männer und Frauen, Männer und Männer, Frauen und Frauen. Manche Küsse waren kurz und schnell, manche länger, als es das Drehbuch vorgeschrieben hatte, und manche waren beziehungstötend oder -stiftend. Auf jeden Fall wurde das Bedürfnis, begehrt zu werden, rein physiologisch, sehr oft für einen kurzen Moment erfüllt. Und deshalb ist diese Tradition auch ein absoluter Renner, ein Selbstläufer. Oder einfach: der Exportschlager schlechthin. Ich glaube, mich erinnern zu können, dabei auch schon mal Jan geküsst zu haben. Leider weiß ich nicht mehr, wie es sich angefühlt hat. Ist wahrscheinlich das Beste, um eine gute Freundschaft zu erhalten.

BEKANNTE UND UNBEKANNTE HABEN SICH GEKÜSST

Die Bar-Geburtstage stehen immer unter einem Motto. Diesmal heißt es »Hubba Bubba«. »Wrigley« hätte ich origineller gefunden. Abgesehen davon, dass mir meine Erziehung jegliches Kaugummikauen seit jeher verboten hat: Ich hasse Kostüme. Alle sind entweder hellblau oder rosa verkleidet. Perücke, Schminke, Glitter, Ballons und Konfetti. Eigentlich wie immer, nur dieses Mal in Pastell.

Der Laden ist gedroschen voll, als ich ankomme. Die Organisation ist miserabel, es wird an allen Ecken und Enden Unannehmlichkeiten geben. Das Hauptproblem ist, dass zu solchen Anlässen immer alle Angestellten arbeiten wollen, dann aber doch häufig irgendwie abstürzen oder sich verfeiern, den Dienst vergessen und so weiter. Tja und dann, dann beginnt das große Chaos.

Als Ersten treffe ich Matty, einen Stammgast, wir gucken uns verdutzt an, weil wir beide komplett in Schwarz gekleidet sind. Matty, weil er auffallen will, und ich, weil ich die Kaugummifarbe nicht mag.

»Entweder over- oder underdressed, was anderes gibt es hier nicht. Und du bist heute eindeutig underdressed.«

ENTWEDER OVER- ODER UNDERDRESSED

Mich beschleicht die Angst, dass die einzige Person, die außer Matty und mir eventuell auch nicht in Pasteltönen auftauchen wird, Gregor ist. Damit jeder seine Trauer sieht und das Unrecht, das ihm angetan wurde.

Jetzt wäre es wirklich wundervoll, wenn Victor käme. So als menschliches Schutzschild. Dabei wirft sich sowieso langsam die Frage auf, wo denn die beiden Jungs eigentlich stecken. Das ist doch heute der Feieranlass schlechthin. Aber kein Victor, kein Jan. Ich sehe sie fast schon öfter an meinem Küchentisch als hier. Irgendwie entgleiten mir die beiden in diesem letzten Sommer, zumindest beim Feiern. Wie soll ich mich da denn vergnügen? Mir fehlt unser stundenlanges Diskutieren über irgendwas Relevantes oder Irrelevantes oder überhaupt, wenn ich in der Partywelt bin. Wenn ich es in der Realität kriege, bin ich zu müde wegen der Party. Das fühlt sich plötzlich ambivalent an. Ich vermische alles und bin nirgendwo mehr richtig, nur noch halb. Das spricht gegen das Prinzip des Lebens im Moment. Wenn ich hier bin, will ich dort sein, und umgekehrt. Bin ich nicht da, will ich hin, bin dort, will ich weg. Dauernd überprüfe ich dieses Gefühl, gebe nach oder widerstehe. Teste und probiere. Kann mich beim Feiern nicht mehr verlieren und gleichzeitig im Alltag nicht richtig anpassen.

Das macht definitiv keinen Sinn. Der letzte Sommer fängt an mich zu zerreißen, keine Ahnung warum.

Victor ist einer der belesensten Menschen, die ich kenne. Ich lese durchschnittlich ein Buch pro Woche und würde behaupten, dass es Wochen gibt, in denen er mich toppt. Also, wo bleibt mein Mikrokosmos im Mikrokosmos? Sollte ich mir Sorgen machen? Ist irgendwer beleidigt? Habe ich was Falsches gesagt, irgendwann mal, neulich? Braut sich ein Gewitter zusammen über meiner Welt, in die ich jeden Sonntag eintauche? Ist jemand daraus aufgetaucht, ohne mir Bescheid zu sagen? Soll ich jetzt den letzten Sommer alleine durchfliegen? Oder einfach mal mein Kopfkino ausschalten?

Der Drive der Nacht holt mich ein, und ich bin dankbar dafür. Doch eine schlechte Nachricht lässt nicht lange auf sich warten: »Du musst die Currywurstbude übernehmen, uns sind drei Leute ausgefallen. Die Backstage-Bar bleibt zu. Heute müssen sich alle an den vorderen Bars anstellen«, erklärt mir der Abendleiter.

»Na, toll.« Ich rolle meine Augen. Fällt hier nicht so auf.

Das bedeutet richtig Stress für mich. Oder auch Ablenkung. Auf jeden Fall ist es eine Beschäftigungstherapie. Ich eile zur Currywurstbude vorne am Ufer. Die sich für heute wohl in eine Pizzabude verwandelt hat. Die Buchstaben »P-I-Z-Z-A« sind in den italienischen Nationalfarben geschrieben: Grün, Weiß, Rot, und darüber prangt noch ein Herz in denselben Farben. Die beiden Jungs, die heute die Pizza zaubern, sind schon da, Humus und Jamas oder irgendwie so. Auf dem Kopf tragen sie gelbe Skater-Hütchen

DAS BEDEUTET RICHTIG STRESS FÜR MICH. ODER AUCH ABLENKUNG

im Ghetto-Style. Erstens wegen der Küchenhygiene, und zweitens funktioniert wohl die Kooperation zwischen der Skateboard-Marke und der Bar ziemlich gut.

Versteckt hinter der Pizzabude gibt es noch einen Spa-Bereich: Sauna, Schwimmbad, Hängematten und Massageräume. Also alles, um sich zu erholen. Dieser Teil ist aber sonntags geschlossen, denn anders als in der Realität ist der Sonntag hier nicht dazu da, um sich zu erholen und Zeitung zu lesen, sondern um zu tanzen und die letzte Energie zu verschwenden.

Der Abendleiter kommt auch gleich an meinem neuen Arbeitsplatz vorbei. Noch ist er trotz des herrschenden Chaos ganz entspannt. »Zuerst guckst du dir mal alles an. Ich schick dir ’nen Runner, der besorgt dir, was du brauchst, und wenn du so weit bist, machst du auf«, erklärt er mir. Klingt entspannt. Die Pizzabude ist von zwei Seiten zugänglich: Nach vorne gibt es Pizza und seitlich, Richtung See, die Drinks – meine Drinks. Eigentlich steht dort auch eine Kaffeemaschine – die bleibt für dieses Wochenende aber ausgeschaltet. »Zu große Gefahr akuter Kaffee-Verbrennung bei verpeilten Ravern«, teilt mir der Abendleiter noch mit, bevor er wieder in der Masse verschwindet.

Jetzt stehe ich da, mit der Kasse in der Hand. Fühle mich gleichzeitig verloren und zu Hause. Ich denke daran, wie oft ich mit Georg in dieser Ecke rumsaß. Niemals nüchtern, dafür – oder deshalb – umso verliebter. Ich mag Leute, die Geschichten erzählen können. Und er war ein Geschichtenerzähler. Ich mochte seine großen Hände mit den viel zu dünnen Fingern. Seine dunklen, fast lockigen Haare. Sein Lachen.

Ich denke darüber nach, ob meine Erinnerungen vernebelt sind, weil man sie sich im Nachhinein in seinem Kopf oft anders ausmalt, oder ob ich die ganze Zeit einfach prinzipiell vernebelt war. Egal, welche der beiden Möglichkeiten zutrifft, es ändert nichts am Hier und Jetzt. Außer, dass ich nicht weiß, was genau ich noch hier mache. Oder ob ich einfach nicht zugeben will, dass ich Sehnsucht nach diesem Nebel habe, der sich über alles drüberlegt.

Pastellfarben sind laut Definition immer mit Weiß gemischt. Liest man im Internet nach, heißt es, dass Pastellpigmente – um überhaupt haften zu können – einen rauen Malgrund brauchen. Und sobald man sich auf dem Meer befindet, ist Nebel auch ganz schön gefährlich. Hier in der Bar werden, wie in vielen Clubs der Welt, auf jeden Fall ganze Nebelmaschinen aufgebaut, zumindest auf dem Dancefloor. Hier wird man also umnebelt, physisch und psychisch. Und kann vor allem der Sehnsucht nach Verneblung frönen.

Ich sehe mich an meinem neuen Arbeitsplatz um. Das einzige wirklich Gute ist, dass dahinter der Spa-Bereich liegt, und der ist ja sonntags für die Öffentlichkeit geschlossen. Ich kann mich also immer wieder hinten ans Ufer setzen und kurz chillen. Der Nachteil ist, dass jeder jeden kennt und irgendwie jeder irgendwo mitarbeitet, und deshalb laufen auch durch den Spa-Bereich tausend Leute durch. Überhaupt ist der Laden brechend voll. Er ist voller strahlender Gesichter, durch und durch mit Euphorie getränkt. Das lässt meine Haut kribbeln. Und meine Sorgen verschwinden. Gedankenverloren. Was für ein luxuriöser Zustand. Angenehm. Frei. Leider kommend und gehend. Nur wünschbar, nicht erwartbar oder bestellbar, wie so vieles anderes.

GEDANKENVERLOREN. WAS FÜR EIN LUXURIÖSER ZUSTAND

Trotzdem: Zuerst Mal muss ich mich um die Pizzabude kümmern. Es kommt natürlich auch kein Runner vorbei – so wie es versprochen war. Also schlage ich mich selber durch die Haufen und Massen von Menschen und Konfettis durch. Ein Typ wühlt in den kniehohen bunten Bergen von Papierschnipseln.

»Was machst du da?«, frag ich ihn.

»Ich suche mein Handy«, schreit er.

»Na dann viel Glück«, wünsch ich ihm.

»Naja, meine Schlüssel habe ich schon wiedergefunden«, meint er.

Nicht schlecht.

Ich treffe die Runner hinten, vor dem Techniklager. »Jungs, ich mach die Pizzabude auf. Kann mich jemand versorgen?«, frage ich in die Runde.

Ein Runner guckt mich an: »Schau dir deine breiten Oberarme an. Das schaffst du bestimmt auch alleine.«

»Mistkerl.«

Als ich ihn das letzte Mal getroffen habe, war er so zugedröhnt, dass ich keinen Bock hatte, länger mit ihm zu reden. Ich habe ihn ziemlich abrupt während des Gespräches stehen lassen. Er scheint sich trotzdem daran zu erinnern. »So eine Mimose! Und das in dem Laden«, denke ich mir. Allerdings kriege ich jetzt die Retourkutsche, und das bedeutet, wohl selbst Getränkekisten zu tragen.

Der Chefrunner verteidigt mich: »Du kannst die Prinzessin nicht alleine das ganze Zeug schleppen lassen.« Und zack! Ich glaube, es lohnt sich, dass ich mein Trinkgeld immer mit den Runnern teile. Die Pizzabude wird aufgefüllt. Die Gäste davor warten schon ungeduldig, damit sie sich abfüllen können. Ein Drink nach dem anderen geht über meine Theke. Irgendwie habe ich das Gefühl, hier wird heute niemand des Feierns müde werden.

Alles ist voller Konfetti. Kunterbunt. Verzaubert. Es

schwimmt in den Gläsern oder haftet auf den Gästen. Jede Zitrone ist damit verziert. Und alle feiern, als ob es das letzte Mal wäre. Ein Gast kommt an: »Seit 'ner halben Stunde fragen sich alle Leute, warum du nicht voller Konfetti bist. Und wir würden uns sehr freuen, wenn du dazu passen würdest.«

ALLES IST VOLLER KONFETTI. KUNTERBUNT

Auffallen, wenn man unbunt ist, ist besser als auffallen, wenn man unrund ist. Wie nett. Und schön. Die Gäste achten auf die Barfrau. Ich reibe meine linke Schulter mit einer Limette ein, und der Gast klebt mir drei bunte Konfettis drauf. Alle sind glücklich. So einfach geht das. Als Belohnung gebe ich ihm noch einen von den Hunderten Luftballons, die an der Decke schweben. Alle laufen damit rum, die Schnur ums Handgelenk gewickelt. Life is nothing without colours.

Das erinnert mich an meinen früheren Mitbewohner in Paris. Erasmus-Zeit. Er, Südamerikaner, neunzehn Jahre alt und der erste Mal ohne Mutter – sprich: selber kochen und waschen. Und das erste Mal Drogen. LSD – trotz meiner Einwände war er nicht davon abzuhalten, es auszuprobieren. Und was hatten wir davon? Einen Chilenen, der zwei Tage lang in der Küche saß und dauernd vor sich hin brabbelte: »I see so many colours, everywhere are colours …« Danach hat er das Zeug auch nie wieder angerührt.

Es ist unglaublich stressig an diesem Sonntagabend, und ich habe kaum Zeit, selber mal 'ne Kippe zu rauchen. Eine Völkerwanderung ist nichts gegen das, was hier an Leuten übereinander stolpert, tanzt und springt. An allen Ecken und Enden mangelt es an Personal. Endlich läuft mir ein Abendleiter übern Weg.

»Sag mal kannst du dich drum kümmern, dass noch jemand kommt? Wir schaffen das hier alleine nicht mehr, und ich bin um vierundzwanzig Uhr raus.«

»Mach ich.« Ich höre natürlich nichts mehr von ihm.

Noch ein »Du duftest wunderschön« von einem meiner Gäste. Kann man schön duften? Von mir aus.

Von hinten, also aus dem Spa-Bereich, höre ich ein Schluchzen. Ich nehme mir einen Drink, sage den Pizzajungs Bescheid und klettere nach hinten, um eine zu rauchen und zu schauen, was da los ist. Das Schluchzen entpuppt sich als ein allzu starkes Schniefen. Nasenschniefen und Heulen können manchmal auch verwechselt werden. Schwer zu definieren. Oder auch egal. Aber nicht im Moment. Es kommt es von Jans Freundin, Geliebter oder Ex-Freundin. Es geht ihr schlecht. Hippo.

Sobald ich sie erblicke, ahne ich Schlimmeres. Und so ist es. Jan hat sie verlassen, deshalb ist er auch nicht da. Hätte er mir ruhig mal erzählen können. Sie will mit mir nicht darüber reden. Das ist auch klar. Fragt mich aber noch, ob ich ihr einen Drink ausgebe. So ist das hier nun mal.

Ich biete ihr ein Taschentuch an und hole ihr eine Flasche Wasser. Das ist passender. Länger kann und will ich mich hier nicht aufhalten.

Die Stunden verfliegen. Ich bin ganz in mit meiner Arbeit beschäftigt. Kriege eigentlich kaum was mit vom Partygeschehen. Hier dreht sich alles schneller als im Backstage. Mehr Menschen, die sich weniger untereinander kennen. Die mehr wollen, gieriger sind, neu, neugierig. Verzauberter.

HIER DREHT SICH ALLES SCHNELLER ALS IM BACKSTAGE

Gedränge vor der Pizzabude, Hitze vom Ofen, laute Musik. Ich habe kaum eine Sekunde Pause. Die Gäste werden immer betrunkener und forscher und ich immer nüchterner und müder. Uff, jetzt weiß ich, was ich an meiner kleinen Backstage-Bar hinten habe. Abgebrühter, druffer, bewusster, intenser, anders. Bei mir gibt es wenig Touristen, nur Profi-Partygeher.

Bin ich auch so? Geworden? War ich auch mal vorne, ohne um das Hinten zu wissen. Und ab wann wusste ich davon und wollte da hin?

Knallhart trage ich mich Punkt vierundzwanzig Uhr aus. Keinen Bock mehr. Nachdem ich dreimal »Können wir nicht ficken?« von irgendwelchen Leuten gehört habe, mag ich auch nicht mehr. Ich hatte langsam auch Angst, dass meine Currywurstboys bzw. Pizzajungs deshalb jemandem die Nase brechen. Bei dem Trinkgeld wird gut auf mich aufgepasst. Backstage sind alle etwas respektvoller, was Anmache betrifft, man kennt sich und die Grenzen – ansonsten gibt es eh keine.

Ich will nur noch raus. Das Gelände ist teilweise mit Sicherheitszäunen abgeriegelt – zu viele Leute. Irgendwie kommt so ein Love-Parade-Geschmack auf. Nö, danke. Die Jungs von der Pizzabude sind wenig begeistert davon, dass ich pünktlich aufhöre. Jetzt fühle ich mich wie eine Flüchtende. Sie selber machen 'nen Vierundzwanzig-Stunden-Dienst – das ist ungesund. Die Leute kommen gesund in den Laden rein und krank raus. So schauts aus. Und ich ahne noch nicht, dass es noch schlimmer sein kann.

Ich bin raus. Weg.

Aber sobald ich zu Hause ankomme, will ich wieder hin. Mal so privat, mal feiern. Ein komisches Gefühlskarussell, das mich manchmal überkommt. Zuerst will man nur noch weg, und dann beschleicht einen langsam, leise, steigend das Gefühl, man könne doch noch was verpassen.

Das Gefühl lässt aber ziemlich schnell nach, sobald ich unseren Küchentisch erblicke. Nur die Überreste von Victors Frühstück sind noch da. Daneben noch ein Weinglas vom letzten Wochenende. Ich überlege, ob Jan wirklich wegen seiner Trennung nicht aufgetaucht ist oder was los ist. Irgendwie sagt mir mein Bauch, dass etwas nicht stimmt. Die Uhr zeigt jetzt drei Uhr morgens an. Trotzdem rufe ich ihn an.

MAN KÖNNTE DOCH NOCH WAS VERPASSEN

Jan macht das tendenziell so wie ich: entweder gleich abheben oder gar nicht. Er hebt nicht ab. Das macht mich noch unruhiger. Ich beschließe, einfach bei ihm rumzuschauen. Irgendwo liegt bei uns sein Zweitschlüssel rum. Zur Sicherheit. Oder auch einfach, weil Jan oft etwas verliert oder zu druff ist. Auf jeden Fall müsste der Schlüssel irgendwo sein.

Bevor ich jetzt alles auf den Kopf stelle, rufe ich noch Victor an. Laute Musik ist so ungefähr das Einzige, was ich höre, als er abnimmt.

»Hörst du mich?«, schreie ich in den Hörer.

»Jaaa«, schreit er zurück. »Ich bin noch auf 'ner After-Hour hängen geblieben. Was gibt es?«

»Ist Jan bei dir?«

»Nö, der müsste zu Hause sein.«

»Weißt du, wo wir seinen Zweitschlüssel haben? Bevor ich die Wohnung zerlege. Irgendwas stimmt nicht …«

Ich glaube nicht, dass Victor meinte letzten Worte gehört hat oder hören wollte. Immerhin schreit er noch: »In meinem Zimmer auf dem Nachtisch.«

In Victors Zimmer etwas zu suchen läuft ungefähr auf das Gleiche raus wie die Wohnung zu zerlegen.

Ich kriege kaum die Tür auf, stolpere über eine nicht eingebaute Schrankwand, finde den Lichtschalter der Stehlampe nicht, eine Deckenbeleuchtung gibt es nicht.

Tabak, Zeitungen, Briefe, alles mehr oder weniger auf, neben, unter dem kleinen Kästchen neben dem Bett verstreut. Endlich erwische ich einen metallischen Gegenstand. Es ist Jans Schlüssel.

Ich ziehe mir eine Jacke über und laufe raus in die noch warme Nacht. Der Teer und der Beton strahlen die während des Tages gesammelte Wärme ab. Schweiß läuft aus all meinen Poren, während ich die Straße entlanghetzte. Zwei Ecken weiter stehe ich schon vor Jans Haus. Altbau, viel zu hübsch für diese Ecke. Welcher Schlüssel war noch mal für unten? Ich brauche eine gefühlte Ewigkeit, um die Haustür aufzukriegen. Zwei halbwüchsige Jungs kommen mir entgegen. Sehen mich so an, als würde ich einbrechen oder zumindest schwer betrunken sein. Dabei bin ich stocknüchtern. Aber shaky. Endlich kriege ich die fucking Tür auf. Drei Stockwerke höher fängt der Spaß von vorne an.

Drin. Jan liegt im Bett. Und ist so richtig shaky. Kein Vergleich mit mir. Seine Augen sind glasig. Er ist verwirrt.

»Jan, ich habe mir Sorgen gemacht, was ist los?«

Das Telefon vibriert neben seinem Bett. Lautlos also.

Seine Lippen sind so spröde und seine Kehle ist so trocken, dass er nur unverständliche Sachen krächzt.

Ich messe seinen Puls. Der rast. Seine Stirn glüht.

Eine dicke fette Grippe. Dehydriert. Fast orientierungslos. Ich hole ihm Wasser, zwinge ihn zu trinken, lege einen kalten Waschlappen auf sein Gesicht. Trotz der Hitze draußen und der Tatsache, dass es drinnen, obwohl Altbau, kaum merklich kühler ist, zittert er am ganzen Leib. Ich überlege, ob ich ihm Ibuprofen oder so etwas geben sollte. Aber eigentlich ist Fieber immer gut, es aktiviert das Immunsystem. Außerdem verkraften es Erwachsene immer schlechter, erhöhte Temperatur zu haben. Ich tippe also auf eine richtig fette Sommergrippe.

Nachdem ich ihm geholfen habe, sein T-Shirt zu wechseln, ihn gezwungen habe, einen Liter Wasser zu trinken, von Essen kann nicht die Rede sein, und ihm noch Tee ans Bett gestellt habe – falle ich erschöpft auf das Sofa in seinem Zimmer.

Ich werde hierbleiben.

Dann döse ich ein. Immer wieder wecken mich Jans Rufe oder Gemurmel. Ich weiß nicht, ob ich träume. Er auf jeden. Morgens wache ich auf. Gerädert von der Nacht. Jan sitzt auf dem Bett. Man könnte sagen, dass er wieder einen leichten Teint hat.

»Was ist hier los?«, fragt er mich ernsthaft erstaunt, so als ob ich mich auf seine Couch gezaubert hätte.

Ich versuche gar nicht, ihm alles en détail zu erklären, sondern bin schon mal froh, dass er etwas orientierter wirkt. Das Fieber ist auf jeden Fall auch niedriger, was schon mal ein gutes Zeichen ist. Ich koche noch mal Tee und schleppe mich müde nach Hause. Der Gute sollte im Bett bleiben und ich endlich in meines fallen.

MONTAG, NUMMER 20 (INBETWEEN)

Mir tut jeder Knochen weh, als ich am frühen Nachmittag endlich in meinem Bett aufwache. Immerhin habe ich noch sieben Stunden traumlosen Schlaf geschafft.

Das gestrige Gefühl in meinem Bauch, wegen der Hektik und der nächtlichen Jan-Aktion nichts vom eigentlichen Geschehen in der Bar mitbekommen zu haben, lässt mich beschließen, an diesem Montagnachmittag trotz des Regens wieder mein Glück zu versuchen. Ich ziehe sogar meinen pinkfarbenen Diesel-Pulli an, damit man nicht gleich merkt, wie ausgeschlafen ich bin. Und damit auch ich mal dem Motto fröne: Hubba Bubba.

Es ist nicht schwer, eine Begleitung zu finden. Einmal an der Tür nebenan klopfen, und Victor macht sich ready. Wir wollen endlich mal wieder zusammen losziehen und uns treiben lassen, ohne Küchentisch.

Dazwischen.

Einige der Mitarbeiter wohnen in der Nähe des Geländes, sie stehen oft montagmorgens auf, trinken Kaffee und feiern dann gleich weiter. Offiziell ist die Bar schon geschlossen. Es kommen nur noch Freunde, Mitarbeiter und besondere Gäste rein.

Als wir ankommen, bin ich etwas unsicher. »Ob die wohl sauer sind, dass ich gestern pünktlich aufgehört habe?«

»Iwo, daran kann sich heute niemand mehr erinnern«, antwortet mir Victor gelassen. Auch wieder wahr.

Wir laufen durch den etwas verlassenen vorderen Teil, um direkt auf die Tanzfläche zuzusteuern. Dort tummelt sich meistens der Rest vom Fest, und es ist auch der beste Platz, um sich ein bisschen in die Montagsatmosphäre einzugrooven. Sprich: wenige Leute, und die da sind, sind oft schon sehr weit draußen. Trotzdem kann ein Montag extrem gut sein, denn die Touristen sind weg, und es ist ein anderes Feiern: weniger Show, dafür mehr Exzess.

Kurz vor der Tanzfläche treffen wir auf Nadine, eine Stammkundin. Mit Sonnenbrille auf – wie es sich gehört für 'nen Raver nach zwei Tagen Schlafentzug.

»Kondition, Kondition«, ruft sie uns entgegen.

»Und du?«

»Ich hab geschlafen und war dann noch arbeiten«, antworte ich.

»Ach ja! Heute ist ja Montag«, stellt sie fest.

Immerhin. Ist aber auch nicht wichtig. Oder so. Sondern eher wie 'ne Erinnerung an andere Zeiten, Universen oder Systeme. Das alte Problem mit den Wochentagen. Ich weiß nicht, wie viele Leute schon ihren Flieger verpasst haben, den sie am Montag nehmen wollten, und dann war es einfach plötzlich Dienstag.

EINE ERINNERUNG AN ANDERE ZEITEN, UNIVERSEN ODER SYSTEME

Ich wühle mich durch die Tanzenden. Es sind nicht viele, dafür sind diese umso unkoordinierter in ihren Bewegungen. An der Theke angelangt schnappe ich mir einen Barhocker. Und sehe Lisa, ein alte Bekannte. Nach einem Jahr und acht Monaten das erste Mal. Das Komische daran ist: Wenn man Leute trifft, mit denen man Nächte durchgefeiert hat,

hat man das Gefühl, es ist höchsten eine Woche später, nicht Monate.

Sie grinst mich breit an. »Ich habe die Wette gewonnen.«

Kurz vor meiner Bewerbung für einen Job »im anderen Leben« war ich in der Bar. Unter großen Protesten bin ich extrem früh wieder abgehauen. Lisa hat mich damals angeguckt und gemeint: »Ich weiß, dass du es schaffst, und wenn ja, schuldest du mir 'ne Nacht.«

Ich plaudere kurz mit ihr. Ihre derzeitige Freundin daneben wird eifersüchtig. Lisa dreht sich um, geht, wirft mir einen Blick zu und sagt: »Ich freu mich drauf.«

Ich auch – irgendwie.

Ich reiße mich von der Theke los, um mich ein bisschen umzusehen. Victor habe ich schon beim Reingehen verloren. Aber ich weiß, dass wir uns sowieso wieder treffen. Eine Eigenart der Bar. Eine wunderschöne. Draußen sitzt ein alter Bekannter. Normalerweise sehe ich ihn nur vor der Tür stehen, Goalkeeper. Groß, hager, und die Inspiration himself. Er spielt mit Wörtern. Das mag ich. Von ihm kommt mein neues Lieblingswort: gleichzeitiger. Gleichzeitiger Leben. Gleichzeitiger sein. Nicht mit dem Kopf schon beim Nächsten sein, beim nächsten Dienst, bei der nächsten Abgabe, beim nächsten Projekt, sondern einfach da sein. Er wirkt ziemlich müde. »Seit wann bist du wach?«

GLEICHZEITIGER. GLEICHZEITIGER LEBEN

»Seit Freitag.«

Mhhm. Heute ist Montagabend.

Ich streichle ihn über den Rücken. Ein Schluck Mango-Wodka. Der dickflüssige Fruchtsaft füllt den Magen – denk ich mir. Ein paar flüssige Vitamine.

»Am liebsten hätte ich ja Wan-Tans. Haste wahrscheinlich nicht dabei, oder?«

»Nee, heute keine Teigtaschen in der Tasche.« Ich muss lachen.

»Versprichst du mir, dass wir bald mal welche essen gehen?«

»Klar, machen wir.«

I love him.

Ich sehe Lisa noch mal auf der Tanzfläche. Wunderschön ist sie. Ich werde die Wette trotzdem nicht einlösen. Zu sehr würde mich das an frühere Zeiten erinnern, in der Sex zu dritt das Hauptthema war. Immer wieder aufs Neue war das Thema präsent, besonders auf Partys. Besonders, wenn andere schöne Frauen da waren. Was am Anfang spannend war, endete damit, dass ich das Gefühl hatte, niemals mehr allein zu genügen. Das fühlt sich beschissen an. Ich lasse mich bis ganz nach hinten treiben. Treffe Felix.

»Oh Süße, du siehst etwas mitgenommen aus«, meint er.

»Schon okay. Zu viele Gedanken im Kopf.«

»Wollen wir uns kurz hinsetzen? Du kannst eine rauchen und die Gedanken mit dem Rauch davonfliegen lassen. Es ist unser letzter Sommer. Lass ihn dir nicht verderben. Von nichts und niemandem.«

»Okay.«

Ich sitze mit Felix ganz hinten. Backstage vom Backstage sozusagen. Seit Ewigkeiten wieder mal wir zwei – waren wir doch einen Sommer lang das Team. Gregor kommt. Stellt sich genau vor uns, ohne mich anzublicken. »Hallo Felix, hast du Ralf gesehen?«

Ich versuche es mit einem »Hei«.

Felix guckt nur mich an: »Oh, jetzt hat er sich entschieden, dich komplett zu ignorieren.«

Und antwortet ihm nicht. Nicht schlecht.

Makes me smile. Gregor zieht ab. Ich rauche und wir reden. Sehen ab und an einzelne Partygäste und lästern. Langsam verpuffen meine Gedanken. Es ist einfach schön hier zu sein. Und ich bin auch hier, um nicht zu denken. Felix muss los. Er hat heute eine Schicht an der großen Bar.

»Ich schätze mal, ich werde bis morgen früh arbeiten«, meint er.

Buh, ich bin nicht neidisch auf ihn. Im Vergleich zu den meisten Barleuten bin ich eine Kurzarbeiterin. Meine Schicht geht, bis auf ein paar wenige Ausnahmen, immer sonntags von sechzehn Uhr bis Mitternacht. Mehr könnte ich mit meinem realen Leben nicht vereinbaren, und vor allem habe ich nicht die Kraft für ewig lange Schichten. Beziehungsweise konsumieren alle irgendwelche Wachmacher, und das ist nicht das, was ich auf Dauer möchte.

MEHR KÖNNTE ICH MIT MEINEM REALEN LEBEN NICHT VEREIN-BAREN

Ich drücke Felix: »Versprochen, ich komme dich besuchen.« Und er verschwindet nach vorne.

Ich treffe Victor wieder. Er kommt mir mit Emil entgegen. Der trägt einen weißen Saum unter seiner Nase. Frankfurternasenkranz. Ein Klassiker unter Ravern, sozusagen. Bevor ich es schaffe, ihn darauf hinzuweisen, kommt mir Victor zuvor. »Nase putzen.«

Emil dreht sich zu mir: »Das hättest du mir auch früher sagen können.«

Dabei habe ich ihn doch gerade erst erblickt … Ich zucke mit den Schultern. Ist nun wirklich nicht meine Schuld. Victor rettet mich. Er erzählt mir schnell, um umzulenken, wen er alles getroffen hat, welche neuen Gerüchte es gibt und welcher alte Klatsch immer noch kursiert. Irgendwie höre ich nur mit einem Ohr zu. »Sag mal, weißt du schon, dass Jan krank ist? Ich war gestern bei ihm und werde auch noch mal bei ihm rumschauen. Irgendwie habe ich ein komisches Gefühl im Bauch.«

»Grippe, ja? Ich dachte eher, er ist nach Mexiko geflohen oder so. Wegen der Girls.« Wahrscheinlich wissen mittlerweile auch alle von seiner Trennung.

Mhmh, Victor scherzt. Wenn er nicht weiß, dass Jan krank war, dann ist Jan wirklich so fertig, dass er gar nicht mehr kommuniziert, oder – keine Ahnung. Ich bin müde. Und Victor denkt wirklich, dass es mit der Trennung von seiner Freundin zu tun hat und dass es ja immer am besten ist, wenn man auf Abstand geht, so kurz nach einem Crash. Und dass man sich einfach mal vergraben will. Tagelang mit niemandem reden, weder real noch am Telefon noch per Skype oder Facebook. Und dass der Schnupfen da gerade richtig ist, denn sonst gäbe es keine Ausrede für eine Flucht.

Wahrscheinlich hat er recht, trotzdem kriege ich die Puzzleteile noch nicht richtig zusammen. Normalerweise hätten wir seine Trennung bis ins Detail besprochen. Und auch wenn er öfter darüber geredet hat, ging das jetzt wohl doch ziemlich schnell. Wie auch immer. Ich weiß, dass man auch an einem gebrochenen Herzen erkranken kann. Aber das passt so gar nicht zu Jan und seinen Symptomen. Und ich fühle mich jetzt noch müder und – keine Ahnung.

Gut, dass Victor mich so gut kennt, und – bevor ich in irgendwas kippen kann – einfach vorschlägt, mal loszumachen. Sich zu bewegen. Nicht stehen oder hängen zu bleiben. Wir beschließen, zusammen noch eine Runde zu drehen. Oder auch: Victor beschließt, und ich lasse mich mitziehen. Die

Tanzfläche ist ziemlich leer, und man hat das Gefühl, dass der DJ sich eher an seinen Platten festhält, als mit ihnen zu jonglieren. Ich sehe, dass Victor schon tiefe, dunkle Augenränder hat, und auch ich bin schon todmüde.

TIEFE, DUNKLE AUGENRÄNDER

Da stellt sich nur die Frage, ob wir der Müdigkeit die Oberhand lassen oder uns noch was organisieren, um uns aufzufrischen. »Vielleicht gibt es dieses Wochenende ›Warschauer Klinik‹«. Eine Sorte Speed, die – sagen wir mal – noch erfrischender wirkt als der übliche Stoff. Kurzes Überlegen. Mir ist es eigentlich sowieso egal, denn ich bin irgendwie immun dem Speed gegenüber. Abgesehen davon, dass ich es nicht besonders mag, hält es mich auch nicht besonders wach. Egal. Man kann ja mal schauen.

Wieder zurück backstage. Irgendwie kann sich so ein After-after-Montag auch wie ein langer Spaziergang anfühlen. Vom vorderen Bereich nach hinten, wieder vor, jemanden treffen, noch mal stehenbleiben. Zwischendurch ein Kaffee, das heißt, ein Drink, zwischendurch ein Eis, oder irgendwas Auffrischendes …

Fast gleichzeitig verlässt Victor und mich die Lust am Promenieren, und wir entscheiden uns für einen Drink. »One for the road«, sozusagen.

Also noch kurz ein Drink am Wasser – nach all dem.

Wir gehen ein ganzes Stück um den See, zu einer kleinen Anlegestelle, wohin sich manchmal Leute abseilen, denen es in der Bar zu viel wird. Victor und ich üben uns in der hohen Kunst des Schweigens, die man nur mit guten Freunden zelebrieren kann, ohne dass es unangenehm wird. Jeder hängt seinen Gedanken nach.

Aber immer wieder gerät man in dieser Welt in neue, unbekannte Situationen. Jetzt, montagmorgens gegen neun Uhr, sitzen wir hier am Wasser, direkt neben der Anlegestelle. Es ist unglaublich heiß, vor allem für diese Uhrzeit. Schätzungsweise achtundzwanzig Grad. Und das in Berlin.

Ein paar Leute sind leicht bekleidet und sind einfach mal mega drauf. Wir haben eine Stunde lang darüber diskutiert, ob der Track »Turkish Bazar« von Emanuel Top total cool ist oder schlechter Goa, also Trance.

Neben uns sitzen zwei Typen: einer davon ist der klassische Anzugträger, zwar mit verrutschtem Schlips, trotzdem immerhin noch in Hemd und Bügelfaltenhose, der andere eher so Typ Berliner Fußball-Hooligan, Muskelberg mit Adlertattoo und so halt.

Nichtsdestotrotz verstehen sich die beiden prächtig. Völkerverständigung über alle Barrieren. Der schicke Typ dreht sich zu mir um und meint sehr höflich: ›Euer Musikschwanzvergleich nervt mich total.‹ Dabei habe ich gar keinen Schwanz. Daraufhin klinkt sich auch der Prolltyp gleich in das Gespräch ein und meint:

»Dann lass uns mal ’nen richtigen Schwanzvergleich machen. Also so richtig.«

Er zeigt auf das Wasser hinaus, genau zu der Anlegestelle, wo ein paar Enten aus Plastik im Wasser verankert sind, und meint: »Wir machen das so: Wer es von uns beiden schafft zu einem dieser Vögel zu schwimmen, ’ne Line draufzulegen und die zu ziehen, der ist besser, oder der ist der King.«

Unglaublicherweise, oder auch: naturellement, zieht sich der Anzugtyp aus, schwimmt zur Fake-Ente und lässt sich das Briefchen reichen. Er streut etwas von dem Inhalt auf das Tier, hält seine Nase hin, fast siegessicher, nur sucht er plötzlich den Halt und umfasst die Leine, an der die Ente hängt, und alles, das heißt eigentlich: nur die Line, also das Wichtigste, geht unter.

Mein Gesprächspartner, einer von den fairen Typen, springt daraufhin auch ins Wasser. Er wischt die Ente trocken und meint genauso trocken: »Nur damit die Chancen wieder gleich sind.«

Daraufhin wagt sich der Muskelberg ins Wasser. Die Hand mit dem Briefchen und dem darin enthaltenen wertvollen Gut hält er nach oben ausgestreckt, über der Oberfläche des nassen Sees. Schwimmt mit nur zwei Stößen zur Ente, legt die Line direkt oben auf den Körper des Tiers. Das sieht gut aus.

Nur, es kommt erstens immer anders und zweitens als man denkt. Genau in diesem Moment fährt ein Boot vorbei, schlägt eine Welle, die den Proll, die Ente, das Tütchen und somit auch die fast schon gezogene Line unter dem Wasser begräbt.

Der Typ taucht wieder auf, lacht schallend und prustet. »Das waren jetzt zwei Gramm Flakes, also das wirklich gute Koks, das man in Berlin eigentlich nie bekommt.«

Kommt schon mal vor, so 'ne schräge Begebenheit.

Was aber nicht vorkommt ist …

Als ich Stunden – Zeit ist hier ja immer relativ –, auf jeden Fall später wieder an der Stelle vorbeikomme, wieder mit Victor, sehe ich tatsächlich die beiden Typen wieder neben dem Wasser. Nur diesmal liegen sie. Die Krawatte des einen Herren ist fast nicht mehr sichtbar, und die Tattoos des anderen auch nicht mehr. In solchen Momenten gibt es keine modischen Differenzen mehr. Beide haben sich aus Strohhalmen längere Ziehröhrchen gebaut und versuchen mit einer kleineren Ente, einer viel kleineren Ente, die alte Aufgabe neu zu lösen. Von einer Ente, die in einem kleinen See dümpelt, irgendwas Weißes zu ziehen.

»Was ist denn hier los?« denke und frage ich gleichzeitig.

»Naja, wir haben das Handicap runtergeschraubt.«

Nicht mehr High-quality Koks im Fluss, sondern Speed auf Gummienten ist jetzt die Battle. Find ich gut, wenn man flexibel ist, denk ich mir, und stolpere weiter. Victor ruft meinen Namen. Wir gehen wieder ein Stück, zu einem kleinen Strand. Um das ganze hier endlich zu beenden. Um uns noch mal zu strecken, eine Zigarette zu rauchen und zu genießen.

Neben uns sitzen zwei Gruppen mit Leuten. So nahe beieinander, dass sie sich hören können, aber offensichtlich kennen sie sich nicht. Ich lausche dem Wasser und dem Stimmengewirr. Bei den einen geht es offensichtlich um Sex. Sex sells. »Ich mag es, wenn man mir in den Mund spritzt«, schreit eine ziemlich überdrehte, überschminkte und überfeierte Braut, so laut, dass es nun wirklich alle hören können bzw. müssen.

Daraufhin dreht sich ein Typ der Nachbargruppe um und hält wortlos eine GHB-Spritze hoch. Die durchgeknallte Raverin zeigt mit dem Daumen nach oben. »Go for it.«

Er spritzt es ihr den Mund. Sie landet in einen nirvanaartigen Zustand. So einfach kann es sein.

Wir raffen uns nun endgültig auf. Oder auch: Victor rafft mich auf. Ich hänge in seinen Armen. Es ist gar nicht so leicht zu laufen. Meine Knie knicken ein. Und wieder Mal bin ich äußerst froh, dass wir beide den gleichen Heimweg haben. Und dass ich mich darauf verlassen kann, bald sicher und weich im meinem Bett zu liegen. Ich höre Victor noch grummeln: »Mensch Mia, dass ich dich immer nach Hause bringen darf.«

»THAT'S LOVE«

»That's Love«, sind meine letzten Worte.

SONNTAG, NUMMER 19

Wieder mal ein Tag in dieser Woche, an dem ich mich von Jans Couch aufraffe. Nur ist heute Sonntag. Und Jan endlich auf dem Weg der Besserung. Obwohl ich noch nie jemanden gesehen habe, der von einer Grippe so mitgenommen war.

Aber weil ich seine Freundin bin und nicht seine Ärztin, lasse ich mich auch nicht von irgendwelchen hypochondrischen Gedanken einholen. Sondern freue mich darauf, wenn ich wieder – und das wird nächsten Sonntag sein, diesen noch nicht – mit beiden in die Bar starte.

Ich schleppe mich nach Hause und lege mich in mein Bett. Um noch ein paar Stunden zu dösen, meinen Gedanken nachzuhängen. Vielleicht noch mal einzuschlafen, am besten ohne Träume.

Heute weiß wieder mal niemand, ob die Backstage-Bar geöffnet wird oder nicht. Das Wetter ist immer noch schlecht. Es sind nicht so viele Leute da wie erhofft. Und für mich ist es ein Sonntag, an dem ich nicht weiß, ob ich da hinwill oder nicht. Ich habe ein bisschen das Gefühl, dass es mir weniger Spaß macht, dort zu arbeiten, als früher. Irgendwas hat sich geändert. In diesem letzten Sommer. Vielleicht habe auch ich mich verändert.

Irgendwie ist es wie in einer Beziehung, die eigentlich schon vorbei ist, man aber trotzdem noch nicht Schluss gemacht hat. Wenn man die Trennung hinauszögert. Also trotzdem noch irgendwie Hoffnung verspürt, obwohl man schon ahnt, dass sie vergebens ist. Die Hoffnung stirbt zuletzt. Deswegen gibt es all die Sonntage, an denen ich total motiviert hingehe. Sonntage, an denen ich gar nicht hinwill. Montage, an denen ich nicht wegwill. Eine Achterbahn, auf und ab, und auch hin- und hergerissen.

Es fängt an mich zu nerven, dass mir anstelle von Jan immer wieder Gregor über den Weg läuft – wenn auch nur im Hintergrund. Die Geschichte ist vorbei, aus, fertig erzählt. Trotzdem ist die Bar der Ort, an dem wir uns verliebt und getrennt haben. Es ist ein dauernder Kampf, der Versuchung nachzugeben oder vor ihr weglaufen zu wollen. Im Endeffekt bedeutet eine Beziehung Ankommen, Sicherheit und Geliebtwerden. Und wir sehnen uns alle genau danach. Nur mit ihm bin ich wohl nirgendwo angekommen.

WENN MAN DIE TRENNUNG HINAUSZÖGERT

Wahrscheinlich ist es diese Ankommenssehnsucht, die mich in die Bar treibt. Mein Kopf, der längst weiß, dass sie dort nicht mehr erfüllt werden wird, und mein Bauch, der noch einen Schlag in den Magen, noch einen ganzen Sommer braucht, damit es mein Gehirn endlich checkt. Dass diese große Seifenblase längst schon geplatzt ist.

Andererseits ist es auch die Magie dieses Ortes, die Sicherheit, absolute Freiheit zu genießen, die mich und auch all die anderen Menschen immer wieder anlockt. Unbeschwertheit. Zumindest nach außen. Unbegrenztheit. Oder Grenzüberschreitung der eigenen Psyche und Physis. Und natürlich die Möglichkeiten, jemanden kennenzulernen, jemand Besonderen, jemanden nur für eine Nacht. Begehrt zu werden. Es ist immer eine Frage der Möglichkeiten im Leben, oder?

Wenn man sich im Nachtleben bewegt, gibt es mehr Möglichkeiten. Man ist die begehrte Barfrau hinter der Theke, weil die Leute Drinks wollen. Und gleichzeitig wird man auch noch von allen gesehen – angesehen. Man will deine Aufmerksamkeit.

Dem DJ, der die Musik macht, geht es genauso. Nur noch ein bisschen mehr, ein bisschen viel mehr. Er macht den Sound, weswegen man ja eigentlich in den Club kommt. Er bestimmt, zu welcher Musik die Leute tanzen, ihre Körper bewegen, mit den Köpfen wippen. Er ist der Rockstar, sozusagen. Die Leute tanzen und bewegen sich zu seinem Programm. Die Mädels – leider sind die meisten DJs immer noch Männer – tanzen vor seinem Pult. Versuchen, seinen Blick zu erhaschen oder ihn nach dem Gig abzufangen.

ER IST DER ROCKSTAR, SOZUSAGEN

Und wenn einem der Laden gehört, wenn man Personalchef oder Abendleiter ist, wenn man sogar noch über die entscheidet, die eigentlich zum Team gehören, hat man dann noch mehr Möglichkeiten, und macht genau dieses Mehr an Möglichkeiten eine Beziehung unmöglich?

Es ist die Rastlosigkeit, die einen durch die Nächte, Tage und Partys trägt. Manchmal ist sie energiebringend und manchmal einfach nur schier unendlich ermüdend. So sehr, dass die Rastlosigkeit in einer Kapitulation endet.

Das Klingelgeräusch meines Telefons reißt mich aus meinen Gedanken. Ich springe aus dem Bett, rüber zum Schreibtisch, wo mein Handy liegt. Es ist mittlerweile halb zwei, und ich bin auch halbwegs wach. Der Ladenleiter ist dran: »Alle sind auf dem Boot, auf dem Geburtstag gefeiert wird. Vor sechzehn Uhr weiß ich noch nichts. Und gerade ist der Laden leer. Was meinst du?« Ich meine gerade noch nicht viel. Wir einigen uns darauf, in einer Stunde wieder zu telefonieren.

Vielleicht ist das ein Wink des Schicksals, mal einen Sonntag zu pausieren? Vielleicht sollte ich doch noch mal nach Jan schauen. Einen kleinen Sonntagsspaziergang machen. Aber ich bin unschlüssig, denn eigentlich brauch ich das Geld. Und die Bar zieht mich auf ihre Art und Weise wieder mal magisch an. Wie ein schwarzes Loch im Weltall. Außerdem wollen heute Freunde von mir hin. Also könnte ich privat hingehen. Oder könnte vor mir selbst zugeben, dass ich immer irgendeinen Grund finde hinzugehen. Entweder wegen der Arbeit oder um den Laden ein paar Freunden zu zeigen oder weil ich selber doch auch mal feiern muss oder zur Not, weil ich das letzte Mal meine Jacke habe liegen lassen. Die Auswahl an Gründen ist relativ groß.

WIE EIN SCHWARZES LOCH IM WELTALL

Und eigentlich ist es Luxus, denn ich weiß, dass es Leute gibt, die hier Teller waschen, nur um dazuzugehören. Dazuzugehören ist so eine Sache. Er ist wie ein Fixpunkt, dieser große Spielplatz der Erwachsenen. Eine Party, die immer läuft. Jeden Sonntag, meist auch noch Montag, und wenn man gar nicht wegwill, findet man auch noch jemanden, der bis Dienstag dabei ist.

Und trotzdem: Privat hingehen ist immer so 'ne Sache. Es ist schwer, in einem Laden zu feiern, in dem man eigentlich immer arbeitet. Ich fühle mich dabei immer ein bisschen deplatziert. Gewohnt daran, zu laufen, noch schnell was zu organisieren oder Drinks rauszugeben … Man gewöhnt sich daran. Wenn man mal einen Sommer lang in einem Restaurant bedient hat, kann es auch passieren, dass man – wenn man selber Gast ist – das Gefühl, aufstehen und die Teller abzuräumen zu müssen, unterdrücken muss. Aber heute, mal sehen … Es regnet eigentlich auch.

Nach einer Stunde telefoniere ich noch mal mit dem Ladenleiter. Die Hälfte der Crew ist immer noch auf dem Schiff und der Geburtstagsfeier. Macht ja auch Sinn, auf einem Boot zu feiern. Dann kann man sich nämlich ziemlich sicher sein, dass keiner der Gäste früher geht. Außer, er ist ein Topschwimmer. Hier ist es genau andersrum. Alle wollen mit, die wenigsten kriegen eine Einladung. Wie eigentlich bei allen Feiern rund um die Bar. Veranstaltungen auf dem See, auf einem Boot finden immer häufiger statt. Ganz nach dem Motto »mitgefangen, mitgehangen«.

ALLE WOLLEN MIT

Also, mein Dienst fällt definitiv flach. Ich habe beschlossen, nachher nun doch gemütlich privat hinzugehen und zu floaten. Kann man ja auch auf festem Boden. Ich verabrede mich für zwanzig Uhr mit Freunden vor dem Eingang der Bar.

Ich bin die Erste, die da ist, und setzte mich deshalb noch ein bisschen zu den Türjungs. Eigentlich wird es nicht gern gesehen, wenn man die Tür blockiert. Eugen stellt mir aber gleich einen Hocker hin. »Eine Elfe. Ein bisschen Glamour-Deko kann nicht schaden.«

Na, wenn ich schon da sitze, umgeben von vier Türjungs, mach ich mal auf Selektorin. »Ja, nein, du darfst rein, du nicht …« Nach fünf Minuten habe ich genug. Ich kenne ja die Folgen … Wenn man an der Tür steht, sieht man viele Leute und vergisst die meisten Gesichter gleich wieder. Bei den Abgewiesenen ist das anders. Die merken sich dein Gesicht sehr wohl. Es kann durchaus passieren, dass man sie irgendwo da draußen, im Supermarkt zum Beispiel, wiedertrifft und von ihnen beschimpft wird.

Ich habe mich mal bei der Neueröffnung eines Clubs als Selektorin versucht. Zuerst fand ich das ganz toll, so rein aus dem Bauch heraus mit einem guten Auge für Stil zu entscheiden, wer reindarf und wer nicht. Wer dazu passt oder wer die richtige Stimmung mitbringt. Außerdem hatte ich zwei riesige Türsteher neben mir. Wenn ich jemandem den Zugang verweigert habe, ist einer der beiden einfach immer ganz dezent einen Schritt nach vorne gegangen. Und zack: haben fast alle aufgehört zu jammern, sich zu beschweren oder gar zu pöbeln. Irgendwann fand ich es dann ziemlich langweilig.

Am nächsten Tag bekam ich prompt die Rechnung für die Nacht vorher präsentiert. Ich war mit Freunden auf dem »Karneval der Verpeilten«, der damals beim Planetarium stattfand. Es war unheimlich voll mit Menschen, und während ich so über die Wiese flanierte, so zwischen tanzend und gehend, gab es einige, die mich wiedererkannten, und zwar unglücklicherweise gerade die, denen ich am Tag zuvor den Einlass verwehrt hatte. Also wurde ich beschimpft. Und das passte so gar nicht zu meiner »Die Sonne scheint, ich tanze auf der Wiese«-Stimmung. Ich musste mich dann ziemlich schnell in den Backstage-Bereich des Standes der Bar (man ist ja auch manchmal auf Fremdveranstaltungen tätig) verstecken. Und traute mich dann auch für den Rest des Tages nicht mehr wirklich raus. Felix, mit dem ich damals im Restaurant der Bar zusammen arbeitete, betonte zwar immer wieder, dass er alle verjagen würde, die gemein zu mir sind. Er wollte nämlich unbedingt, dass ich mit ihm zur großen Bühne gehe und tanze. Aber als er mir das so mit Glitzer im Gesicht und Blümchenschal um den Hals verkündete, erschien er mir wenig glaubwürdig. Zumindest konnte er mir die Angst um mein rein körperliches Wohlgefühl nicht wirklich nehmen.

DIE SONNE SCHEINT, ICH TANZE AUF DER WIESE

Überhaupt war der Abend ein Desaster. Sich auf einem Open Air zu verstecken, ist schon ein Widerspruch in sich. Das fühlt sich dann eher wie Closed-into an. Ob sich wegen dieses Abends wohl meine generelle Ablehnung gegen Festivals entwickelt hat? Die Neurologen gehen davon aus, dass es nur ein einziges Erlebnis braucht, um eine Phobie auszulösen. Ein One-Shot-Erlebnis, das direkt in der Amygdala landet. Einem der ältesten Teile des Gehirns. Genau dort, wo das Angstzentrum sitzt. Also der Teil unserer Gefühle, der uns Menschen früher überhaupt erst das Überleben möglich gemacht hat: durch den Fluchtimpuls zum Beispiel. Deshalb gehe ich nicht auf Festivals, weil ich dann fliehen möchte, und zwar akut, und weil genau das dort nun mal überhaupt nicht möglich ist.

EIN ONE-SHOT-ERLEBNIS

Die Erinnerung an diese Geschichte treibt mich zur plötzlichen Eile. Zur Flucht. Also gehe ich schnell rein in die Bar und somit raus aus der realen Welt. Ich versuche schon mal, die Backstage-Bändchen für meine Freunde zu besorgen. Dann wäre zumindest das erledigt. Dafür begebe ich mich auf die große Suche nach dem Abendleiter, der sie verteilt. Eigentlich findet man hier fast nie die, die man sucht, trifft aber immer jemand anderen. Manchmal aber hat man auch einfach Glück. So wie ich heute: Der Abendleiter kreuzt als Erster meinen Weg.

Mitten in unserem Gespräch knallt ein Gast gegen das Auto von Marie – die ebenfalls Barfrau ist. Manchmal stellen die Mitarbeiter ihre Autos in den Backstage. Das ist praktisch, manchmal auch verwirrend. Wie für den Gast. Heute.

Vollkommen breit. Er beschimpft das Auto eine Weile – ein lustiger und zugleich trauriger Anblick. Wie so manches hier. Eigentlich fühle auch ich mich mittlerweile ganz ähnlich hier.

Unentschlossen, über alles Verflossene zu heulen oder darüber zu lachen, weil ich endlich frei bin.

Wegen des Autosturzes ist Marie mit dem Schaden beschäftigt und die kleine Zirkus-Bar am Rande des großen Zirkuszelts nur noch mit einer Arbeitskraft besetzt. Die Barfrau muss jetzt den Dienst alleine schmeißen, denn Marie ist definitiv mit dem Unfall beschäftigt und deshalb arbeitsunfähig, sie steht unter Schock. Der Abendleiter bringt sie nach hinten, in den Backstage vom Backstage, legt sie hin. Ich werde gerufen, um noch kurz einen Blick auf sie zu werfen, aber außer »zu lange wach« und »zu viel von allem« und »erschrocken« gibt es nichts zu diagnostizieren. Wir lassen sie hier in Ruhe ausschlafen. Ich bringe ihr noch ein Wasser, rede ihr gut zu und streiche über ihren Rücken. Mehr kann man da nicht machen.

»ZU LANGE WACH« UND »ZU VIEL VON ALLEM«

Ich besorge mir etwas zu trinken und wippe neben einem Holzpfeiler am Rande der Tanzfläche. Im Grunde sieht es hier ein bisschen so aus, als sei man auf einem Kostümball gelandet. Es gibt kaum unverkleidete Leute. Egal ob nur im Bademantel, als Fee oder als glitzerndes Etwas. Aber man merkt, dass der Kern der Leute, die den Laden ausmachen, auf dem Schiff ist. Es ist leerer als sonst. Die Tanzfläche selbst ist überschaubar. Es ist wie auf einem Ball, zu dem man einfach etwas zu früh gekommen ist und wo sich deshalb die ersten Kostümierten noch nicht so ganz wohlfühlen. Der DJ spielt »Voyage, voyage« von Desireless. Ich liebe dieses Lied und lasse mich dazu hinreißen, mit geschlossenen Augen zu tanzen. Wunschlos. Genau in diesen Momenten habe ich das Gefühl, plötzlich zu wissen, warum ich jeden Sonntag hier bin. Weil ich immer wieder, wenn auch nur für einen kurzen Moment wunschlos sein will.

Der Song ist zu Ende, der Moment auch, und mein Drink ist ebenfalls leer. Ich gehe zurück zur Theke. Dabei husche ich an einem alten Bekannten vorbei. Während alle tanzen, steht er in eine Decke gehüllt da. Total alleine. Ich gehe hin, ohne Verständnis für den Stillstand, weil sich ja in meiner Welt alles bewegt, ganz endlos und so schön. Er schaut mich an und sagt, noch bevor ich fragen kann, ob es ihm gut geht: »Ich tanze in mir drinnen.«

DER SONG IST ZU ENDE, DER MOMENT AUCH

Auch eine Möglichkeit.

Irgendwie bemerke ich, dass ich diesen einen Moment der absoluten Zufriedenheit und Losgelassenheit heute nicht mehr toppen werde. Dableiben würde einen bitteren Nachgeschmack hinterlassen. Man sollte immer gehen, wenn es am schönsten ist. Ich weiß, dass die Party auch ohne mich weitergehen wird und meine Freunde sich auch ohne mich amüsieren werden.

Mit dem Begriff Freundschaft ist das übrigens so eine Sache. Ehrlicherweise muss man sagen, dass Clubfreundschaften Clubfreundschaften bleiben, andere Freundschaften aber nicht nur in dieser wunderbaren Schweinwelt, sondern auch außerhalb funktionieren. Clubfreunde sieht man ungeplant, dennoch in einer gewissen eigenen Regelmäßigkeit. Man mag die Leute, man lacht mit ihnen, trinkt mit ihnen, tanzt mit ihnen, diskutiert mit ihnen und schmiedet Pläne, die niemals umgesetzt werden. Die Sachen im Leben, die einen gerade wirklich belasten, haben da nichts zu suchen. Kippen die Stimmung. Haben ganz einfach keinen Platz. Ich hatte einmal einen Dienst an meiner Bar, und eine Bekannte hing ziemlich lang herum. Sie war schon seit Samstag da. War die ganze Zeit mit zwei »Freunden« unterwegs, Stunden, vielleicht auch schon Tage. Sie kamen zu mir, um Drinks zu holen, verschwanden für eine Weile und kamen lachend wieder zurück an meinen Tresen.

Irgendwann kippte die Stimmung. Die Bekannte hatte in ihrem Rausch – den sie wahrscheinlich auch nur in diesem Ausmaß hatte, weil sie sich gerade getrennt hatte – auch noch ihren Ex-Freund angerufen. Ein Fehler. Plötzlich stand sie alleine da. Die beiden anderen waren weg. Wollten sich die Stimmung nicht vermiesen lassen. Ich habe mir das ganze Drama angehört, wie man das halt so macht als Barfrau. Thekenpsychologie. Das war auch vollkommen okay. Ich kannte sie schon länger, ihren Ex-Freund auch, und ich mochte sie. Dann ging alles Schlag auf Schlag. Sie wurde immer blasser, ihr Kreislauf ging nach unten, die Tränen begannen zu fließen. Eines war klar: Diese Frau gehört nach Hause. Ihre beiden Freunde waren aber nirgendwo mehr zu sehen. Ich versuchte noch, sie zu beruhigen, und gerade in dem Moment kam einer von den beiden vorbei.

DIE TRÄNEN BEGANNEN ZU FLIESSEN

Ich habe ihn aufgehalten: »Hör mal, ich glaube, sie gehört ins Bett. Kann sie jemand von euch mit dem Taxi nach Hause bringen? Ich kann hier meine Bar nicht allein lassen.«

»Neee, du. Jetzt fängt der Spaß doch erst richtig an. Und wir wollen tanzen.«

Genau in dem Moment weißt du um die unterschiedliche Bedeutung von Clubfreundschaften und richtigen Freundschaften. Ich habe sie auf ein Sofa gelegt. Mehr konnte ich nicht tun.

Und noch bevor ich meinen Freunden die Ehre machte, die begehrten Backstage-Bändchen zu besitzen – vorne auf der Tanzfläche werden sie scheinbar für zehn Euro das Stück vertickt –, sitze ich schon wieder im Taxi auf dem Weg nach Hause.

Denn diese Freunde sind wirkliche Freunde.

SONNTAG, NUMMER 18

Wenn wir der Endlichkeit begegnen, lässt sich das nicht so leicht ertragen. Wir sind jung, schön und gesund. Krank sein ist lästig. Als Medizinerin kenne ich den Tod. Es ist quasi unser täglich Brot, gegen ihn anzukämpfen. Und doch machen wir meistens sowieso nur palliative Behandlungen. Behandlungen, die nicht zur Genesung führen, sondern das Leben einfach erträglicher machen. In der Bar hat Endlichkeit jedenfalls keinen Platz. Die Party hört niemals auf, und alles soll ein großes Fest sein und bleiben.

Als Jan an diesem Sonntag in der Bar mal wieder vor mir steht, sieht er blass aus, und sein Husten übertönt sogar den Bass. Obwohl ich das genau sehe, schiebe ich alle meine Befürchtungen und Sorgen von mir weg. Verdrängungsmechanismus vom Feinsten. Wenn die Ängste trotzdem durch meinen Kopf fliegen, dann schiebe ich sie höchstens auf Jans exzessiven Drogenkonsum, auf die zu vielen durchgemachten Nächte. Der Tremor in seinen Händen könnte schließlich alles Mögliche sein. Zum Beispiel einfach nur die Nachwehen seiner Sommergrippe.

»Ich werde sterben«, begrüßt er mich an diesem Sonntagvormittag.

ICH WERDE STERBEN

Ich blicke auf. Die Zitrone, die ich gerade noch in kleine Scheiben geschnitten habe, fällt auf den Boden.

Ich sehe mich um. Ein Runner ist zu sehen.

»Kannst du sofort übernehmen? Die Kasse steht schon da. Ich kann die Bar nicht alleine lassen und muss sofort aufs Klo!«

Bevor er sich's versieht, habe ich den Runner hinter meine Bar geschoben. Im Grunde mögen die das auch, wenn sie mal hinter der Bar stehen und gesehen werden. Wenn sie nicht nur die Heinzelmännchen sind, die alles besorgen, anschleppen, ready machen, ohne bemerkt zu werden.

Jan packe ich am Arm und schleife ihn nach hinten. Noch weiter nach hinten. Vorbei am Ententeich mit den Goldfischen, den Bäumen, zwischen denen ein Hirschgeweih hängt. Wir landen auf einer Couch, die vor einer der Hütten steht, die normalerweise an Touristen vermietet werden. Ich fege mit einer Bewegung sieben zusammengerollte Restaurantrechnungen vom Couchtisch auf den Boden. Auch auf die Gefahr hin, jemanden zu wecken, der in irgendeiner Hütte schläft, weil er die Nacht gefeiert hat, setzen wir uns dorthin.

»Was soll das?«, frage ich.

»Was soll was?«, antwortet er.

»Na gut, dann anders. Bei welchem Arzt warst du und wer kann den Tod voraussagen?«

Ich habe es schon immer für Bullshit gehalten, wenn Ärzte sagen, »laut Statistik beträgt ihre Fünf-Jahres-Überlebensrate so und so viel Prozent«. Die Rate, nach der Heilung oder Überstehen einer Tumorerkrankung in der westlichen Medizin beurteilt wird.

Schlagartig wird mir klar, dass ich zuhören sollte und sonst nichts. Nada.

Jan beginnt zu erzählen. Vom Husten und von all den schlaflosen Nächten, vom ersten Mal Blutspucken, von den schwindenden Kilos und seinen zitternden Händen. Dass es die Fieberschübe schon gab, bevor ich ihn in der letzten Woche gepflegt habe. Dass es da nur so richtig ausgebrochen sei. Dass er manchmal plötzlich Atemnot hat, und er dachte, es sind Panikattacken, die heute ja jeder hat. All das hat ihn daran gehindert, die Sonntage in der Bar zu verbringen. Er schämt sich. Hat Angst, nicht mehr dazuzugehören. Nicht mehr jung, fröhlich und begehrenswert zu sein, sondern einsam, hässlich, verbittert.

»Was war dann die Grippe in den letzten zwei Wochen?«, frage ich ihn.

»Das erste Mal, dass jemand hingesehen hat«, antwortet er mir. Sprich, er war vorher schon kränklich, nur wollte er und auch sonst niemand seinen Zustand wahrnehmen.

Als ob ich es nicht gesehen und geahnt hätte. Als ob er mir nicht jedes Mal ein bisschen durchsichtiger erschienen wäre. Kleiner. So als ob er verschwinden würde. Zuerst ist er schon einfach sonntags nicht mehr gekommen, und jetzt beginnt er auch noch zu verschwinden. Dass es mir schon in seiner Wohnung hätte auffallen müssen. Dieser komische Geruch. Ein Geruch, der alles durchdringt. Den man aber nicht genau lokalisieren kann. Der Böses erahnen lässt, Ekel hervorruft und Erinnerungen.

Ich überschlage in meinem Kopf Alter und Geschlecht und was dazu passen könnte. Das Einzige, was mir einfällt, ist ein Glioblastom, dann wäre das Ende genauso schnell da, wie das Ende des Countdowns vor dem DJ-Pult. Der dort gerade langsam, aber stetig und unwiderruflich runterzählt, bis die Bar zumacht. Vielleicht das beste Ende ever. Gerade. Ohne Palliativmedizin.

Ich erinnere mich daran, wie Jan letzten Sommer, als wir vorne am Ufer saßen, in den See gefallen ist. Wir waren breit, hingen rum, haben über Sein und Nichtsein geredet, und plötzlich machte es Platsch und Jan war weg. Ein paar Wasserspritzer waren das Letzte, was ich von ihm gesehen habe. Zwei Minuten später ist er wieder aufgetaucht. Lachend. So als ob ihm so eine kleine Unannehmlichkeit nicht den Spaß verderben könne. Er hat sich aus der großen Wühltruhe was Trockenes zum Anziehen geholt. Das ist eine Kiste, in die all die Klamotten kommen, die von Leuten vergessen werden. Einmal im Jahr werden dann die Kleidungsstücke, die niemand mehr abholt oder vermisst, auch versteigert.

DANN WÄRE DAS ENDE GENAUSO SCHNELL DA, WIE DAS ENDE DES COUNTDOWNS VOR DEM DJ-PULT

Auf jeden Fall war die Kiste zu diesem Zeitpunkt noch voll. Jan hat sich ein Blümchenkleid, das – euphemistisch gesehen – etwas eng saß, ausgeliehen. Ich wollte gar nicht daran denken, wer so ganz ohne sein Kleid die Bar verlassen hat. Sein Handy hat er im Restaurant hinten auf einen Heizstrahler gelegt. Nach zwei Stunden funktionierte es dann tatsächlich auch wieder. Das ist Jan, mein Jan. Nichts kann ihn aus der Bahn werfen, nichts ihm die Lebensfreude nehmen, den Moment klauen. Wir haben noch viel gelacht an diesem Nachmittag am Ufer. Er im Blümchenkleid und ich in alten Jeans.

Mein Lachen steckt jetzt aber in meiner Kehle fest.

»Also«, beginnt er zögernd, »beim Arzt war ich noch nicht, aber irgendwie spüre ich es.«

Ja, und ich spüre, wie die Wut in mir hochkommt. Ich dachte, ich kriege jetzt eine CT und die Blutwerte vorgelegt. Pustekuchen. Zu viel gefeiert und ein Aufmerksamkeitsdefizitsyndrom. Nicht mehr und nicht weniger. Also kurz gedacht: ADHS, und wo ist das Ritalin?

Ich schreie nie, fast nie. Diesmal schon.

»Arschloch. Erschreck jemand anderen. Wie wäre es, wenn du zuerst zu einem Arzt gehst und dich untersuchen lässt, bevor du mit solchen Neuigkeiten um die Ecke biegst?«

»Deshalb bin ich ja zu dir gegangen.«

»Und ich soll dir jetzt mit meinem Röntgenblick eine Diagnose stellen? Bist du komplett verrückt geworden?«

»Ich habe keine Krankenversicherung. Zu welchem Arzt soll ich denn dann bitte gehen?«

Wie ist es überhaupt möglich, dass so viele Menschen in dieser Stadt keine Krankenversicherung haben? Außerdem ist es nichts Ungewöhnliches, sich eine Krankenkassenkarte auszuleihen. Oft genug gehört und erlebt. Ich erinnere mich daran, wie ich Felix einen Abszess am Daumen aufgeschnitten habe. Im Büro, weil er nicht versichert war. Steril war und ist was anderes.

Egal. Ich stemple Jan als Hypochonder ab und muss zurück zur Bar. Oder will zurück. Weglaufen. Außerdem ist es doch er, der immer fröhlich ist, der das Glas immer halb voll und nicht halb leer sieht. Er ist doch eine kleine Sonne in diesem Universum. Ich krieg das alles in meinem Kopf nicht zusammen. Will es nicht zusammenkriegen.

»Du leihst dir jetzt eine Versicherungskarte von jemandem, der nur irgendwie männlich ist und dein Alter hat, und gehst zum Arzt, ja? Tu es mir zuliebe«, mahne ich ihn so ruhig wie möglich. Innerlich koche ich, glühe. Nein, verglühe. Vor Schmerz und Angst.

Ich schiebe den Runner, der in der Zwischenzeit übernommen hat, wieder aus meinem Gebiet. Ich hebe die Zitrone auf. Der Sonntag geht weiter, die Party auch.

Zwei Stunden später werde ich Jan auf der Tanzfläche sehen, ohne Husten mit riesengroßen Pupillen, tanzend und lachend. Konfetti fliegt durch die Luft, der Bass übertönt alles, ein Mädchen tanzt an der Stange bzw. am Holzbalken lasziv rauf und runter, und wir sind endlich wieder in der Endlosschleife.

UND WIR SIND ENDLICH WIEDER IN DER ENDLOS-SCHLEIFE

MONTAG, NUMMER 17 (INBETWEEN)

Montag ist der neue Sonntag. Oder wie Victor sagt: Montag ist der neue Samstagabend. Oder: In Berlin kann man immer ausgehen. Einer der besten Tage ist definitiv der Mittwoch im Watergate. Die DJs sind von ihren Wochenendgigs im Ausland wieder zurück, die richtig Feiernden haben sich vom Wochenende erholt und die Easyjet-Touristen sind noch nicht da. Sprich: An diesem Tag trifft man viele, die in der Musikszene unterwegs sind, und es ist selten überfüllt. Trotzdem – oder gerade deshalb – kann man gut tanzen, und das auch nicht selten bis Donnerstagmorgen.

Victor tendiert dazu, zu allem eine Theorie aufzustellen. Manchmal sind sie verrückt, manchmal beruhigend. Aber er hat definitiv einen Hang dazu. Oder wie ich manchmal scherzhaft sage: »Victor erklärt die Welt.«

Vielleicht liegt es daran, dass er lange Film studiert hat. Immer einen Plot braucht. Deswegen gibt er mir auch oft einen Plot bei all den Sachen, die in meinem Leben passieren. However. Heute nieselt es, und ist gleichzeitig schwül: »Tropical Berlin« ist das neue Wort. Und auch dafür hätte Victor bestimmt eine globale Erklärung parat, aber wir wollen ja los. In die Bar, in unser zweites Wohnzimmer, strahlende Gesichter sehen, tanzende Menschen und was wir uns noch so erwarten.

STRAHLENDE GESICHTER SEHEN, TANZENDE MENSCHEN

Meine Stimmbänder sind entzündet. Ich bin angeschlagen, und trotzdem schleppe ich mich an diesem Montag gegen vierzehn Uhr zusammen mit meinem Mitbewohner in die Bar.

Jan ist nicht dabei. Ich bin immer noch sauer wegen der Aktion am letzten Wochenende. Und will Jan nicht an meinem Küchentisch sehen. Und auch sonst nicht. Ich habe ihm eine SMS geschrieben, dass er sich erst wieder blicken lassen soll, wenn er bei einem Arzt war. Nachdem er nicht darauf geantwortet hat, weiß ich umso mehr, dass er sich einfach abschießt.

Vielleicht habe ich heute das seltene Gefühl, etwas zu verpassen, oder will einfach nur aus dem Real Life fliehen oder – keine Ahnung. Vielleicht treibt mich auch der Gedanke an, herauszufinden, wo Jan sich rumtreibt. Ob sich meine Vermutung bestätigt.

Als Victor und ich ankommen, stehen draußen nur noch sechs Fahrräder rum. Das ist ein eindeutiges Indiz dafür, dass wohl nicht mehr so viel los sein wird. Ohne die sonst übliche Schlange von Menschen, die um Einlass drängeln, gibt die Tür ein trauriges Bild ab. Es ist auch nur noch ein Türsteher da, und der ist total entnervt. Müde von der Nacht. Sein Gesichtsausdruck steht für: »Ich will endlich nach Hause.«

ICH WILL ENDLICH NACH HAUSE

Noch kurz bevor wir an der Tür ankommen, schiebt sich aus dem Nichts ein etwa vierzigjähriger Mann vor uns, mit weißem Hemd und einem Missoni-Schal, der elegant vorne verknotet ist, und versucht reinzukommen. Ich muss lächeln. Wie unterschiedlich doch die Leute sind, die alle in diese Welt abtauchen wollen. Der Türsteher meint nur kurz und knapp: »Montag ist privat. Da lassen wir keine Gäste mehr rein. Aber ab morgen ist wieder normaler Betrieb.«

Ich gebe ihm während der Ansage einen flüchtigen Kuss auf die Wange, sage »Na …« und gehe rein. Auf meinem Rücken spüre ich den sehnsüchtigen Blick des Abgewiesenen.

Wir beschließen als Erstes, die Tanzfläche und somit die große Bar aufzusuchen, um nicht ganz durchnässt zu werden. Ich sehe das erste Mal den Countdown, der ganz groß in LED-Ziffern über dem DJ-Pult prangt, für alle auf der Tanzfläche gut sichtbar. Jetzt kann man also das Ende schon vor sich sehen. Auch wenn die Ziffern noch zu lang, zu groß sind, um den zeitlichen Rahmen wirklich einordnen zu können. Zehn Sonntage und elf Stunden noch, schätze ich, so auf den ersten Blick. Ich spüre einen Stich, eine Mischung aus Freude und Bedauern.

Die Musik heute ist kein Techno. Es spielt ein DJ aus Norwegen, der seine Musik von einem Saxofonisten untermalen lässt. Noch mehr Schwere. Trotzdem bewegen sich alle auf der Tanzfläche. Neben mir tanzt ein Mädchen, gedankenverloren oder auch brainwashed, mit einer Fliegenklatsche in der Hand. Ich schlüpfe kurz hinter die Bar. Zwei meiner Lieblingsbarkeeper haben Dienst. Der heutige Ladenleiter steht auch da, und alle begrüßen mich herzlichst.

»Seit wann schaffst du es, auch mal montags vorbeizukommen?«, fragt mich Felix, der heute die Hauptbar betreut, sofort.

»Ich komme gerade aus Italien und … mein Auto hat den TÜV geschafft! Außerdem hab ich heute frei, das muss gefeiert werden«, antworte ich, ehrlich gesagt, hocherfreut. Denn das mit meiner alten Karre und dem TÜV war definitiv, naja, Glück.

Alle lachen.

»Dein Auto schafft den TÜV aber auch nur in Italien …«,

sind sich alle einig. Wo sie recht haben, haben sie recht. Humpf.

Wir trinken einen Kurzen auf den Erfolg. Einer der Barkeeper, der schon in alle Richtungen schielt, lässt sich in meine Arme fallen. Ich frage mich, wie er es überhaupt noch schafft, Drinks zu verkaufen.

Dabei erinnere ich mich an das letzte Fusion-Festival. Obwohl ich gar kein Festival-Typ bin – ich mag es ja nicht, wenn ich nicht nach Hause gehen kann, wann ich will –, hatte ich mich überreden lassen mitzufahren. Ein guter Freund hat dort aufgelegt. Deshalb wollte ich unbedingt mit. Unglücklicherweise musste ich ihn dann aber in der Krankenstation abliefern, weil er sich eine Lebensmittelvergiftung eingefangen hatte. Das machte das Festival für mich nicht besser, und ich irrte eher verloren über das Gelände. Bis ich einen Bekannten aus der Bar traf.

Er und seine Freunde bespielen bei diesem Festival traditionell einen Floor. Wegen der großen Hitze und der großen Motivation sämtlicher Mitarbeiter, auch während der Arbeit mitzufeiern, war ihm so ziemlich die Hälfte aller Barleute ausgefallen oder irgendwie abhandengekommen. Nach langem Hin und Her habe ich mich zu einer Schicht hinter der Bar breitschlagen lassen. Beschäftigungstherapie sozusagen. Ziemlich schnell war ich dann auch noch die Einzige hinter der Bar. Es war mir unangenehm, da ich – selber ja auch schon etwas mitgenommen von den Festivitäten – in Slow Motion unterwegs war. Obwohl ich mindestens zehn Minuten brauchte, um ein Bier aus dem Kühlschrank zu holen, es zur Theke zu bringen, es zu öffnen und dann noch zu kassieren, hat sich kein einziger der Gäste beschwert. Denn die waren

IRGENDWIE ABHANDEN GEKOMMEN

längst schon so im Hochgeschwindigkeits-Verschluss-Modus gefangen, dass ich neben ihnen noch flink wirkte. So ungefähr ist die Situation an diesem Montag mit Michi. Es fällt nur mir auf, weil ich nüchtern bin.

»Oh, Mia, ich habe erst gestern total an dich gedacht«, lallt er vor sich hin. Grins. Ein kurzer verwirrter Blick von ihm: »Was genau, weiß ich aber nicht mehr.«

Ein freudiges Chaos findet sich hier hinter der Bar wieder. Nichts hat seine Ordnung, und trotzdem funktioniert es. Das wohlige Gefühl, dass wir im Grunde doch alle eine Family sind, macht sich breit. Im wahrsten Sinne des Wortes.

Montag ist der Tag, an dem eigentlich die Leute, die sonst selbst am Wochenende in den Berliner Clubs und Bars arbeiten, auch selbst mal rumschauen. Manchmal sogar die ein oder andere Berliner Nachtlebengröße. Es ist einer dieser seltenen Momente, als eine dieser selten gesehenen Personen auf die Tanzfläche kommt, auch noch in Begleitung. Es wirkt ein bisschen so, als habe er seinen eigenen Bodyguard dabei. Vielleicht, weil man ihn nicht mehr so oft im Public Space sieht, und er dann normalerweise gleich wieder hinter der Bühne oder nach Hause verschwindet. Und schon gar nicht erblickt man ihn bei den High Tights auf der Tanzfläche.

Aber auch so jemand besucht noch mal diesen großartigen Ort, dessen Ende nah ist. Er dreht eine Runde, begrüßt ein paar Leute und lädt einige Auserwählte ein, mit ihm zu ziehen. Er hat Schirm und Melone dabei. Sieht ziemlich gut aus, fast charmant oder einfach nur mal cool. Sieht old-english-gentleman-like aus, wüsste man nicht, dass man den schicken Knauf des Schirms aufschrauben kann. Wie eine wandernde Hausbar. That's a show, wie es sich gehört. Ich lächle. Respect.

Auch wir bekommen eine Einladung. Victor und ich überlegen nur kurz und gehen dann direkt mit ihm mit. Auf dem Weg raus tröpfelt es … Immer mehr Regen dringt in die Märchenwelt. Immer mehr Ritzen und Spalten tun sich zwischen den Holzbalken auf. Es scheint, als ob der Zaun aus Holz morsch wird und die Wände anfangen zu bröckeln. Der Verfall wird überall spürbar, und ich habe das Gefühl, dass es nicht mehr lange dauert, bis alles vorbei ist. Langsamer, schleichender, bitterer Verfall.

Wo hört Freundschaft auf, wann wird ein Hippie-Gedanke Kommerz? Wann wird Geld wichtiger als das große Ganze, nämlich der Spielplatz der Erwachsenen zu sein? Ich weiß es nicht. Ganz anders als noch kurz vorher hinter der Bar, fühle ich nun auch das Zerbröckeln dieser Welt. Und es umfasst auch mein Herz. Nur ganz anders als gerade eben. Es umschließt es, drückt es zusammen und lässt mich zweifeln an der großen Flucht, wenn man nicht nine to five sein will …

WO HÖRT FREUNDSCHAFT AUF, WANN WIRD EIN HIPPIE-GEDANKE KOMMERZ?

Er dreht sich um: »Ich brauche einen Schirm«, flüstert er. Ja, sich abschirmen. So lange hat das funktioniert, und jetzt wird der große Schirm zusammengeklappt. Und zwar, während man ihn selbst noch hält. Einfach so, von fremder Hand. Und dann steht man ohne da, ohne Schutz.

Ich drehe mich um: »Ich brauche meine Jacke, die liegt irgendwo hinter der Bar zwischen den Cocktail-Gläsern. Kann jemand Michi sagen, er soll sie mir rüberwerfen?« Die stille Post funktioniert hier immer. Etwas kraftlos wirft der Barmann sie mir entgegen. Ich fange sie auf und ziehe sie an.

Versuche, mich zu verstecken, mir eine »dicke Haut« zuzulegen, um dem, was ich sehe und fühle, etwas entgegenzusetzen. Mir gefällt die Untergangstimmung nicht. Obwohl sie mich nicht so im Mark erschüttern kann wie die anderen. Ich habe ja noch ein Leben außerhalb der Bar. Oder auch nicht.

Victor zieht sich seinen Pulli über den Kopf, ich ziehe meine Lederjacke fester. Wir stapfen ihm nach. Der Regen fließt trotz des Schirms seinen Rücken runter. Klein sieht er aus – wie er sich so vor mir durch den Regen müht. Eine halbe Stunde später werde ich auch wissen, dass er sich klein fühlt. Dass es nicht nur draußen regnet, sondern auch in ihm selber. Dass ihm all das näher geht, als man sich das gedacht hätte.

DASS ES NICHT NUR DRAUSSEN REGNET, SONDERN AUCH IN IHM SELBER

Ich schiebe die Bilder aus den guten, früheren Tagen, die auftauchen, wieder aus meinem Kopf. Wir verlassen das Gelände der Bar. Begeben uns auf eine Brachfläche, mitten im Nirgendwo. In Berlin gibt es so einige Lücken mitten in der Stadt. Hier hat irgendwer ein paar Bierkisten mit einer Glasplatte deponiert. Rundherum stehen einige alte Stühle. Es sitzen gerade noch acht Leute da, Überbleibsel des Wochenendes. Jan ist nicht zu sehen. In der Bar war er auch nicht. Zumindest schont er sich. Aber ich merke, dass ich ihm noch nicht verziehen habe, und verdränge meine Gedanken an ihn.

Übermüdet und in Decken gehüllt findet sich hier der Rest des Festes wieder. Es gibt gefüllte Omeprazol-Behälter. Normalerweise ist Omeprazol ein Mittel gegen Magenschmerzen, das die Magensäure verringert. Eigentlich eine einfache Rechnung. Vor allem, wenn man viel konsumiert, das den

Magen übersäuert. Trotzdem: Viele Mediziner sind skeptisch, da es wenige Langzeitstudien zu den Nebenwirkungen gibt. Man findet sie, in Kombination mit blutdrucksenkenden Mitteln, trotzdem bei fast jedem älteren Patienten. Was hier aber nicht der Fall ist. Zumindest, soweit ich weiß.

Etwa vier bis fünf Döschen davon stehen hier auf dem Tisch. Enough for everybody. Es wird hektisch eine Line nach der anderen gelegt. Nicht wie üblich eine pro Person, sondern eine riesengroße, lange Line, die von einem Rand der Platte bis zur anderem reicht. Jeder zieht so viel, wie das Herz begehrt. Traumhaft für Süchtige und Gierige.

ENOUGH FOR EVERYBODY

Wegen des Regens und der Nässe wird die runde Glasplatte – sehr stilvoll – immer wieder mit einem Feuerzeug angewärmt. Feuchtigkeit tut dem Kokain nicht gut. Ich bin am Anfang etwas unsicher, man weiß ja nie genau, was einem eigentlich unter die Nase gehalten wird. Und da mir bekannt ist, dass die typische Lieblingsmischung Ketamin mit Koks ist, zögere ich. Ein dünnes Mädchen mit riesigen Pupillen übernimmt die undankbare Aufgabe zu fragen: »Ist es echt nur Koks? Also so pur. Keine Mischung?« Die Antwort ist ein Lächeln. Entweder du lässt dich »darauf« ein, oder du lässt es bleiben. Na toll. Wenn da jetzt Ketamin mit dabei ist, dann kann mich Victor gleich nach Hause tragen.

Prinzipiell finde ich einfach, Ketamin – übrigens ein Pferdebetäubungsmittel – ist nichts zum Ausgehen, sondern was für zu Hause. Mit der Meinung stehe ich etwas alleine da. Ich nehme mir einen Schluck Mangosaft, der auf dem Tisch steht. Und breche die Diskussion vom Zaun, welche Säfte die besten sind, um leere Mägen zu füllen. Etwas Richtiges zu essen ist bei dem Konsum schwierig. »Am besten Banane.

Schön dickflüssig, viel Zucker«, meint einer der Anwesenden. Früher war es noch Jägermeister, der überhaupt erst durch den Pillenkonsum seinen Ruhm erreicht hat.

Während ich das Glas an die Lippen ansetze, schießt es mir durch den Kopf: »Was, wenn da jetzt GHB drin ist.« Egal. Ich habe mich für diese Runde, für diese, meine eigene kleine Zerstörung an meinem Montagnachmittag, entschieden.

Also Gedanken ausschalten, Sorgen wegbeamen, deshalb sind wir ja da. Außerdem würde es jedem auffallen, wenn ich nicht konsumiere. Außerdem würden mich die Gespräche so schnell langweilen, dass ich sofort fliehen müsste. So what?

Das großes Thema der Runde ist: eine andere Veranstaltung, die von einer Amerikanerin organisiert wird. Normalerweise wird über so etwas nicht groß geredet. Es gibt immer mehrere Partys, Festivals oder Amerikanerinnen. Dieses Mal ist es aber anders.

Das Ereignis findet genau an dem Ort statt, den die Barleute schon immer als Veranstaltungsort haben wollten. Riesenrad, Dinosaurier in übermenschlicher Größe, eine alte Achterbahn. Der Plänterwald. Eine weitere Märchenwelt also. Sogar so ein weißes Pferdchen, das vorne am Bar-Eingang steht, gibt es auf dem Gelände. Und seine Geschichte ist auch unglaublich. Der Mythos, der den ehemaligen Besitzer umgibt. Der den damaligen Rummelplatz zehn Jahr lang betrieben hat. Und die unglaubliche Kulisse des Platzes. Die Geschichten. Die Tatsache, dass bei einem Unfall auf dem Gelände Menschen gestorben sind und der Besitzer dafür verurteilt wurde. Es gibt einen Film darüber.

Der Besitzer hatte sich mit seiner Familie und ein paar Mitarbeitern nach Peru absetzte. Er verschiffte einige seiner Attraktionen – »Fliegender Teppich«, »Butterfly«, »Spider«, »Baby-Flug«, »Wild River« und »Jet Star« – in zwanzig Schiffscontainern. Die anderen ließ er im Glauben, er habe alles zu Reparaturzwecken abbaut.

Sein Versuch, in Lateinamerika etwas Neues zu machen, scheiterte und endete schlussendlich mit seinem Versuch, in den Masten des »Fliegenden Teppichs« hundertsiebzig Kilogramm Kokain von Peru nach Deutschland zu schmuggeln. Damit wollte er den Rücktransport der Geräte finanzieren. Er wurde in Berlin zu einer siebenjährigen Haftstrafe verurteilt, erlitt einen Herzinfarkt. Und sein Sohn wurde ebenfalls wegen des Drogenschmuggels zu einer zwanzigjährigen Haftstrafe verurteilt. Allerdings von einem peruanischen Gericht.

Jedenfalls plant die Amerikanerin, auf diesem Gelände Partys zu veranstalten. Jemand klaut also die Idee der Märchenwelt … Unfassbar. Gerade jetzt und hier in Berlin. Wo sich doch rund um die Bar sowieso schon alles auflöst, brauchen wir so etwas nicht zusätzlich.

»Niemand kann die Bar kopieren«, sagt der große alte Held des Nachtlebens und schaut in die Runde, auf Zustimmung wartend. So, als ob er sich selbst nicht mehr sicher wäre. Ich halte mich zurück. Ideen werden immer nachgemacht, kopiert, geklaut. Gibt es die Bar nicht mehr, wird jemand anderes ein neues Schlaraffenland kreieren. That's life. Das ist die Realität, die sonst draußen bleibt. Plötzlich ist sie da, greifbar, real – und ein Problem.

IDEEN WERDEN IMMER NACHGEMACHT, KOPIERT, GEKLAUT

Und Berlin ist der Ort dafür. Es gibt einen riesigen Party-Feier-Markt in dieser Stadt. Es wundert mich wenig, dass auch andere daraus Profit schlagen wollen. Dass es jemand aus Übersee oder prinzipiell keiner aus den eigenen Kreisen ist, tut besonders weh. Ist bitter, oder auch nicht. Niemand hat ein Monopol auf die Märchenwelt. Das müsste eigentlich klar sein. Oder?

Die Stimmung ist bedrückt. Zum ersten Mal spüre ich die Angst. Was, wenn wirklich alles vorbei ist in fünfzehn Sonntagen und zehn Stunden – oder wie viel die Countdown-Uhr auch immer gerade anzeigt?

Kopfschüttelnd blickt der Mann mit der Melone auf dem Kopf auf den Boden, er, der so viele Jahre in der Bar verbracht hat. Wird man am Ende in der Spießerwelt ankommen? Hat man nach so langer Zeit, die nur vom Feiern bestimmt war, überhaupt noch die Fähigkeit, sich in der Welt da draußen zurechtzufinden? Wenn man einen unangetasteten Traum gelebt hat?

Ich denke an mich, an meine Leere, die mich zu Hause erwartet. »Fünf Stunden Konsum und nachher bei ›Superman‹ heulen«, das war der Running Gag zwischen Felix und mir.

»Woran erkennt man, dass man es wirklich übertrieben hat?«

»Wenn man bei ›Superman‹ heult.«

»Ich gehe wieder zurück zur Bar. Drinks holen. Wer möchte was?«, frage ich in die Runde, um zumindest einen Moment lang entfliehen zu können. Vor dem fliehen, was normalerweise mein Fluchtort ist. Was passiert hier? Es ist, als gäbe es keinen Ausweg mehr. Statt das Ende einfach geschehen zu lassen, wird es gefeiert. Aus Trotz gegen all jene, die diese Welt zerstören.

»Am besten Weizenbier mit Apfelsaft, das schlägt alle anderen Säfte, wenn man den Magen füllen will«, wird mir aufgetragen.

Alles klar. Es dauert eine Weile, bis ich wieder zurück im Club bin. Vorne angelangt treffe ich Felix. »Mir ist seit Stunden schlecht. So ein flaues Gefühl im Bauch.«

»Warum?«, frage ich ihn. »Es gab keine Milch, also habe ich meinen Espresso mit Baileys getrunken.« Auch ’ne Möglichkeit. Wahrscheinlich nicht die beste.

ALSO HABE ICH MEINEN ESPRESSO MIT BAILEYS GETRUNKEN

»Na, dann würde ich vorschlagen, dass ich komischerweise kein Tablett finde, du hilfst mir mit den Drinks und bedienst dich dann. Danach gehts dir bestimmt besser.« Felix hilft mir, und wir gehen den ganzen Weg zurück. Ein gut aussehender schwarzer Kerl hält mich auf: »Dein Zahnlücke macht mich verrückt.« I smile.

Das Montagabend-Game. Als ich nicht darauf eingehe, steht er eine Minute später bei der nächsten Frau an. Ich grinse Victor an. Der hübsche junge Mann probiert die Komplimentenrunde, mal sehen wer darauf eingeht … Not me.

Zurück in der Backstage-Backstage-Runde. Die hat sich inzwischen vergrößert. Immer wieder kommt jemand dazu.

Neben mir sitzt jetzt Luv. Ein DJ aus New York, eröffnet mir seine neue Theorie über Facebook.

IT’S REALLY LIKE HERPES

»It’s really like Herpes. Nearly everyone has it. It’s fixed in your brain (Herpesviren setzten sich in den Ganglien im Gehirn fest, und bei schlechter Immunlage bricht es aus). Everybody does it, noboday can stop it.« Grins.

»Davon kenne ich mehrere Sachen, nicht nur Facebook …«

Felix lümmelt sich, inzwischen glücklich nach einer Mega-Line, in einer Hängematte. Das Gespräch der anderen dreht sich immer noch um die Party am Wochenende. Ich kann es nicht glauben, dass sie wirklich Angst haben vor dieser Veranstaltung. »Die Bar ist die Bar. Diese Amerikanerin hatte einfach Glück. Hat vielleicht die Richtige vom Amt getroffen und so die Genehmigung bekommen«, das ist eine der Spekulationen, warum sie auf dem Gelände eine Party feiern darf. Wahrscheinlich gibt es ganz andere Gründe. Wahrscheinlich gibt es andere Gründe. Andere Gerüchte, warum sie es nicht bekommen haben.

Was diese Welt hier eigentlich ausmacht, dieser komplette Realitätsverlust, dieses »sich total gehen lassen«, wird es nicht mehr geben. Wieder weiß ich nicht, ob ich traurig oder glücklich bin. Aber geht es überhaupt um mich? Ich bin ja schon spießig, habe Wohnung und Job. Was bedeutet es wohl für die, deren ganzes Leben hier stattfindet? Wer sind die überhaupt? Sind das meine Freunde? Gehöre ich nicht auch zu dieser Welt? Oder doch nicht, weil ich sie immer wieder verlassen und auch immer wieder zurückkehren kann? Back to normal. Switchen. Zwischen Welten. Das konnte ich schon immer.

SWITCHEN. ZWISCHEN WELTEN

Deshalb verlasse ich diese Runde. Ich gehe zurück und setze mich auf die Schaukel, die draußen an der großen Eiche hängt. Holt man genug Schwung, hat man das Gefühl, über das glitzernde Wasser des Sees hinausgetragen zu werden. Gleich daneben hängt in diesem großen Baum eine riesige Diskokugel. Wenn es dunkel ist, dann reflektieren sie das Licht. Das Flirren der Lichtreflexionen lässt den Boden schwanken. Ich fühle mich so leicht, so irrsinnig leicht. Deshalb bin ich hier.

SONNTAG, NUMMER 16

Der Countdown läuft. Nicht mehr nur über der Tanzfläche, sondern auch in den Köpfen. In den Herzen derer, die jeden Sonntag hier eintauchen. Die Erinnerungen an vergangene Zeiten werden präsenter. Ich ertappe mich und auch all die anderen dabei, daran zu denken. Jeder einzelne Holzbalken, jede Hütte, jede Theke, die Tanzfläche, einfach alles hier wurde von Freunden gebaut. Manche davon sind geblieben, manche gegangen. Manche sind einfach nicht mehr dabei.

Wir bauen selten etwas von Grund auf mit den eigenen Händen. Wahrscheinlich hängt man immer mehr an den Dingen, die man selbst gemacht, gezimmert, gemauert hat. Das passt ganz gut hier. Alles ist gebastelt, so wie sich Kinder ihre Welt basteln. Einfach außerhalb der Normen. Und wer seine eigene Welt aufbaut, entscheidet dann auch, wer darin spielen darf. Genau das ist dieses »Neverland«. Ein Spielplatz für Erwachsene.

»NEVERLAND«

Es ging am Anfang nicht mal darum, Geld zu verdienen, sondern einfach einen besonderen Ort zu schaffen. Einen Ort, an dem Platz für alles ist: Theater, Spektakel, Musik, Kunst, Freundschaft und Gemeinschaft. Mit eigenen Regeln, Träumen und Ideen, die so viele begeistert haben, dass man sich auch die Anerkennung der Welt draußen verdient hat.

Unvergessen, als ein bekannter Hollywood-Regisseur seine Filmpremiere hier feierte, unvergesslich … Eigentlich war die Premiere von einer Produktionsfirma organisiert, und deshalb waren auch die Einladungen ganz streng nur an ausgewählte Gäste verschickt worden. Wir, das Personal und die Stammgäste der Bar, warteten hinten im Backstage, bis der Trubel vor dem Eingang vorbei war. Der Regisseur sollte den eigentlichen Charme der Bar sehen. Deshalb überraschten wir das Fest dann in unseren Kostümen in unserem Style, der wohl die Party zu dem machte, was sie war.

Eigentlich gibt es ganz vieles, was unvergessen ist und bleiben sollte und auch bleiben wird. Und so manches, das ich lieber vergesse. Es läuft mir geradewegs über den Weg: Sam is back. Das macht mir ein bisschen Angst. Mein Lieblingsdealer. Ich fliehe. Vor ihm oder genau genommen vor mir selbst und der Versuchung.

Und treffe Lizzy, eine Bekannte. Sie ist aus Sydney, Bookerin, DJ und selten hier. Diesmal dafür umso aufgeregter. Sie überflutet mich mit einem Schwall von Worten: »Du kennst doch das Amsterdam Dance Event, eine der größten Konferenzen für die Independentszene der elektronischen Musik.«

»Yep. Kenn ich.«

»Musiker, Booker, Artists, Partyveranstalter – alle werden da sein. Nach Miami und in Europa definitiv das größte Event dieser Art. Letztes Jahr hielt Richie Hawtin eine Präsentationen über die Zukunft der Musikszene. Also auch wenn es ein Partyevent ist, geht es im Endeffekt um Business. Und Berlin ist das Zentrum der elektronischen Musik und des Geschäfts«, erzählt sie mir.

DAS ZENTRUM DER ELEKTRONISCHEN MUSIK

Rund um die Konferenz werden Partys gefeiert, dieses Jahr ist die Bar dabei. Das ist ein großer Schritt in eine ganz neue Richtung. Das war mal eine Underground-Party in Berlin, und jetzt promoten sie sich bei den wichtigsten Konferenzen.

Lizzy ist als Kennerin der Szene verwundert: »Das ist spannend. Die Bar geht in eine ganz neue Richtung. Sie wollen über Berlin hinaus.«

Das ist eigentlich klar, aber fast nicht machbar. Nirgendwo ist alles so frei wie hier. Und weil wir Menschen Gewohnheitstiere sind, ist das Feiern in anderen Städten, in denen man nicht im Club rauchen kann, nicht konsumieren kann, in denen Regeln herrschen, etwas Anstrengendes. Fast versteht man es nicht mehr. Ich war irgendwann mit meinem Ex-Freund auf einem Gig in London. Es gab 'ne Schlange, die im Zehn-Minuten-Takt nach draußen konnte, um eine zu rauchen, und die dann wieder in den Club gebracht wurde. Darauf hat man einfach überhaupt keinen Bock, wenn man Berlin kennt.

Man versteht auch, warum alle hierher kommen, um zu feiern. Und man selber nicht mehr feiert, wenn man reist. Ich würde mal sagen, das ist der einzige positive Nebeneffekt. Kommt man aus der Berliner Feierszene, geht man in anderen Städten weniger weg.

Dass die Bar weltweit bekannt ist, das ist erst seit zwei oder drei Jahren so. Das Besondere war immer ihre Authentizität: »You always feel it, when something is faked«, erklärt mir Lizzy. Und ohne Namen zu nennen: »Es gibt auch Artists, die wollen hier nicht mehr spielen. Zu viel von allem. Trotzdem, der Club ist so unique wie damals das Studio 54. So was geht nur in Berlin, forget London, Paris, Rom, Lissabon, welche europäische Hauptstadt auch immer. Es war für mich eine große Erfahrung, so was zu sehen, als ich nach Berlin kam. Und ich habe einen ganzen Sommer dort verbracht. Aber irgendwann realisierst du, die Leute, die drei Tage in der Woche dort sind, können keinen Job und keinen Erfolg haben.«

So sieht es also eine von außen, die eigentlich drinnen ist.

»Im Endeffekt basiert die ganze Clubszene darauf, dass man Musik hört, tanzt, dazu Alkohol trinkt oder sich auf irgendeine Weise berauscht. Es geht ums Relaxen, ums Loslassen, zumindest in London. In der Stadt koksen eher die Banker, um ihre Wochentage zu überstehen. Wenn sie dann freihaben und loslassen, dann ist das am Wochenende, freitags oder samstags, aber am Montag steht jeder wieder in seinem Büro – fit. Ich hatte unglaubliche Erlebnisse hier, die ich niemals missen möchte, aber es ist nicht mehr das Gleiche«, meint sie weiter.

Es kann auch sein, dass sie nicht mehr die Gleiche ist. Obwohl es eigentlich auf das Gleiche hinausläuft. Und Lizzy vor allem nicht die Einzige ist, die das so empfindet. Man merkt: Der letzte Sommer, die letzte Chance, hier noch mal Geld zu verdienen, und auch die letzte Chance auf die letzte Party.

DER LETZTE SOMMER, DIE LETZTE CHANCE

Jan läuft mir über den Weg. Ich bin immer noch ein bisschen sauer wegen letztens. Deswegen sind auch unsere Küchentischtreffen ins Wasser gefallen. Victor hat sich solidarisch mit mir erklärt. Manchmal bedeutet Freundschaft auch, dass man dagegenhält. Unser Deal war: Entweder geht Jan zum Arzt oder sein Stuhl in unserer Küche bleibt leer. Jan sieht nicht gut aus. Er ist nicht gut drauf. »Ich gehe jetzt nach Hause, ich fühle mich nicht gut«, erklärt er mir. Ein verschwitztes Küsschen, eine Umarmung, die einen Moment länger dauert und fester ist als sonst. Er dreht sich um und verschwindet in der Menge. Ich sehe ihm nach. Ich mache mir Sorgen. Ich bekomme Angst. Ich will jetzt auch nach Hause.

Versuche, mich zu beruhigen, das Gefühl der Angst oder Beklemmung ist eine öfter vorkommende Nebenerscheinung, und man sollte damit umgehen können. Also tief Luft holen. Die blöden Gedanken beiseiteschieben, nicht starr werden, mich bewegen. Mich auf die Umwelt einlassen, sie wahrnehmen. Sprich: 'ne Runde drehen.

Auf der Tanzfläche treffe ich noch mal Victor. Sam hat ihm ein Mädchen vorgestellt, eine von seinen kleinen Toilettenbekanntschaften. Ein netter Nebeneffekt seines Berufes, diese Toilettenbekanntschaften. Victor tanzt mit ihr. Sie fragt ihn: »Kommst du mit?«

Victor antwortet: »Ja. Lass uns losstarten.«

Sie geht aber in Richtung Theke.

Victor: »Nee, ich will aufs Klo.« Ein verwirrter Blick von ihr und einer von ihm.

Victor lässt es »im Raum« bzw. sie auf dem Dancefloor stehen. So was kann auch mal passieren. Grinsend schnappe ich ihn mir. Hake mich unter, ziehe ihn zum Tresen und bestelle uns zwei Kurze. Großartig, wenn man jemanden so gut kennt. Victor lacht ebenfalls. Er weiß, dass ich die Situation innerhalb von zwei Sekunden verstanden habe.

»Sex auf der Toilette, ja?«, frage ich ihn. »Wie stillos.« Grins.

»SEX AUF DER TOILETTE, JA?«, FRAGE ICH IHN. »WIE STILLOS.«

Umso netter ist es, jetzt mit ihm an der Theke zu lehnen. So vertraut. Kein »muss«, kein »sehen, was geht«. Da sein und gemeinsam anstoßen mit einem fetten Lächeln. Wir kennen uns zu gut. Das kann dann auch zu unangenehmeren Situationen führen. Victor merkt sofort, dass eigentlich etwas mit mir nicht stimmt. Konnte ich eben noch meine Gedanken im Partywirrwarr zurücklassen, steht jetzt jemand vor mir, der mich kennt. Mist. Tränen schießen mir in die Augen. Ich kann nichts dagegen tun. Außer ehrlich zu sein und zu versuchen, meine Tränen zurückzuhalten. Ich merke, dass jetzt in mir 'ne Menge hochkommt. Was nun? Noch mal wegschieben? Manchmal weiß ich nicht, ob das Wegschieben mehr Kraft kostet als das Zulassen.

Ich könnte ad hoc so richtig losheulen. Jetzt sofort, auf der Stelle. Das ist nicht so gut, denn wenn ich mal damit anfange, ist mein Weinen wasserfallähnlich. Ich mache mir Sorgen, um Jan, um alles. Ich will, dass alles bleibt, wie es ist, und zwar genau so. Das kennt man doch. Ich habe keinen Bock auf Veränderung.

Ich ahne, dass etwas nicht stimmt. Ich will aber nicht, dass etwas nicht in Ordnung ist. Mein Bauch weiß es trotzdem.

Victor ist weiser als ich. Hat alles längst schon gesehen, begriffen und nur darauf gewartet, bis es bei mir ankommt.. Warum eilen, wenn es sowieso passiert. Und welch besseres Gefühl kann man Menschen geben, als dass sie selber drauf kommen. Das alles. All das wird mir in diesem Moment schlagartig klar.

Alles ist zerbrechlich. Nichts für immer. Nur schaut man lieber weg. Nur habe ich diesmal lieber weggeschaut. Ich weiß, dass es für Menschen das Schlimmste ist, wenn man wegguckt. Ich habe gelernt, dass es wichtig ist nachzufragen, dass es besser ist, als etwas zu überspielen. Ehrlich und direkt.

Meine erste Patientin, die wirklich meine war, weil ich sie versorgt habe, und zwar immer, war kurz davor zu sterben. Klar, das will man nie. Und klar war die Diagnose klar. Ein kleinzelliges Lungenkarzinom, schlechte Prognose mit einer angegebenen Überlebensdauer von vier bis zwölf Monaten nach Entdeckung, die meist sehr spät erfolgt, die Metastasierung dagegen sehr früh. Ich habe aus Prinzip niemals die gängigen Fünf-Jahres-Überlebensraten gelernt. Wer kann das schon sagen und warum auch? Aber bei meiner Patientin war es klar, dass sie nicht mehr viel Zeit hatte. Man kann das riechen, wenn man am Krankenbett steht. Ein komischer Geruch, den man mitnimmt und von dem man damals nicht mal wusste, dass man ihn erkennt.

Ich sollte den Ehemann und das einzige Kind, einen Sohn, darauf vorbereiten. Weil es vielen Leuten wichtig ist, Dinge zu klären, Erbsachen, um spätere Streitigkeiten zu vermeiden, und vor allem, um sich zu verabschieden. Der letzte Moment. Wir sehen das chronologisch. Auch wenn wir mit jemandem zehn gute Jahre verbracht haben, ist es schlimm, die letzten zwei Minuten zu versäumen.

Ich habe den beiden Familienmitgliedern in einem kleinen grauen Raum, der vielleicht nur grau war, weil für mich alles grau war, erklärt, dass sie Abschied nehmen sollten. Ich habe mich geschämt für diese Worte, die fast eine Anmaßung sind.

SCHLIMM, DIE LETZTEN ZWEI MINUTEN ZU VERSÄUMEN

Ihr Mann hat mir geantwortet: »Tut mir leid. Ich muss los, denn der Rasen muss gemäht werden. Sie haben keine Ahnung, was sonst die Nachbarn sagen.«

Seitdem weiß ich, for sure, wenn man nicht hinsehen will, nicht hinsehen kann oder es noch nicht zulassen kann, tut man das auch nicht, egal welcher Zaunpfahl winkt.

Seitdem akzeptiere ich, dass Menschen erst hinsehen, wenn sie können oder wollen oder was auch immer, aber dass sie definitiv dazu nicht gezwungen werden können.

Die Frau starb am nächsten Morgen. Außer mir war niemand da.

»Und jetzt, bin ich da?«, frage ich mich. Jan ist weg. Victor da, aber doch nicht wirklich erreichbar. Wo werden wir dann wohl alle sein?

SONNTAG, NUMMER 15

Ein Sonntag, an dem ich Besuch habe, aus Wien. Überhaupt hat man dauernd Besuch, wenn man in Berlin wohnt. Der Ruf, dass hier 24/7 gefeiert wird, eilt der Stadt voraus. Zu Recht.

Es ist fast zu leicht, jemandem in Berlin etwas zu bieten, der aus der österreichischen Hauptstadt kommt. Nein, eigentlich ist es leicht, den Besucher zu begeistern, egal woher er kommt. Es ist ja fast wie Woodstock hier. Pure Freiheit und Endlosigkeit.

PURE FREIHEIT UND ENDLOSIGKEIT

Ich habe Lust, mal nicht an Victor oder Jan zu denken. Sondern einer wichtigen Person aus meiner Vergangenheit meine Realität hier zu zeigen: Alexander, genannt Al, meinem Ex-Mitbewohner aus meiner Studienzeit.

Wir gehen sehr früh in die Bar. Al freut sich auf diese komplett andere Welt. Die Partywelt kennt er, aber sie ist ganz anders in Wien. Auf jeden Fall: Heute ist es so weit, er ist hier. Und das muss ausgenutzt werden und gefeiert werden.

Al hat in Wien selber einen Club aufgemacht und verbucht seinen Aufenthalt somit unter »Recherche«. So wie alle immer irgendwie ein bisschen einen Grund haben oder sich einen suchen, um zu feiern, auch wenn der Kopf oder das Bauchgefühl längst schon gesagt haben: »Eigentlich solltest du in der Realität bleiben. Hör auf mit der Flucht.« Egal, Al ist also ein Feierprofi. Zumindest, was die österreichischen Verhältnisse angeht. Was wiederum bedeutet, dass er hier ein staunender Beobachter ist.

Niemals werde ich unsere Feier nach meinem bestanden »Knoko« – Knochenkolloquium – vergessen. Die meisten Nicht-Mediziner finden dieses Wort schräg. Alle Mediziner wissen, welche Mühen es bereitet, wissen um all diese Stunden, in denen man versucht, jeden einzelnen Knochen des menschlichen Körpers und seine lateinische Bezeichnung, all die Punkte, an denen Sehnen ansetzen, zu lernen. In dieser Zeit hat man das Gefühl, dass dieses Studium wahrlich Knochenarbeit ist. Man fühlt sich wie ein Hund aus einem Walt-Disney-Comic, dauernd denkt man an Knochen, sie hängen sogar in deinen Träumen rum, wie bei dem Comic-Hund in der Gedankenblase.

However. Man ist auf jedenfalls froh, wenn die Zeit vorbei ist und man die Prüfung überstanden hat. Die Feiern danach sind so legendär wie die Feiergewohnheiten meines ehemaligen Mitbewohners. Auf Theken zu tanzen war seine Spezialität, mit zwei Mädchen nach Hause zu kommen, ebenso. Es gingen dabei auch schon mal Teile der Wohnung zu Bruch.

Einmal stand ich zu Hause, zusammen mit meinem zweiten Mitbewohner, ziemlich verwirrt im Gang. Wir waren beide von einem mehr als komischen Geruch geweckt worden. Nachdem wir fast die ganze Wohnung abgesucht hatten, waren wir uns sicher: Dieser Gestank kann nur aus Als Zimmer kommen. Wir standen vor seiner Tür, und nachdem klar war, dass noch zwei Mädchen drinnen waren, haben wir uns beide davor gedrückt zu klopfen.

»Komm schon, Mia. Klopf an! Ist doch besser, wenn es zwei Girls sind.«

»Klopf doch du, denn drei Mädchen sind selbst für Al zu viel«, konterte ich.

Na ja, bis wir uns einig werden konnten, wer nun den Schwarzen Peter hat und die »Veranstaltung« bzw. Orgie stört, ging die Tür auf. Eines der beiden Mädchen stand vor uns. Splitterfasernackt.

»Sagt mal, habt ihr zufällig Räucherstäbchen?«

Hatten wir nicht, aber zumindest waren wir von ihrem Auftritt beeindruckt. Am nächsten Morgen stellte sich heraus, dass es Al doch tatsächlich geschafft hatte, seinen Computermonitor mit einem Teelicht anzuzünden. That's him.

Wir haben fast während meiner ganzen Studienzeit zusammen in einer WG gewohnt. Und mich beschlich damals der Gedanke: »What you deserve is what you get.« Sprich: Irgendwie ziehe ich wohl feierfreudige Mitbewohner magisch an oder sie mich.

> WHAT YOU DESERVE IS WHAT YOU GET

Bevor wir in den endlosen Rausch eines Sonntags in der Bar eintauchen, holen wir uns noch einen Kaffee Latte. Wahrscheinlich sind wir die einzigen Leute, die mit einem Kaffeebecher in der Hand reinkommen. Wir unterhalten uns über die guten alten Studienzeiten, in denen wir uns keine Sorgen machen mussten, welcher Job wohl der richtige ist. Als uns unsere Eltern finanziert haben, wir höchstens nebenbei ein bisschen gekellnert haben. Ich, weil ich das Kellnern im Blut habe, er, weil er ein bisschen mehr Geld brauchte für Sachen, die das Ausgehen lustiger machten.

Mittlerweile sind wir offiziell »erwachsener« geworden. Uns wird von der Gesellschaft suggeriert, dass nun endlich Mal Schluss mit lustig sein muss, dass wir einen fixen Job brauchen, geregelte Abläufe und eine monogame Beziehung.

Dabei sind wir doch die »Generation Praktikum« und »Online-Dating«.

Wir kommen also nicht wirklich klar mit unserem eigenen tief eingeimpften Verlangen und den Erwartungen unserer Eltern und wünschen uns einfach nur zurück ins Studium, in diese Zeit, in der man immer das beruhigende Gefühl hatte, ein Ziel vor Augen zu haben: das Beenden und Bestehen des Studiums. Und endlos viel Zeit, dort hinzukommen. Jetzt, mit Mitte zwanzig, sollte alles schon geordnet sein.

Aber wir tragen doch noch eine größere Sehnsucht mit uns herum. Mein Bauch sehnt sich nach Unordnung. Diese Sehnsucht ist manchmal leise, kann aber sehr schnell lauter werden. Eindringlicher. Sie verwandelt sich dann in eine Unruhe, die es mir nicht mehr ermöglicht, still zu sitzen. Sie schreit dann aus mir heraus.

MEIN BAUCH SEHNT SICH NACH UNORDNUNG

Ich stille sie jedes Wochenende in der Bar. Hier ist nichts verboten, nicht mal das simple Zigarettenrauchen, was ja mittlerweile schon an allen möglichen Orten verboten ist. Weil alle gesund sein wollen und lieber ein langes Leben führen und sich sicher fühlen, als sich die Frage zu stellen: Wofür das alles? Oder: Wofür lohnt es sich überhaupt zu leben?

Lieber im Moment sein, als alle Stunden, die noch vor mir liegen, zu planen.

Ja, so bin ich.

Und viele, die ich kenne, und alle, die ich hier treffe.

Al und ich starten los, ausgeschlafen und von einem ausführlichen Brunch gesättigt. Der Türsteher begrüßt mich mit perfektem Französisch. Sehr charmant. Und mein Französisch kann locker mithalten. Der zweite Mann an der Tür hingegen ist etwas unentspannter und erzählt hektisch: »Ich mache nachher beim Pferderennen mit …«

Aha.

Es ist mir ein Rätsel, was er damit meint. Aber ich traue der Märchenwelt alles zu und frage auch gar nicht nach, denn ich will überrascht werden, verzaubert werden, vielleicht sogar verwunschen. Und das Bild von dem Prinzen auf dem weißen Schimmel taucht plötzlich irgendwie auf. Mist. Das gefällt mir gar nicht. Denn Prinzen im Nachtleben zu finden ist schwierig oder unmöglich. Da rechne ich schon eher damit, dass mir nachher noch ein weißer Schimmel über den Weg läuft.

Egal, erst mal sind wir da. Und es dauert auch nicht lange, bis wir wissen, was dieser kryptische Satz des Türstehers zu bedeuten hat. Um siebzehn Uhr findet ein »Rennen« auf dem Gelände gleich nebenan statt. Dort hat man angebaut. Einfach nur eine Erweiterung der Bar, nur für den letzten Sommer. Es gibt einen Swimmingpool und Tischtennisplatten. Aufgeschütteten Sand. Alles gesponsert von einer Skateboardmarke … Extra für die Fußballweltmeisterschaft in Südafrika oder auch extra, um mehr zu verdienen. Alles ist nach dem Vorbild eines Slums aufgebaut. Das »Pferderennen« ist natürlich ein Rennen mit selbst gebastelten Pferden – wahlweise mit bemalten Hüpfbällen. Das Special Event an diesem Sonntag. Das erinnert mich irgendwie an Seifenkistenrennen in amerikanischen Serien. Also, irgendwie muss wohl jeder Teilnehmer mit – in meinem Kopf war es noch ein weißes Pferd – mit einem Pferdehüpfgestell durch den Sand, vorbei an Hindernissen die Ziellinie erreichen, um zu gewinnen. Was genau man gewinnt, weiß ich nicht. Ich nehme an, Rum und Ehre.

Wir setzen uns trotz der beginnenden Aufregung rund um das Rennen mit dem Kaffee an den See. Wie selten ich so was mache. Hier am Wasser rumhängen, meinen Gedanken nachhängen. Meine Träume und Wünsche fließen durch meinen Kopf. Wäre Jan hier, würde er mir eine Geschichte erzählen. Er ist der beste Geschichtenerzähler der Welt. Und hat sogar eine eigene Reihe mit Geschichten rund um einen Fisch namens Erwin, der unzählige Abenteuer in der Tiefe des Meeres erlebt, kreiert. Geschichten und Märchen trösten.

GESCHICHTEN UND MÄRCHEN TRÖSTEN

Wenn er heute da wäre, wenn er heute noch kommt, dann werde ich ihm eine Geschichte erzählen. Vielleicht von einem Vogel namens Sam und den ganzen Abenteuern, die er in den Lüften erlebt, wenn er Passagiermaschinen vorm Absturz rettet. Zum Beispiel.

Verdammt noch mal, woher kommen meine ganzen Rettungs- und Ritterfantasien. Die gehören nicht hierher. Es ist doch alles gut.

Al, der sich neben mir räkelt, versinkt in dieser Welt, die wahrscheinlich jeden begeistert, der so was nicht kennt. Und trotzdem kennt er mich gut genug, um zu spüren, dass etwas nicht stimmt, dass ich unrund bin. Es bleibt ihm aber keine Zeit nachzufragen, und ich verschließe meine Gedanken ganz schnell wieder in der Blackbox. Ist auch gut so, denn Tränen und Ängste, die so in mir brodeln, von denen ich nicht genau weiß, woher sie kommen, müssen erst mal in Ruhe in der Welt da draußen analysiert werden. Denn sonst könnte ein Sturm losbrechen, den ich nicht haben will. Jetzt noch nicht. Eigentlich nie.

Wir trinken den Kaffee, nein, wir schütten den Kaffee runter, da jemand genau hinter mir total penetrant mit den Fuß den Beat auf den Boden drischt. Das nervt. So laut ist der Beat ja nicht mal auf der Tanzfläche. Und es gehört sich auch nicht, so schnell aus seinen Träumen gerissen zu werden, wenn man schon mal in einer Traumwelt ist.

Aber bitte. Dann wandern wir halt weiter. Wir gehen nach hinten. Erstens will Al den Backstage noch mal sehen und zweitens wollen wir ohne fremde Blicke noch ’ne Line ziehen. Al hat was übrig. Wie untypisch für Berlin.

Auf dem Weg treffen wir Line, eine Feierfeindin. Ja, so was gibt es auch. Obwohl man jahrelang die gleichen Festivitäten besucht, ignoriert man sich komplett. Wie Line. Letztes Wochenende, als ich hinten saß mit Victor – der nicht nur mein bester Freund und Mitbewohner ist, sondern auch noch mein Facebook-Ehemann –, meinte sie ganz laut: »Bist du nicht frisch verliebt? Ich habe dich doch neulich mit, äh wie heißt er noch mal, so ’nem Typen gesehen.« Typisch Frauen. Als ob es in dieser Welt, in der Schweigen das höchste Maß an Integrität ist, etwas ändern würde, selbst wenn sie mich in flagranti erwischt hätte. Jeder in der Runde wusste, dass meine Ehe mit Victor nur digital und gar nicht analog ist, deshalb wurde ihre Bemerkung einfach ignoriert.

Auf jeden Fall treffe ich sie beim Eingang. Sie begrüßt mich. Kapituliert nach dem letzten Treffen, ist freundlicher und meint: »Ich sehe doch gut aus wie immer?«

Klar. Grins.

Al guckt etwas verwirrt. Und ich bemühe mich erst gar nicht, zu erklären. Und selbst wenn ich gewollt hätte, es ist einfach nicht die Zeit dafür, denn anscheinend sind hier alle – außer uns – vom Wettwahn erfasst.

Da stürmt Heidi – eigentlich ein Typ, aber Heidi ist sein Spitzname –, auf uns zu und versucht mich verzweifelt zu überreden, zu wetten.

Irgendwann danach habe ich Heidi einmal gefragt, woher sein Name kommt. Ursprünglich war es ein Scherz aus seiner Züricher Nachtlebenzeit. Er war Heidi Klum, sein bester Freund Kate Moss und der Dritte im Bunde Gisele Bündchen. Also alle Topmodels vereint. Wie früher Cindy Crawford, Claudia Schiffer, Naomi Campbell und Linda Evangelista. Nur, dass die Jungs auch für weniger als zehntausend Dollar aufgestanden sind. Aus ihrer Zeremonie des Verkleidens und der Vorliebe, sich im Spiegel zu sehen, wurde natürlich einiges anderes abgeleitet. Bei Heidi war es zuerst die Herkunft. Der Name passt ja wunderbar in die Schweiz. Und schlussendlich war es die einfache Tatsache, dass er auch an der Tür gearbeitet hat und mal »nicht für jeden ein Foto« hatte, manche Leute also nicht eine Runde weiter – in den Club – kamen. So weit der Einfluss von Heidi Klum auf das Nachtleben. Ich mag diese Geschichte. Vor allem die Metaebene, denn im Club gibt man ein eigenes Bild von sich weiter, das meist nichts mit der Welt draußen zu tun hat.

However. Heidi hat Durchhaltevermögen und versucht weiter, uns zu überreden. Was mich nicht wundert. Höchstens amüsiert.

»Nur fünf Euro. Setzt doch einfach nur fünf Euro auf mich. Das muss gar nicht mehr sein. Schau mal. Genauso viel kostet die Packung Zigaretten, die du gerade in deiner Hand hältst.«

Ich finde den Vergleich gar nicht mal schlecht, nur so, um mich anzuteasern. Aber dann auch wieder nicht gut genug.

»Und fünfundvierzig haben schon auf mich gesetzt«, redet Heidi, jetzt schon merklich erregt und voller Begeisterung, weiter.

»Aber ich hab doch gar kein Geld«, antworte ich. Ha, die Antwort kriegt man hier doch dauernd, selbst wenn die Leute ein Getränk bestellt haben. Also versuche ich es auch damit. Schließlich ist Heidi auch Barmann, also ein Kollege von mir, und kennt das Spiel.

»Damit kannst du aber welches machen«, meint er.

I doubt. Al sowieso. Und Heidi zischt auch sofort ab, als er meinen »Keine Chance«-Blick sieht, denn den braucht hier jeder Barmann oder jede Barfrau, und er hat ihn sowieso drauf. Al und ich setzen uns nochmals an den See. Die Pferde können uns gestohlen bleiben! So. Das Wasser glitzert. Ein alter Kahn fährt vorbei. Meistens kann man sonst irgendwelche Kaffefahrten beobachten, und Senioren winken von den Schiffen herüber zum Ufer. Und freuen sich wahrscheinlich über all die jungen und so schön bunt angezogenen Menschen, die hier friedlich rumliegen oder tanzen. Life is a beach, genau hier nämlich.

Der Typ neben mir dreht sich um: »Ich fühle mich wie am Nil ... All diese Schiffe ...«

LIFE IS A BEACH, GENAU HIER

Im Endeffekt kann man sich an diesem Ort alles vorstellen. Ich lächle. Das Küss- und Winkeland, wie es Victor bezeichnet.

Al ist – wie alle – begeistert von der Schaukel. Ich fange an mich zu fragen, was ich noch sehe oder mittlerweile nicht mehr sehe, weil ich zu oft dort war. Ich lasse ihn zurück. Ich weiß, dass er sich auch ganz gut alleine in der Märchenwelt zurechtfinden wird. Außerdem ist er mit Backstage-Bändchen, Getränkebons und auch sonst allem, was er braucht, ausgerüstet. Er weiß, dass er mich irgendwo hinten auch wieder finden wird.

Und ich bin irgendwie getrieben, auf der Suche nach Jan, nach Victor. Auch, wenn ich sauer bin. Zumindest auf Jan. Trotz meines Gastes fehlen mir die beiden. However. Verdrängen ist heute angesagt. Aber irgendwie will ich nicht mittendrin sein, sondern einfach mal zusehen, beobachten.

Ich setze mich also hinter die Bar, hinter die Hauptbar. Es gibt dort zwei Stühle. Eigentlich sind sie für die Barleute reserviert. Manchmal sitze ich dort gerne, um mich einzugrooven. Mir alles anzusehen. Ein kurzes Winken für Bekannte, die auf ihre Drinks warten. Oder auch mal ein Küsschen schmeißen, ohne berühren zu müssen. Mit 'ner Bar dazwischen, ist das auch ganz einfach …

Ich sehe mich um, der Einzige von all jenen, die man eigentlich immer um diese Uhrzeit trifft und den ich ja eigentlich suche, ist Jan. Aber ich kann ihn nirgendwo entdecken. Unsere letzte Begegnung spielt sich noch mal wie ein Film in meinem Kopf ab. Hoffentlich geht es ihm ein bisschen besser.

Neben mir taucht Heidi auf, zwar immer noch einer meiner Lieblings-Barkeeper ever, aber dieses Pferderennengelabere kann ich schon nicht mehr hören. Trotzdem, er erzählt und erzählt von irgendwelchen tollen Blitzaktionen während des Rennens. Und was weiß ich, von was noch … Ich höre nur mit halbem Ohr zu.

Franz, ein Stammgast, drängt sich dazwischen und will Drinks haben. Ausnahmsweise finde ich sein »Dazwischengedränge« gut, hört Heidi doch endlich auf zu labern und widmet sich wieder seiner Arbeit an der Theke. Franz zahlt zu wenig Geld für die beiden Drinks, die er bestellt und Heidi meisterhaft gezaubert hat, das kann er wirklich … Heidi protestiert. Franz versteht es nicht und antwortet überheblich: »Der Rest ist für dich.« Heidi findet das gar nicht lustig, Franz ist es gewohnt – wie viele Stammgäste –, gar nichts oder zumindest weniger zu zahlen. Bei Heidi funktioniert das allerdings nicht. Als Franz sich dann noch eine Kippe schnorren will, reicht es endgültig: »Hol dir deine Kippen an der Tankstelle. Und raus aus meiner Bar.«

Mir reicht es auf jeden Fall auch. Manchmal kommt man einfach nicht rein in das Partygeschehen, so wie heute. Dann ist es am besten, einfach abzuhauen, und das mach ich auch … Und zwar, wie man so schön sagt, auf Polnisch. Ohne Verabschiedung, ohne Küsse und ohne Winken. Das ist der beste Weg und meist auch der einzig mögliche, ansonsten wird man noch aufgehalten, wenn man schon mal in die Realität flüchtet.

OHNE VERABSCHIEDUNG, OHNE KÜSSE UND OHNE WINKEN

Bis morgen.

MONTAG, NUMMER 14 (INBETWEEN)

Montag. Ich komme mit Victor. Jan ist untergetaucht. Hebt sein Telefon nicht ab. Nicht erreichbar. Meine Traurigkeit habe ich kurz vor dem Aufbrechen zu Hause liegen lassen. Sie kam mir plötzlich so sinnlos vor. Diese Achterbahnfahrt meiner Gefühle ist verdächtig, denn eigentlich bin ich eine ganz klare Richtung von ihnen gewohnt. Aber das verdränge ich jetzt mal.

Die Türfrau begrüßt uns schon an der Tür: »Familie Pleiken.« How nice. Schließlich sind wir in der virtuellen Welt verheiratet. Auf Facebook. Anfangs war es ein Scherz, betrunken mal den Beziehungsstatus zu ändern. Victor hat aber schnell erkannt, dass er als »verheirateter« Mann irgendwie anziehender wirkt. Zumindest auf ein paar Frauen. Ich bin ja nicht so wirklich überzeugt von dieser Theorie. Aber bitte. Auf jeden Fall hat er meinen Nachnamen angenommen, damit unser Gelübde doch etwas echter und auch gendermäßiger wirkt. Und nachdem wir seit Jahren zusammen wohnen und auch so oft gemeinsam die Nacht unsicher machen, gibt es sogar einige, die das glauben. Wir haben es nie offiziell dementiert. Und solange es Victors Liebesleben fördert, das sonst eher vor sich hindümpelt. Why not. Ich glaube, man merkt es ihm an, dass er schon so lange Single ist. Victor hatte irgendwann mit zwanzig eine ziemlich lange Beziehung, und seit die vorbei ist … irgendwie nichts Richtiges mehr.

Man kann es sich einfach nicht aussuchen in der Liebe.

Vielleicht noch eher, wenn man in einer großen Stadt wohnt, wo jeder auf der Suche ist. Keine Ahnung. Bei Victor fürchte ich immer, dass ihm die Frauen vor allem wegen seines Status schöne Augen machen und es cool finden, mit ihm an der Schlange vorbei in die Nacht zu tauchen und backstage geführt zu werden. Manchmal denke ich, dass er das auch weiß. Aber sich im Kreis dreht. Wie auch immer. Wir gehen weiter. Fangen an, uns an auf diesen Tag zu freuen.

Links am Eingang putzt sich gerade jemand die Zähne – ist also schon ein paar Tage und Nächte am Start. Durchaus kein seltener Anblick. Es gibt in der Nähe Hütten, die man mieten kann. Also stolpert einem auch schon mal jemand mit einem um die Hüften geschwungenen Handtuch frisch aus der Dusche entgegen. Wir drängen uns an die Hauptbar vor und finden das fast identische Szenario wie vierundzwanzig Stunden vorher wieder. Die Schwester von Susanne bewacht noch den Eingang zum Backstage, Michi und Heidi sind noch hinter der Bar, Franz davor. So als ob jemand die Zeit einfach zurückgedreht hätte. Oder wahlweise die Uhr angehalten hat.

SO ALS OB JEMAND DIE ZEIT EINFACH ZURÜCKGEDREHT HÄTTE

Wir holen uns Drinks. Einen Wodka-Mango mit einem Schuss Mineralwasser for me und für Victor dieses komische Himbeer-Waldbeer-Zisch ebenfalls mit einem Schuss Wodka.

»Eine kleine Line zum Wachwerden?«

»Bien sûr.«

Wir gehen ins Restaurant. Das ist normalerweise sonntags und montags geschlossen. Denn so richtig durchgefeierte Leute passen nicht ins Bild des schicken Restaurants. Der Zugang führt direkt an der Hauptbar vorbei, drei Treppen nach oben und ist mit einen dicken Vorhang aus Samt verhängt. Oder man kommt direkt vom Backstage rein. Aber auch da sind die Türen meist verschlossen.

Vom Restaurant geht nach vorne eine kleine Terrasse ab. Hier essen die Gäste. Aber man kann auch herrlich abhängen und die Leute außerhalb dieses Areals beobachten. Was zwar leider immer dazu führt, dass einige doch versuchen, auf die Terrasse zu klettern, und dann wird es mühsam. Zwei-Klassen-Rave, alles gut und schön. Solange das im Backstage passiert und die Leute es nicht direkt sehen, geht es ja noch. Aber auf der Restaurauntterrasse im erlesenen Kreis rumzuhängen, wo alle es sehen können, führt nur zu Unmut. Abgesehen davon fühlt man sich selber auch nicht mehr wohl.

Heute haben sich hier wirklich nur ein paar Eingeweihte reingeschlichen, nicht draußen, sondern im abgedunkelten Restaurant.

Alle Stühle stehen auf den Tischen. Eigentlich immer, wenn das Restaurant zu hat. Die Stühle rund um den mittleren Tisch sind nach unten gestellt. Jeder, der neu dazukommt, schnappt sich einen Stuhl und stellt ihn um den großen runden Tisch. Wieder auf den Boden. Victor und einige andere Leute bedienen sich von großen weißen Tellern.

Jemand kommt auf die großartige Idee, die Nebelmaschine anzuschmeißen. Das Ding ist der neueste Schrei unter den Nebelmaschinen. Und man kann es wie einen Feuerlöscher handhaben. Und im Unterschied zu den Vorgängermodellen stinkt der Nebel auch nicht. Auf unserem Tisch brennen sowieso nur zwei Kerzen, und man sieht so gut wie gar nichts mehr. Die Stimmung ist irgendwie düster. Und die Gehirne vernebelt. Genauso wie die Umgebung. Der Raum. Das Hier und Jetzt.

Passend dazu kommt die alte Streichholzgeschichte auf. Warum stirbt ein Seemann, wenn man eine Zigarette mit einer Kerze anzündet? »In der Zeit, als die Seemänner nicht auf See waren, verdienten sie ihr Geld in Streichholzfabriken …«

Und weitere Geschichten, die zu dieser komischen Stimmung, dicht im Nebel im Restaurant passen, folgen: »Warum trinkt man Bloody Mary nur beim Fliegen?« »Irgendwie muss es mit dem Nikotinmangel zusammenhängen …«

Oder sonstige Geschichten, von denen niemand weiß, warum sie so sind. Mir ist das zu oberflächlich oder zu simpel. Da ist es einfacher, ich hole mir von der Bar noch einen Schluck Wein. Auf dem Rückweg empfinde ich diese Runde wie ein Bild von Francis Bacon: düster, und alles ist schon irgendwie verlaufen. Laufende Nasen, Husten, verzerrte Fratzen. Weltuntergangsstimmung.

LAUFENDE NASEN, HUSTEN, VERZERRTE FRATZEN. WELTUNTERGANGS-STIMMUNG

Links von mir sitzt Ron. Der Ex-Freund von Katherina. Ziemlich lange habe ich aus Solidarität mit Katherina nicht mit ihm gesprochen. Er arbeitet bei einer PR-Agentur. Ich habe ein Praktikum dort gemacht. Irgendwie fühlt es sich komisch an, über etwas aus meinem Leben draußen zu sprechen. Das gehört hier nicht dazu. Ist kein normaler Gesprächsinhalt. Die Gespräche hier drehen sich normalerweise um Verbotenes. Was draußen verboten ist, wie Zigaretten und Substanzen. Und über das Wichtigste hier drin: Musik, Liebe, Wachzustände. Wichtiges draußen: Job, Karriere, Arbeitszeiten. Who cares. Vielleicht führe ich dieses Gespräch mit Ron nur, weil es irgendwie neutral ist. Ein halbe Stunde später haben wir auch Visitenkarten getauscht bzw. ich seine bekommen.

Wie auf Kommando erhebe ich mich, obwohl ich noch so träge bin. So als ob ich mich dunkel daran erinnere, dass der Austausch von Visitenkarten meist das Ende eines Gespräches ist.

Also zurück an die Bar. Max läuft mir über den Weg. Victor, der mir spontan gefolgt ist, lässt mich unter einem Vorwand mit ihm alleine. Na toll. Hatten wir doch vorher schon darüber diskutiert, dass er einer der wenigen Männer ist, den ich in diesem Laden privat interessant finde.

»Aber ich bin einfach nicht der Typ, um jemanden aufzureißen …«

»Du musst dir was Individuelles einfallen lassen. Irgendwas, was ihn antörnt, ihn neugierig macht, seinen Jagdinstinkt weckt«, lauten Victors Ratschläge.

Das nervt. Weil ich mich gegen dieses gendermäßige Funktionieren wehre. Oder wehren möchte, aber trotzdem mitspiele. Weil ich es so kenne. Weil all das, was mir beigebracht wurde, wie man sich als Frau behauptet, verdammt wenig mit der Realität und so gar nichts mit dem Daily Business zu tun hat. So ungern ich es zugebe. Man fühlt sich wie ein Punchingball zwischen dem Üblichen und dem, was man weiß, was man anders sieht, anders machen will – und trotzdem fällt man wieder in die alten Muster zurück. Oder kann sie zumindest nicht ändern. Mit all den guten Vorsätzen im Kopf, im Herzen.

Also, wenn ich Victors Ratschläge schon befolge, dann nerven sie, weil er recht hat und ich nicht will, dass er recht hat. Prinzipiell nicht. Dass jemand recht hat. Außer mir. Ist halt so. Man muss auch mal Sachen zugeben. Fertig.

Das Einzige, was ich in so einer Situation hinkriege, ist konkret zu fragen: »Wollen wir uns mal auf 'nen Kaffee oder zum Frühstück treffen?«

Und das ist echt viel. Das bedeutet nämlich, dass mir diese Person so wichtig ist, dass ich sie aus dem Kontext des Nachtkonsumlebens rausreißen will. Dass es mich interessiert, sie wirklich zu treffen. Nüchtern. Nicht zufällig an einem Ort, wo wir uns sowieso ständig bewegen. Mehr geht doch nicht – oder? Bin ich schon zu clubverseucht? Wie auch immer.

MAN MUSS AUCH MAL SACHEN ZUGEBEN

Ich schnappe mir Max. Frage, ob er mit mir einen Kurzen trinken geht. Okay, ich bin nachtlebenverseucht. Wir gehen ins Restaurant. Mehr Ruhe kriegen wir nicht. Also frage ich: »Kaffee, wenn all das hier vorbei ist?«

»Ja, gerne. Allerdings wurde ich an der Schulter operiert. Deshalb no alcohol, no drugs«, antwortet er mir.

Ich stampfe voraus. Nehme den letzten Tisch ganz hinten. Setze mich allein hin. Hoffe, dass er mir nachstampft. Er begrüßt noch mindestens zehn Leute. Alle. Und ich frage mich inzwischen, ob er überhaupt noch nach hinten kommt. Es vorbeischafft. Bis zu mir. Ich trinke hastig Wodka.

Er kommt nach. Wir reden. Über Berge, Ursprünge, Wurzeln, warum er seinen Job mag, warum ich meinen. Wir tauschen Nummern. Ein Kaffee, in ein paar Wochen …

Wahrscheinlich hab ich ohne Punkt und Komma geredet und er daneben, total nüchtern … Mist! Wir gehen noch zusammen zur großen Bar vor. Ich setzte noch einen drauf und sag ihm noch: »Es gibt wenig Leute, die ich auch gerne privat kennenlernen möchte.« Ich weiß nicht, ob ich jetzt einfach komplett idiotisch oder im Gegenteil zielführend war. Egal. Vielleicht hat er es auch nicht gehört, denn die nächste Dame brüllt ihm etwas ins Ohr. DJ halt. Bei meinem schwungvollen Abtritt von der Bühne, auf der das Stück »Mia versucht einen Annäherungsversuch« aufgeführt wird, knalle ich ausgerechnet auf Gregor.

Mir reichts. »Hallo Gregor«, sage ich laut, deutlich und direkt in sein Gesicht. Meinte er doch noch eine halbe Stunde vorher, genau vor meiner Nase, was total okay ist, seine neue Freundin küssen und dabei beobachten zu müssen, wie ich reagiere. Also kann er mich, bitte schön, endlich auch wieder grüßen!

Nö.

»Glaubst du nicht, dass es Zeit ist, dass wir uns wie zwei Erwachsene benehmen?«, frage ich ihn.

»Mhhm. Humpf. Da müssen wir zuerst noch mal reden. Und das wird nicht angenehm für dich werden. Du wirst einiges aushalten müssen«, antwortet er mir.

Man kanns auch bleiben lassen, denke ich mir, und lasse ihn stehen. In dem Moment klingelt mein Telefon. Ich drehe mich um und signalisiere Gregor mit meinem Zeigefinger vor dem Mund, dass er schweigen soll. Denke mir vielmehr: Klappe halten, am besten für immer. Ich habe keine Lust auf Belehrungen. Zum Scheitern einer Beziehung gehören zwei. Also ziehe ich mir den Schuh nicht an, die Böse zu sein. Mein Telefon klingelt. Ich hoffe, dass es Jan ist. Nachdem ich ihn gestern nicht gesehen habe, fange ich an, mir immer mehr Sorgen zu machen. Es ist aber Sebastian. Ein alter Freund und ziemlich bekannter DJ. Eigentlich ist er nach New York gezogen, um dem Wahnsinn hier zu entfliehen. Aber immer wieder zieht ihn der Wahnsinn nach Berlin zurück. Wohin sonst? Und dann treffen wir uns meistens. Nachts.

»Ich bin schon seit einer halben Stunde da, Darling. Where are you?«, brüllt Sebastian ins Telefon.

»Backstage. Warte, ich komme nach vorne und hol dich.« Brülle ich zurück.

Bevor ich loslaufe und das übliche Procedere – schnell ein Bändchen vom Ladenleiter organisieren – angehe, steht er schon lächelnd vor mir. Wir holen uns Drinks. Und kommen kaum einen Schritt voran. Jeder kennt ihn, jeder will mit ihm reden, jede Frau ihm einen Kuss auf die Wange drücken.

Fast hatte ich vergessen, wie das so ist mit den Stars der Szene. Bändchen, Getränke-Bons et cetera hat er alles schon. Wie kam ich bloß auf die Idee, dass er mich dafür braucht. Nicht mal zwanzig Minuten später verstehe ich, warum privates Weggehen im gleichen Milieu eine reine Qual ist, wenn du in dieser Liga der Musiker bzw. DJs mitspielst.

»Ins Restaurant – ein Tisch ganz hinten?«, frage ich ihn. Dankbar folgt er mir. Selbst dort ist es schwer, auch nur zwei Worte zu wechseln, alle kommen vorbei, begrüßen ihn, fragen ihn was. Langsam glaube ich, er ist wirklich nur mir zuliebe hier. Smile. Mir ist kalt. Irgendwer legt mir von hinten einen Pulli über den Rücken. Marke: American Apparel, mit irgendeinem Musiklabel-Aufdruck drauf. Ganz so, wie es sich in Berlin gehört.

Genau in diesem Pulli werde ich auch am nächsten Nachmittag aufwachen. Der Rest ist eine große Lücke in meinem Kopf und meinem Gehirn und ein Loch in meinem Bauch. Von Letzterem wache ich dann auch auf. Wann hab ich das letzte Mal was gegessen? Gestern früh? Der pure Hunger treibt mich sofort aus dem Bett und ich versuche »nachzuessen«, was ich meinem Körper die letzten dreißig Stunden nicht gegönnt habe.

WACKELIG UND EINSAM

Ich fühle mich wackelig und einsam.

SONNTAG, NUMMER 13

Und wieder gehe ich zurück in die Bar. Wahrscheinlich kommen alle wieder zurück, wenn die Einsamkeit sie einholt. Meine Einsamkeit, die von Jan, die von Victor, die von allen, die mich umgeben, verschwimmen ineinander. Nicht mehr greifbar. Nicht mehr differenzierbar. Ich bin ein Teil davon. Als ich ankomme, treffe ich einen Bekannten.

»Du riechst so gut.«

Sam vergräbt sich in meinem Hals. Grrr. Das nervt. Ich bin ja auch geduscht … Ich laufe weiter nach hinten. Mal sehen, ob ich Jan finde. Die Schnitzeljagd. Des Sommers. So erscheint es mir mittlerweile. Er ist in der ganzen Bar nicht aufzufinden. Also verlasse ich das Gelände.

Erste Station: der Ziehwagen. Und siehe da. Er ist da.

Und wieder ein langer weißer Streifen, der mir unter meine Nase gehalten wird. Jan schaut mich an. Er sieht richtig fertig aus. Zwölf Stunden Schicht hinter dem DJ-Pult, drei Stunden geschlafen, zwölf wieder aufgelegt.

ZWÖLF STUNDEN SCHICHT HINTER DEM DJ-PULT

Irgendwer hält mir ’nen verdreckten gerollten Fünf-Euro-Schein hin. Das inspiriert Jan zum Reimen: »Hepatitis A, B, C, tun auch guten Menschen weh, drum sei klug und lass es sein, nimm nicht mehr den dreckigen Schein.«

Recht hat er. Und als Profi nimmt er das kleine Stahlröhrchen raus … Typisch. Selbst in diesem Zustand noch professionell konsumieren. Er zieht sich das weiße Pulver tief in seine Nase, lehnt sich zurück und nimmt meine Hand.

»Ach Süße.« Seine Hand wandert auf meinen Rücken. Ein altes Spiel zwischen uns. Wenn man dem anderen nur lange genug über den Rücken streichelt, dann stärkt man den Rücken. Lässt einen wieder aufrechter stehen. Sich gerader fühlen. Gebackuped.

SICH GERADER FÜHLEN. GEBACKUPED

Doch heute ist es anders. Seine Hand wirkt schwer. Bleiern. Nicht so, als würde sie mich aufrichten. Nein, eher erdrücken. Dieses Gefühl ist neu. Aber bevor ich mich wirklich damit beschäftige, wird Jan von einem Hustenanfall geschüttelt. Er ringt geradezu nach Luft und würgt und spuckt.

Innerlich bin ich jetzt ganz starr. Und äußerlich reagiere ich einfach. Ich suche nach einem Taschentuch und versuche, ihm durch ein schwaches Klopfen mit meiner Hand auf den Rücken zu helfen. Jan röchelt. Und spuckt in mein Taschentuch. Das ich übrigens sonst nie dabeihabe. Bevor er es in Windeseile zusammenknüllt und verschwinden lässt, sehe ich Rot. Irgendwas Rotes. Blödsinn, das war Blut. Jan hustet Blut. Und versteckt es vor mir. Fucking hell. Was ist das?

Bevor ich weiterdenken kann, werde ich ungebeten von meinem Sitznachbarn unter den Tisch geredet. Zugetextet.

»Neulich ist ja auch einer in der Garderobe vom X-Club gestorben. Der hat wohl Ketamin und Speed genommen. Irgendetwas davon war extrem schlecht gestreckt. Bevor sie ihn noch so wirklich reanimieren konnten, war der schon weg. Die Polizei hat dann den Laden dichtgemacht«, erzählt er.

Ich kenne den Typen nicht. Seine Geschichte interessiert

mich nicht. Ich bin wütend. Was für eine großartige und vor allem passende Geschichte, in diesem Kontext.

Ich würde dem Typen am liebsten eine scheuern. Mal zuschlagen. Mal meine Wut rauslassen. Dass man jegliches Feingefühl über Bord wirft, nur um mal mit News aufzutrumpfen, die wir eh alle schon gehört haben. Und vor allem: die wir eh alle schon verdrängt haben. Wer will schon erzählt bekommen, dass unser Lebensstil nicht nur ungesund ist, sondern auch mal tödlich enden kann.

Niemand. Nobody.

Jan hat sein Feingefühl noch nicht verloren, wird er auch nie. »Lass uns nach hinten gehen. Uns eine Hollywoodschaukel suchen und ein bisschen abhängen«, schlägt er vor. Mit seiner Art, in meine Augen zu blicken, durch sie durch zu schauen, dass es sich echt anfühlt. Ich kann mich darin fallen lassen. Weiß, dass es richtig ist. Was richtig auch immer bedeutet.

»Yep, so machen wir's«, antworte ich erleichtert.

Wir gehen nach hinten, eingehakt wie ein altes Ehepaar. Halten uns gegenseitig und fest.

Mit düsteren Mienen blocken wir jeglichen Kontakt mit unserer Umgebung ab. Ha, wie gut, dass ich so bitterböse schauen kann.

Hinten angekommen merke ich, wie schnell ich wieder nüchtern bin. Dass meine Ratio die Oberhand gewinnt. Während ich den Boden unter den Füßen wiederfinde, schaukeln wir. Wie auf einem Kinderspielplatz. Hier gibts nicht nur Stühle mit allen vier allen Beinen auf dem Boden. Sondern auch Sitzgelegenheiten ohne Bodenkontakt. Ohne Erdung. Dem Himmel näher als dem Boden. Ich beschließe, die Dinge in die Hand zu nehmen. Ich schreibe einem guten Freund, einem Arzt, eine SMS. Jan wird zu ihm gehen, nächste Woche. Ich dulde keine Widerrede, und Jan hat auch nicht die Kraft dafür. Gut so.

Er wird sich untersuchen lassen. Das Ganze wird unter der Hand laufen. Aber es muss endlich Klarheit her. Und vor allem eine Lösung. Ich kann sehr lösungsorientiert sein. Jan weiß das. Vielleicht gibt er deshalb nun auch alles an mich ab. Mit dem Versprechen, dass er nächste Woche den Arzt aufsuchen wird und wir dann endlich wissen, warum es ihm so schlecht geht, verlassen wir die Schaukel.

SITZGELEGENHEITEN OHNE BODENKONTAKT. OHNE ERDUNG

Wir kommen an einer Menschentraube vorbei. Was ist da los. Wir geben uns interessiert, ohne irgendein Interesse zu haben. Dieses Mal gibt es ein neues Highlight, um sich zu berauschen: die »Bier-Bong«. Eine Flasche Bier durch einen Trichter direkt auf Ex in den Magen. Der Bauch von dem, der gerade trinkt, sieht aus, als sei er im sechsten Monat schwanger. Aber niemand darf sich drücken. Außer mir. I'm a princess. Ohne Reich.

I'M A PRINCESS. OHNE REICH

Jan drückt sich auch nicht. Was gibt es denn noch, wovor er sich drücken sollte, sagen seine Augen, während er das Bier einsaugt. Ich blicke ihn an. Zwischen uns ist alles klar. Er hält sich an die Abmachung. Wir werden sehen, was dabei herauskommt. Ich hoffe auf eine anständige Lungenentzündung, nicht mehr und nicht weniger. Und dann kann alles endlich wieder normal weitergehen. Ich bin müde vom Entscheidungentreffen. Ich bin müde, weil es mich so viel Kraft kostet, Jan zu dem zu bringen, was normal ist. Krank sein, einen Arzt aufsuchen, Medizin nehmen und gesund werden.

Hannah kommt mit Tränen in den Augen vor dem Lagerraum vorbei, der inzwischen zum Bierbombenraum wurde.

»Ich kann gar nicht mehr nach vorne gehen, sonst heule ich los«, seufzt sie. Ich würde auch gern losheulen.

Letztes Jahr, da gab es noch Hoffnung, dieses Jahr nicht mehr. Ein Schleier der Traurigkeit umhüllt mich, die anderen, die Bar. Ich gehe nach Hause.

Im Gehen höre ich noch ein aggressives: »Erklär du mir doch mal den Sinn der Bar!«

»Der Sinn der Bar ist, dass solche Pisser und Prolls wie du hier normalerweise gar nicht reinkommen …«

Für mich besteht heute der Sinn darin, ganz schnell wegzulaufen, zurück in die Realität.

SONNTAG, NUMMER 12 (INBETWEEN)

Ich bin all die Monate durch die Bar geflogen, wie so viele hier durchfliegen. Dabei laufen einem dauernd Menschen über den Weg. Mir sind Menschen über den Weg gelaufen. Einige sieht man immer wieder und kriegt nie einen Bezug zu ihnen. Bei manchen genügt ein einziges gemeinsames Erlebnis, und man sieht diese Person in einem anderen Licht. Man bekommt plötzlich einen unsichtbaren Draht zu ihnen. Und das bleibt. Egal, ob man sie weiterhin nur grüßt oder sie mit in die Realität nimmt. Was eher ungewöhnlich ist.

Heute läuft mir als allererste Betty vor die Nase. Eine Frau, die alle kennen. Man weiß, über wen man spricht. Ich habe sie immer nur wahrgenommen als verbrannt, verheizt, verbrezelt – tolles Wort. Als eine, die nicht weiß, wohin sie will. An diesem Abend nehme ich zum ersten Mal 2C-B. Und schaue mir an, was passiert. Sollte man mit neuen Drogen so machen. Während ich auf der Tanzfläche stehe, kommt sie vorbei. Betty sieht mich und meint zu mir ganz klar:

»Was hast du genommen, wann, wie viel und seit wann knallt es?«

Gute, professionelle Fragen. Passend.

»Knallt gerade«, lalle ich noch.

Daraufhin nimmt sie ihren Schal herunter. Ein bunter, indischer, getragener und deshalb auch weicher Baumwollschal. Sie verbindet meine Augen. Ich fange an zu tanzen, klar. Es knallte ja gerade. Die Frau ist weg, dass ich das überhaupt noch bemerke. Ich sehe nichts mehr. Kann nur noch riechen. Hart, weich, anziehend, ekelig, faszinierend – die ganze Bandbreite also von dem, was olfaktorisch so da ist.

DIE GANZE BANDBREITE VON DEM, WAS OLFAKTORISCH SO DA IST

Ohne Zeitgefühl tanze ich. Zwei Stunden später kommt sie zurück, mein Zeitgefühl auch und auch noch zeitgleich mit meiner Ankunft am Boden. In dem Fall bestes Timing.

»Wie war es?«, fragt sie mich. Und bevor ich antworte, sagt sie auch noch: »Das ist mein Geschenk an dich.«

Wie toll. Ich bin hier aufgehoben. Jemand gibt mir ein Gefühl von Zuhause, dabei habe ich noch nie etwas von dieser Person gehalten.

What a big, big lie. Oder einfach die Wahrheit? Oder einfach scheißegal.

Oder ein Traum. Hier wird man manchmal von Leuten aufgefangen, von denen man es am wenigsten erwartet. Und genauso wird man von Leuten fallen gelassen, von denen man es am wenigsten erwartet.

Etwas, das vor und hinter dem Bretterzaun exakt gleich ist.

SONNTAG, NUMMER 11

Jetzt ist die Zeit gekommen, da lässt man keinen Sonntag mehr aus. Es gibt ja auch nicht mehr viele. Der Countdown prangt jetzt nicht mehr nur vorne am DJ-Pult. Nein. Auch in den Köpfen ist er präsent. Man kommt jetzt pünktlich. An den Ort, wo es keine Zeit gibt. Oder man bleibt einfach so lange wie möglich, solange es geht, solange man physisch mithalten kann. Man will jetzt wirklich nichts mehr verpassen.

MAN KOMMT JETZT PÜNKTLICH

Unsere Treffen am Küchentisch sind unter den Tisch gefallen. Als ob selbst diese Zeit verpasste Zeit wäre. Der Tisch bleibt ja, die Bar nicht.

Deshalb stelle ich mir an diesem Sonntag den Wecker, was ich nur ganz selten mache. Ich mag es nicht, morgens vom Klingeln eines elektronischen Geräts geweckt zu werden. Ein natürlicher Schlafzyklus beträgt neunzig Minuten. Sprich: Wenn man sich die Zeit so einteilt, dass man »natürlich aufwacht«, das wäre nach drei Stunden, nach siebeneinhalb Stunden oder nach neun Stunden und so weiter, dann fühlt man sich am ausgeschlafensten und am fittesten. Eigentlich kennt das auch jeder. Wenn man mitten in der Nacht aus dem Schlaf gerissen wird, dann ist man manchmal total verschlafen oder plötzlich hellwach. Letzteres passiert eben, wenn genau ein Neunzig-Minuten-Zyklus vorüber ist. Leider ist dieses Konzept in der Arbeitswelt schwer durchzuziehen.

Trotzdem versuche ich, wann immer möglich, meinen Schlaf diesem Rhythmus anzupassen.

Nicht so an diesem Sonntag. Ich stehe viel zu früh auf. Vor allem für jemanden, der ein absoluter Nachtmensch ist. Ich kann wirklich den ganzen Tag tot im Bett liegen, und sobald es dunkel wird, bin ich wieder topfit. Das ist ein Fluch. Ich kenne einige Menschen, die genauso sind, aber niemanden, bei dem es so extrem ausgeprägt ist wie bei mir. Den ganzen Tag im Bett liegen und das Gefühl zu haben, dass selbst etwas zum Essen zu checken nicht geht und dann: Sonnenuntergang – und zack, die Dame fühlt sich fit …

Dementsprechend crashe ich gerade meinen natürlichen Biorhythmus und stolpere gegen sieben Uhr morgens in die Küche. Mache mir Kaffee und zünde mir eine Zigarette an. Frühstücken geht nicht. Obwohl ich aus reiner Vernunft heraus etwas zu mir nehmen sollte. Nee, geht einfach nicht.

Ich überlege, ob man die Regel, drei Mal am Tag zu essen, nicht mehr befolgt, sobald man nicht mehr »zu Hause« wohnt – oder ob es nur purer Protest gegen alte Gewohnheiten ist. Weder, noch. Man hat einfach nicht mehr die Zeit dafür, das heißt, man nimmt sich nicht mehr die Zeit dafür, denn bekanntlich nimmt man sich immer nur Zeit für das, was einem wichtig ist. Also, man kann sich für jemanden, in den man frisch verliebt ist, immer Zeit nehmen. Für andere Sachen weniger. Man vergisst sie einfach. Auch Menschen. Erstaunlich.

MAN VERGISST SIE EINFACH. AUCH MENSCHEN

Man kann jeden vergessen, wenn man nur will. Me, myself and I wenigstens. Unentschlossen, ob ich diese Erkenntnis mag oder nicht, suche ich nach meinen Schminksachen. Bemühe mich, beim Auftragen der Wimperntusche nicht auch noch eine Auge rauszustechen oder zu heulen. Das wäre dann eine richtige Sauerei, und man kann wieder von vorne anfangen. Einmal falsch gezielt oder einmal richtig getroffen, und alles ist kaputt. Wie im Leben.

Plötzlich steht man vor einem Scherbenhaufen …

Prinzipiell finde ich Schminken sehr praktisch. Egal wie fertig man ist: Concealer, Make-up, Wimperntusche und ein bisschen Rouge, und schon ist man wieder ready. Ready to go. Nonstop. Je mehr ich davon benutze, umso weniger bin ich in meiner Mitte. Je mehr Schminke, desto mehr will ich mich verstecken. That's what I know since long time ago. Egal, irgendwie öffentlichkeitstauglich machen und los.

Außerdem erwarte ich heute Jan und seine Ergebnisse. Jedenfalls hoffe ich, dass er jetzt endlich wirklich beim Arzt war. Die Krankenkassenkarte hat er sich geborgt. Und ich habe mit Argusaugen darauf geachtet, dass er sie einsteckt. Der Internist, bei dem ich ihm den Termin besorgt habe, ist zudem ein alter Bekannter von mir. Fachgebiet Pneumologie. Jans Dauerhusten ist unüberhörbar. Wissend, dass bei Männern die Latenzzeit – bis sie vom Hausarzt zum Spezialisten geschickt werden – zwar deutlich kürzer als bei Frauen, aber trotzdem immer noch zu lang ist, habe ich zumindest versucht, ihn gleich zu dem Richtigen zu schicken.

Ich bin müde und aufgedreht gleichzeitig. Und habe mich außerdem mit zwei Freundinnen verabredet. Das tue ich selten. Ich mag es am liebsten, alleine durch die Partywelt zu stolpern. Niemandem gegenüber Rechenschaft ablegen müssen. Anhalten oder weiterziehen. Neue Leute kennenlernen oder einfach nur beobachten.

ANHALTEN ODER WEITERZIEHEN

Heute aber – und ich fürchte, es wird in Zukunft öfter so sein – wird das Weggehen schon vorher zelebriert. In einer kleinen Mädelsrunde. Vielleicht bin ich ausnahmsweise mal dabei, weil ich abgelenkt werden will von meinen Sorgen um Jan. Eigentlich ist es wie früher, wie das Vorglühen in der Studentenzeit. Wenn man sich am Abend getroffen hat, um noch irgendeinen billigen Wein zu trinken, damit man möglichst wenig Geld für den restlichen Abend gebraucht hat.

In Berlin trifft man sich morgens. Brunch. Nur meist ohne Essen. Eher Prosecco, um wachzuwerden, und auch schon die ersten zwei, drei Lines, um richtig ready zu sein.

Wir Mädchen schminken uns nach, reden über den neusten Klatsch, hören noch gute Musik, um in Stimmung zu kommen. Obwohl mir durchaus ein »Oh« und ein »Ah« rausrutscht bei den Erzählungen, »wer mit wem im Bett war«, landen meine Gedanken immer wieder bei Jan. Was wird er mir erzählen. Ist es alles nur ein Spuk? In meinem Kopf?

»Glaubst du, dass ich noch ein bisschen Abdeckstift auftragen soll?«, fragt eine von den beiden.

»Kann nie schaden«, gebe ich zur Antwort. Abdecken, verdecken, unter einer Decke verstecken, das fällt mir dazu ein. Und schon wieder bin ich woanders.

Wenn ich sowieso nur noch physisch anwesend bin, können wir eigentlich auch gleich aufbrechen. Oder? Ich stehe von der Couch auf. Ich mache mal los. Richtung Bar. Mal sehen, ob Jan da ist. Wie es ihm geht. Was sonst so ist. Ob er endlich Antworten hat. Die Girls kommen mit, aber schnell merke ich, dass ich lieber alleine durch die Bar ziehe. Ich lasse die beiden bei einem belanglosen Gespräch unbemerkt zurück und gehe Richtung Tanzfläche. Maybe some music. Vielleicht macht es das alles ja besser.

Ein Bekannter legt auf. Ich schwinge mich hinter das DJ-

Pult. Ein guter Ort, um sich einzugrooven. Man hört die Musik, kann den anderen beim Tanzen zusehen, sich mitreißen lassen, aber man muss nicht viel reden. Das DJ-Pult ist wie eine Absperrung zur Tanzfläche. Man ist mittendrin, aber auch geschützt. Allmählich lasse ich los. Die Musik trägt mich und meine Gedanken davon. Da sein.

DAS DJ-PULT IST WIE EINE ABSPERRUNG ZUR TANZFLÄCHE

Jemand klopft mir von hinten auf meinen Rücken. Irgendwie kenne ich die Person und auch wieder nicht. »Na, mal MDMA dippen?«, raunt er mir ins Ohr. Warum nicht.

Der großzügige Spender hat es, wie üblich, in einem kleinen, durchsichtigen Tütchen und hält es mir unauffällig unter dem DJ-Pult hin, auf der Höhe, wo meist die Jacken und Drinks von Freunden verstaut werden. Ich schlecke meinen Finger ab und wühle damit in dem Plastiktütchen. Oder besser gesagt, halte, dippe meinen Finger kurz rein. Weil es so dunkel ist, schaue ich gar nicht, wie viel von dem fast weißen, roséfarben angehauchten, kristallinen Pulver an meinem kleinen Finger kleben bleibt. Nach zehn Minuten wird mir klar: einiges.

Ich fühle mich wohlig und weich. Grinsend gehe ich durch die Hauptbar nach hinten. Jemand hat da eine Couch aufgestellt. Die kommt wie gerufen. Auch, dass Felix, der ebenso verkuschelt wie ich drauf ist, schon darauf liegt. Ich geselle mich zu ihm. Lasse mich auf die Couch fallen. Bloß nicht bewegen. Nur da sein. Am besten mit jemandem, der auch nur da sein will.

BLOSS NICHT BEWEGEN. NUR DA SEIN

Jan düst vorbei und reißt mich raus.

Hmhm. Er muss mir unbedingt was erzählen. Gerade jetzt, wo ich doch auf meiner Wolke schwebe. Unwillig lasse ich mich von ihm nach hinten zerren. Dann mal los, denn ich muss gleich wieder zurückschweben.

»Ich war gerade hinten und bin eingeschlafen. Und wache auf, weil 'ne Frau mit gespreizten Beinen, ohne Unterhose (– das dachte ich mir fast, obwohl ich eigentlich nicht mehr denken will –) über mir stand. Und einfach meinte: ›Fick mich!‹ Und ich bin aufgestanden und einfach gegangen.«

Toll, Jan. Das passiert hier öfter, deshalb muss ich doch nicht aufstehen. Es ist, als ob er mir beweisen müsste, dass er noch begehrenswert ist, noch lebt. Ich verstehe das nicht. So ein Angebot kommt doch dauernd um die Ecke. Na gut. Ich lächle, überlege mir, ob ich jetzt gratulieren soll. Lass es bleiben und bitte ihn darum, mich auf die Couch zurückzugeleiten.

Was war das denn?

However. Hier blödeln wir einfach rum. Lachen. Freuen uns, einfach da zu sein. Zusammen. Von vorne hört man ein bisschen was von der Musik. Aber nur so als Unterlage für den Zustand. Oozing emotions.

Bis ich bemerke, dass sich in diesem Knäuel von Liebe noch jemand befindet. Ein sehr hübsches, vielleicht ein wenig zu junges, blondes Mädchen. Sie trägt ihre Haare kurz. Eher so ein burschikoser Typ. Sie wirft mir einen überhaupt nicht freundlichen Blick zu. Dieser Ausdruck in ihren Augen ist ganz klar und bedeutet: »Oh nee jetzt. Schon wieder so 'ne andere, weitere, blonde Tussi, die es aus unerfindlichen Gründen in den Backstage geschafft hat. Und mit der muss ich jetzt auch noch Felix teilen.«

Ich finde das etwas befremdlich. Denn erstens kenne ich sie nicht – und das passiert mir hier selten – und zweitens weiß ich auch nicht genau, was ihr konkretes Problem ist. Dass sich jetzt noch wer auf der Couch lümmelt, dass ich auch blond bin, dass meine Haare länger sind? Nichts davon erscheint mir passend. Oder unpassend genug, um sich in diesem Zustand zu mokieren.

»Das ist Barbara, eine sehr gute Freundin von mir, die ich schon ewig nicht mehr gesehen habe«, stellt Felix sie mir vor.

»Ich bin Mia«, antworte ich einsilbig, denn auf 'nen Revierkampf habe ich jetzt keine Lust. Ich will hier nur rumhängen und die Wirkung des soeben Eingenommenen genießen. Pustkuchen! Barbara verrenkt sich, streckt sich und befördert mich somit fast auf den Boden. Na gut. Aufgrund meiner Befindlichkeit kann ich eh weder viel sagen noch großartige körperliche Tätigkeiten ausführen. Also sehe ich sie einfach mit großen Augen, ganz großen Augen an. Und siehe da: Barbara beginnt einfach zu reden, zu erzählen, und zwar ohne Punkt und Komma.

»Ich habe mich gerade von meinem Freund getrennt. Nach neun Jahren, und weißt du was? Er hat schon 'ne Neue. Scheiße ist das.«

ER HAT SCHON 'NE NEUE. SCHEISSE IST DAS

Ich sage nichts dazu.

»Und nicht nur das, noch viel beschissener ist, dass ich noch an ihn denke und er mich längst abgehakt hat«, fährt sie fort.

Ich sage immer noch nichts, und Barbara erzählt weiter: wie die Beziehung begonnen hatte, wie sie lief, welche Probleme sie hatten, was schön war, was schieflief, und zum Schluss auch noch en detail das Trennungsdrama. Ich habe nicht die geringste Ahnung, wie lange ich ihr schon zuhöre, ohne auch nur einen einzigen Kommentar zu äußern.

Irgendwann, ganz unerwartet, umarmt sie mich. Ganz fest.

»Endlich jemand, der mir mal zugehört hat. Vom Anfang bis zum Ende. Jemand, der mich nicht unterbrochen hat, der mir keine blöden Fragen gestellt hat oder mir Ratschläge gegeben hat. Ich mag dich.«

Und ich mag diese Frau plötzlich auch.

Ich finde prinzipiell, dass den Menschen zu wenig zugehört wird und sich die Menschen deshalb so oft einsam fühlen. Unverstanden. Entsetzt darüber, dass andere sich nicht mal die Zeit nehmen zuzuhören. Diese kleine Aufmerksamkeit alleine ist oft schon genug. Genug, um sich besser zu fühlen. Genug, um sich wertvoll zu fühlen.

Und so beschließen wir – mit einem Blick – Felix allein zurückzulassen. Verziehen uns beide zusammen in einen Wohnwagen. Machen unsere eigene Party. Jan hat sich auch nicht mehr blicken lassen, vielleicht hat er ja beim nächsten Angebot zugeschlagen. So wie ich. Ich muss lachen. Am nächsten Morgen tauschen wir, kurz bevor wir völlig fertig nach Hause gehen, unsere Telefonnummern aus.

SONNTAG, NUMMER 10

Sunny Sunday Morning. Ich höre in unserer WG-Küche meinen neuen Lieblingstrack. Dieser Song steht für die Bar, beschreibt sie. Wurde dort aufgezeichnet, besteht nur aus Protagonisten, die auch zur Bar gehören.

Verdammt, kann Musik gute Laune machen! Ich bin ja nicht die Expertin in Sachen Musik. Im Gegenteil: Ich habe die Angewohnheit, einfach den Musikgeschmack meiner LAPS – Lebensabschnittspartner – zu übernehmen. Keine großartige Leistung … Aber selbst mir läuft ab und zu ein Song über den Weg. Den ich dann einfach mal liebe und ihn rauf und runter spiele und dann irgendwann auch nicht mehr hören kann. Ich sollte jetzt besser keine Parallelen zu meinen Beziehungen aufziehen. However. Also tanze ich schon in der Küche. Victor kommt verschlafen, ähm, angetanzt. Wie ein altes Ehepaar agieren wir.

»Frühstück, Babe?«

»Humpf, Grumml. Yep.«

Ich mache uns Rühreier mit Speck. Schneide das Brot auf. Und suche nach den Resten von meinem Lebensmittelimport. Also allem, was ich aus Italien normalerweise so mitbringe. Speck, Mortadella, Talleggio, Scamorza, getrocknete Tomaten und so. Gut frühstücken kann nicht schaden. Wer weiß, ob dieser Sonntag noch zu einem Montag oder Dienstag wird. Eigentlich sind ja die Zeiten, in denen ich drei Tage wach verbringe, schon sooo lange vorbei. Victors aber nicht.

Und essen ist immer gut. Wir setzen uns an den Küchentisch. Verlieren kein Wort darüber, warum wir nur noch so selten da sitzen und auch nur mehr zu zweit.

»Kann ich zuerst duschen?«, frage ich mit einem tollen Augenaufschlag.

»Klar«, antwortet Victor. »Du bist schließlich die schnellste von allen bei so was.«

Wo er recht hat, hat er recht. Ich brauche zehn Minuten im Bad. Höchstens. Allerhöchstens! Deshalb darf ich auch prinzipiell immer als Erste ins Bad. In jeder WG. Seit ich in WGs lebe, und das ist doch schon eine ganze Weile. Fünf Jahre oder so. Ich schleppe mich unter die Dusche und lasse Victor am Frühstückstisch zurück. Und – tatataaaa – sieben Minuten später bin, eingewickelt in ein Handtuch, wieder am Küchentisch. Nippe am Kaffee.

»Sollen wir gemeinsam los?«

»Machen wir.«

Wir tippen beide auf unseren Laptops rum, während wir schweigend essen. Es ist so ruhig hier. Keine Menschenmassen, keine Musik mehr. Wir surfen durch eine andere Parallelwelt. Victor auf Facebook, und ich ertappe mich dabei, dass ich nach Symptomen und den dazu passenden Krankheiten google.

Eigentlich sinnbefreit. Aber irgendwas Unterbewusstes lässt es mich trotzdem machen. Ich fühle mich plötzlich kraftlos und hilflos. Schaue über meinen Laptop zu Victor. Er lächelt und tippt, oder er guckt ernst und tippt, also geht er Facebook-Kommentare durch.

Ob er wohl was ahnt? Ob er wohl auch so ein mulmiges Gefühl im Bauch hat? Ob ich ihm sagen sollte, was ich vermute? Dass es unserem Freund Jan nicht besonders gut geht? Was für ein Euphemismus: »Gar nicht gut geht.« Ob das alles überhaupt Platz hat in Victors Welt? Ob er, wie ich, fieberhaft nach Gründen und Lösungen sucht? Es ist an der Zeit, das zu klären. Wochenlang schiebe ich das nun vor mir her. Klarheit ist angebracht. Jawohl, und während ich das denke, sehne ich mich danach, es zu vergessen.

»Hast du Drogen?«, frage ich ihn.

Er lacht. »Die Dame will also Drogen zum Frühstück?«

»Yep. Will ich.«

Victor steht auf und geht in sein Zimmer. Ich weiß, dass er meistens was hat. Wird ihm doch dauernd was zugesteckt. Was mir zugesteckt wird, weil ich ein Mädchen bin, wird ihm zugesteckt, weil er entscheiden kann, wer wo wann spielt. Er kommt mit einer Auswahl zurück. Es wird mein Problem nicht lösen, aber ich will auch gar nichts mehr lösen. Und habe plötzlich das Gefühl, dass ich im Endeffekt nur am Hirnwichsen bin. Das ist genau das richtige Wort für meine Endlosgedankenschleife im Kopf. Ich beschließe zumindest mal, Victor nicht mit in diese Endlosschleife zu ziehen, und setze mein bestes »Yeah, Partytime«-Gesicht auf. Eine kleine Auswahl an kleinen durchsichtigen Plastiktüten, so wie die am Flughafen für die Flüssigkeiten für das Handgepäck, nur viel kleiner, liegen auf dem Tisch, zwischen Brotkorb und Rührei. Ein tolles Bild.

MEINE ENDLOSGEDANKENSCHLEIFE IM KOPF

Die Entscheidung fällt sofort. Eine Prise Ketamin. Etwas Betäubung. Genau das Richtige. Genau das Falsche. Ich weiß es nicht. Wie so oft, gebe ich der Situation die Schuld. Es gibt keine Zufälle, und wenn Victor das hat, dann ist es kein Zufall … blabla. So wie man sich angenehmerweise alles zurechtlegen kann. So do I.

Also lege ich mir oder besser gesagt lasse ich mir von Victor irgendeine Mischung zurechtlegen. Ich husche in mein Zimmer. Zuerst schminken. Denn danach ist das immer schwierig. Victor sagt dann immer: »Bist du in einen Farbtopf gefallen?« Um das zu vermeiden: Wimperntusche, Concealer und Rouge. Mehr braucht man ja nicht, und wieder zurück in die Küche. Jetzt kann ich. Komisch, dass man sich vorher noch um Äußerlichkeiten kümmert. Aber die Erfahrung lehrt, sich vor jeglichem Konsum anzuziehen und zu schminken und möglichst keine beruflichen Aktivitäten auf dem Schedule zu haben.

Ich erinnere mich an eine Geschichte, die ich tollerweise auch schon häufiger von andern, in unterschiedlichen Facetten, gehört habe. Vielleicht ist meine Geschichte auch gar nicht meine eigene, und ich vermische da etwas mit anderen. Je nach Zustand. Jedenfalls hatte ich ein Jobgespräch. Genauer gesagt, den Job hatte ich schon. Es ging um das Finetuning. Also, der Job war klar. Ich musste nur noch die genauen Bedingungen – sprich: die Kohle – verhandeln. Das Gespräch war für Donnerstag um fünfzehn Uhr angesetzt. Tja, und zufällig war ich am Mittwoch, den Tag vorher, noch mit Victor im Watergate. Dieser immer oder meistens sympathische Mittwoch ohne Touris im Watergate. My lovely husband hat auf jeden Fall sein Bestes gegeben, um mich früh nach Hause zu schicken. Was ja nicht immer so leicht ist.

»Mia, du solltest gehen. Denk an morgen.«

SICH IN DER MUSIK AUFLÖSEN

»Yep, du hast recht.«

»Okay, ich hole die Jacken.« Victors Text.

Und zack, stand ich am DJ-Pult und habe getanzt. Tanzen, um zu vergessen. Sich in der Musik auflösen. Eins sein mit dem Beat. Sich festhalten am

DJ-Pult, den Körper rauf und runter bewegen. An nichts denken. Da sein. Armer Victor. Aber er kennt das schon. Wenn ich loslasse, dann richtig. Das Danebenstehen mit Jacken und Tasche in der Hand.

So gegen drei Uhr morgens kam eine Portion Vernunft zurück in meinen Kopf. Keine Ahnung, woher die kam. Saß ich dann im Taxi, Richtung Zuhause. Alleine.

Wie immer, na gut, fast immer, schaffe ich es allein ins Bett. Okay, manchmal auch nur mit Victors Hilfe. Klamotten ausziehen ist dann ein anderes Thema. Geschweige denn Abschminken und Zähneputzen. Also, das Erkennungszeichen, dass ich es nicht mehr so gut hinbekommen habe, ist definitiv, wenn ich morgens in denselben Klamotten aufwache, in denen ich am Abend vorher losgezogen bin.

Egal. Ich schaffe es ins Bett und schlafe. Aber nicht richtig. Unruhig, ich wache oft auf. Irgendwann kapituliere ich. Man hat ja schon öfters mit nur drei oder vier Stunden Schlaf gearbeitet oder verhandelt. Daran soll es nicht scheitern.

IRGENDWANN KAPITULIERE ICH

Gegen zehn Uhr morgens schleppe ich mich in die Küche. Und surprise, surprise: Victor sitzt mit einem Bekannten, der auch sein Verchecker ist, am Küchentisch. Ich stöhne auf, als ich die Küche betrete. Das hat mir gerade noch gefehlt. Die Parallelwelt ist in meiner Wohnung, und ich bin auf der Suche nach Halt. Focus. Die beiden fragen mich, ob ich noch was haben möchte.

»Seid ihr komplett verrückt? Ich treffe mich mit einem Spießer, mit meinem neuen Arbeitgeber, um mein Gehalt zu verhandeln.«

Ich glaube nicht, dass dabei verdrogt sein gut ankommt. Und da geben mir selbst die beiden Jungs recht. Also verziehe ich mich wieder in mein Bett. Vielleicht kann ich noch ’ne Stunde schlafen. Utopie. Kann ich nicht. Es ist frustrierend. Ich wälze mich herum. Höre die Stimmen aus der Küche. Und nu?

Guter Rat ist teuer. Ich torkle in die Küche. Will irgendwie dabei sein. Und mache Kaffee. So ’ne neutrale Aktion.

»Möchtest du ’ne Line Koks«, fragt mich Victor.

»Nö, bist du verrückt. Ich hab ein Jobgespräch.«

Kaffee muss reichen.

Ich weiß, er wird es nicht.

Ich tu mal so, als ob. Ist ja auch vernünftig.

Während ich zwischen Küche, Bad und meinem Schlafzimmer hin und her düse, sitzen die beiden Jungs immer noch gemütlich am Tisch. Legen sich friedlich eine Line nach der anderen hin. Nur ich werde immer unruhiger. Aber es ist ja die gesunde Portion Unruhe vor einem Vertragsgespräch. Im Grunde hatte ich die wichtigsten Eckdaten ja schon am Telefon verhandelt: wie viele Tage pro Monat, ungefähre Inhalte, Kündigungsrahmen, eigentlich geht es jetzt nur noch um das genaue Gehalt. Also noch ein bisschen pokern. Der CEO Europe ist zufällig in der Stadt, und so werde ich das gleich mit ihm besprechen. Auch weil es wichtig ist, die Leute, für die man arbeitet, mal gesehen zu haben. Denn es läuft ja mittlerweile alles über Mail und Telefon, sodass man nicht immer das Gesicht der Person kennt, mit der man es zu tun hat. Das Treffen soll um fünfzehn Uhr stattfinden. In meinem Kopf habe ich mir die zwei, drei wichtigen Sachen, die es zu besprechen gilt, auch schon überlegt.

Von den Jungs in der Küche höre ich ab und zu ein paar Wortfetzen. Mir bleibt noch genug Zeit. Eigentlich zu viel Zeit. Mein Zimmer ist aufgeräumt. Ein alter Tick von mir, dass ich Ordnung schaffe, bevor ich zu wichtigen Sachen aufbreche. Ich habe einige Details noch recherchiert, mir ein paar Notizen gemacht, bin geduscht. Mhmhh.

Noch einen Kaffee? Zurück in der Küche.

»Irgendwie sieht du ganz schon müde aus. Nicht doch eine Mini-Line Koks, um aufzuwachen?«, werde ich wieder gefragt.

»Mhmh, nö.« Das kann ich doch nicht bringen.

Ich drehe den Verschluss der italienischen Espressokanne auf, fülle das Kaffeepulver ein. Von hinten fällt die Sonne durch das Fenster auf meinen Rücken und wärmt mich. Ich drehe den Herd auf. Stelle den Kaffee drauf. Und suche noch nach einem Rest Milch im Kühlschrank. Alle. Uff, typisch WG. Jetzt zum Kiosk laufen oder nicht? Oh Mann, das ärgert mich, und dann ärgere ich mich, dass ich mich wegen so was aufrege. Dann gibt es halt schwarzen Kaffee. Während ich warte, dass das Wasser zu kochen beginnt und … Werde ich in meinen Gedanken unterbrochen.

DANN GIBT ES HALT SCHWARZEN KAFFEE

»Also was jetzt?«, schreit nun auch der Vercheckerfreund um die Ecke. Unsere Küche ist L-förmig angelegt, das heißt, wenn ich vor dem Herd stehe, vor der Küchenzeile, dann sehe ich den Küchentisch und somit die beiden nicht.

Ich drehe mich um die Ecke: »Na gut, aber nur so ’ne Mini-mini-mini-Line zum Auffrischen.«

Der Kaffee kocht, und ich ziehe ihn noch von der heißen Herdplatte, bevor ich mich schwungvoll um die Ecke auf einem der freien Stühle niederlasse. Ich ziehe schnell die Scheibe, auf der eine mittelgroße Line liegt, zu mir rüber und genieße sie.

»Verdammte Scheiße«, schreie ich noch und springe auf.

Aber da ist es schon zu spät, meine Nasenschleimhaut hat das Zeug schon absorbiert.

Beide blicken auf, und ich sinke in den Stuhl. Ein Blick genügt, und allen ist klar: »Das ist jetzt richtig beschissen.«

»Fuck. Das war das Keta«, sagt Victor fast tonlos.

»Genau«, schreie ich zurück, zurück zu Victor, zurück zu mir selbst.

Ich weiß nicht, wer blasser wird. Ich oder die beiden. Und das Zeug knallt auch schon. Ich kann mich kaum mehr bewegen. Panik steigt in mir auf. Verdammt, ich muss in eineinhalb Stunden los. Das Gespräch kann ich vergessen. Was soll ich bloß machen?

Victor versucht ruhig zu bleiben. Beide legen mich auf die Couch neben dem Küchentisch, Beine hoch, sein Kumpel holt Wasser.

»So viel war das nicht«, versucht er mich zu trösten.

»Genug für sie«, antwortet Victor kühl. »Sie nimmt das Zeug normalerweise nicht.«

In diesem Zustand, mit der Portion Drogen in der Nase, und dann noch eine Sorte, die man nicht gewohnt ist, wird es schwierig. Ich kann mich nicht mal übergeben. Habe es ja nicht geschluckt. Mit zittrigen Händen versuche ich, ganz viel Wasser zu trinken und ruhig zu atmen. Ich weiß, dass Ketamin eine Wirkungsdauer von ein bis zwei Stunden hat, aber das ist immer individuell. Ich hoffe, dass ich nur etwas benommen bin und meine Motorik nicht nachlässt. Während die Jungs versuchen, mich aufzupäppeln, und ich versuche, mich zu beruhigen, vergeht die Zeit.

»Wollen wir mal gemeinsam versuchen aufzustehen?«, fragt mich Victor.

Ich kann nur nicken.

Beide greifen mir unter die Arme und ziehen mich hoch.

Meine Knie brechen ein. Verdammt. Verdammt. Verdammt.

Sie legen mich zurück. Ich überschlage in meinem Kopf die Zeit. Vierzig Minuten habe ich noch, um wieder selber laufen zu können, ein Taxi zu nehmen und pünktlich da zu sein.

Mein Telefon klingelt. Es ist mein zukünftiger Chef. Ich kann nicht abheben. Ich verfluche alles. Zwei Minuten später kommt 'ne SMS: »Liebe Mia, leider komme ich aus dem Meeting später raus als erwartet. Können wir uns erst um halb vier treffen, und leider habe ich dann auch nur fünfzehn Minuten Zeit. Ich freue mich trotzdem sehr, Sie persönlich kennenzulernen.«

Es gibt wohl einen Gott. Zwischen den Welten.

ES GIBT WOHL EINEN GOTT. ZWISCHEN DEN WELTEN

Ich versuche einfach, mich zu beruhigen, Wasser zu trinken und zu atmen. Mich runterzubringen. Fokussieren. Dreißig Minuten später torkle ich in mein Zimmer. Lege noch mal etwas Make-up nach, vielleicht, um meinen verschreckten Gesichtsausdruck zu überschminken. Meine Pupillen sind riesig. Aber ich kann laufen. Meine Hände zittern, aber ich kann sprechen. Kein K-Hole. Irgendwie muss ich das jetzt hinbekommen. Ich sehe mich nochmals im Spiegel an. Wenn man kein Connaisseur ist, dann bemerkt man meinen Zustand eventuell gar nicht.

Schweiß läuft über meinen Rücken. Ich packe meine Handtasche. Nehme mein Telefon und rufe mit zittriger Stimme ein Taxi. Ich warte in der Küche auf den Wagen. Die beiden Jungs sehen mich komisch an, wahrscheinlich werden sie gerade von ihrem schlechten Gewissen eingeholt, und solche

Gedanken bei der Menge Drogen, die die beiden schon intus haben, sind meist mehr als unangenehm.

SMS: »Taxi ist da.« Die Jungs bringen mich vorsichtig, fast behutsam, durch das Treppenhaus nach unten. Der Taxifahrer hält mir die Tür auf und ich sinke in die kühlen Ledersitze. »Ich schaff das schon. Irgendwie«, nuschele ich den beiden noch entgegen, und los gehts.

Die Stadt zieht wie in Zeitlupe an mir vorüber. Ich selber bin ja auch im Zeitlupenmodus. Fuck, fuck. Ich versuche, mich auf die fünfzehn Minuten vor mir zu konzentrieren. Was sind die wichtigsten Punkte? Das Adrenalin schießt langsam in meine Adern und macht ein bisschen wacher.

Angekommen, Taxi bezahlt. Ich versuche, möglichst gerade und einfach mal ohne hinzufallen das Lokal zu betreten, in dem ich verabredet bin. Ich erkenne – Google sei Dank – meine Verabredung sofort. Und gehe zum Tisch.

Zwanzig Minuten später stehe ich vor dem Lokal. Rufe heulend Jan an, ob er mich abholen kann. Das Gespräch war okay. Ich konnte zwar kaum die Kaffeetasse halten, aber mich durchsetzen. Keine Ahnung, wie. Aber jetzt, in dem Moment, als all die Anspannung von mir abfällt, weiß ich, dass ich gleich umfallen werde. Ich schaffe es nicht mehr alleine nach Hause.

Jan. Mein Jan. Ich rufe ihn an. Seine Stimme ist leise, aber klar. Er ist in zehn Minuten da. Ich versuche mich, so gut es geht, zu verstecken. Mitten auf der Straße, mitten in der Stadt. Ich setze mich auf eine Bordsteinkante. Eine ganze Menge an Leuten im Anzug oder mit Laptoptasche laufen an mir vorbei. Real life. Ich fühle mich klein und verloren. Vor meinen

VOR MEINEN AUGEN ZERPLATZEN SEIFENBLASEN

Augen zerplatzen Seifenblasen. Man kann diese Welten nicht miteinander in Einklang bringen. Ich finde die Schnittmenge nicht. Ausgespuckt am Randstein. Weder das eine noch das andere ist die Befriedigung.

Und langsam beginne ich zu ahnen, dass ich mich entscheiden muss. Ganz gegen meine Natur: Schwarz oder Weiß. Beides geht nicht. Solange ich mit einem Bein jeweils in einer Welt verweile, kann ich nicht gehen, nicht laufen, mich nicht vorwärts bewegen. Eine bittere Erkenntnis. Eines von beiden muss ich wohl loslassen. Wie ich das anstellen soll, ist mir ein Rätsel. Loslassen ist nicht meine größte Stärke.

Bevor ich endgültig erstarre, sehe ich Jan. Hübsch und hässlich gleichzeitig. Da, um mich zu retten, und doch so verloren. Er stellt mich im wahrsten Sinne des Wortes auf die Beine, auf den Boden. Der wackelt.

»Meine Güte. Was hast du dir nur dabei gedacht. Ich fasse es nicht. Bist du übergeschnappt«, sind seine ersten Worte.

»Toll. Das ist genau das, was ich gerade brauche. Kannst du mit deiner Ansage noch warten? Please?«, frage ich ihn.

Ich weiß es doch selber. Warum muss er mir das jetzt noch um die Ohren schmeißen? Ich werfe mich lieber in seine Arme, in das Taxi, das mich und uns zurück nach Hause bringt. Ich bin einfach nur komplett fertig. Ohne Kraft, komplett platt. Jans Herz schlägt gegen mein Ohr. Er fischt meine Haustürschlüssel aus der Tasche. Trägt mich nach oben. Dritter Stock. Zum Glück bin ich ein Leichtgewicht. Körperlich wie emotional, jetzt gerade. Jan stößt die nur angelehnte Wohnungstür mit meinen Beinen auf. Und: Surprise, surprise. Es eröffnet sich vor uns der gleiche Anblick wie vor einer Stunde. Die beiden Jungs sitzen noch an derselben Stelle, unverändert und noch immer voll dabei in der Küche.

»Wie ist es gelaufen?«, fragt Victor.

»Gut. Ich habe alles, was ich wollte, und meinen Tagessatz um fünfzig Euro nach oben gepokert«, antworte ich.

»Das meinst du nicht ernst?«

Keine Ahnung, was ich meine. Aber genauso war es.

Beide fangen an zu lachen. »Ganz ehrlich, Honey. Als du die Wohnung verlassen hast, haben wir Bauklötze gestaunt. Du konntest weder richtig gehen noch reden, und außerdem habe ich dich noch nie so bunt angemalt gesehen.«

Na toll. Das war also der Grund. Wie auch immer.

Es ist vorbei.

Jan ist sauer, dass es Victor so weit hat kommen lassen. Ich bin zu müde dafür, und außerdem ist man immer für sich selber verantwortlich. Oder? Es war meine Entscheidung. Ich bin lange genug in der Szene unterwegs, um zu wissen, dass immer was schiefgehen kann. Die Frage, ob Freunde wirklich Freunde sind, weil sie dir was hinlegen, sollte man verwerfen.

Jan und ich legen uns ins Bett. Es fühlt sich so gut an, ihn in der realen Welt zu haben. Obwohl ich kaum etwas wahrnehme. Sein Atemgeräusch beruhigt mich. Ich kann nicht mehr urteilen, mich nicht mehr sorgen. Ich schlafe einfach ein. Fast vergaß ich die Welt der Träume und wie erholsam sie sein kann.

FAST VERGASS ICH DIE WELT DER TRÄUME

Bleiern wache ich auf. Jan hat mich umschlungen wie eine Kletterpflanze die Hauswand. Mir ist heiß. Ich fühle mich gefangen. Ich muss mich lösen, sonst ersticke ich. Wir finden auch beide keine Worte. Es war nicht geplant, dass wir uns außerhalb des gewohnten Umfeldes treffen. Die Nähe war ebenfalls nicht geplant, oder doch, schon. Aber sie ist druff, im Club, zur Musik, doch noch mal eine andere. Und zu Hause haben wir sie in letzter Zeit einfach nicht mehr zugelassen. Außerdem stehen tausend Fragen zwischen uns. Tausend Fragen, für die wir gerade die Kraft nicht haben. In meinem Kopf spielt sich immer wieder die Szene von gestern ab. Total bescheuert. Deswegen hält sich auch meine Freude in Grenzen. Jan sieht abgekämpft und müde aus. Eigentlich sollte er ins Studio, um zu produzieren. Eigentlich.

Wir liegen aber regungslos im Bett. Starren Löcher in die Luft.

»Ich mache mal Kaffee, mhmh, du mein Retter. Mit Milch oder ohne?«, frage ich ihn. Bis mir wieder einfällt: Milch gibt es nicht. Ich stehe auf. Mir tut alles weh. Trotzdem schleppe ich mich runter. Hole Milch und Croissants. Frühstück im Bett.

Schweigend kauen wir. Es ist alles plötzlich so fremd. Jan ist mir fremd. Die Bar ist mir fremd. Ich weiß nicht, wohin das alles führen soll.

Jan rollt sich aus meinen Bett. Geht duschen.

»Ich hau dann mal ab«, murmelt er, als er zurückkommt.

»Mhmh.«

»Bis dann, Babe.«

Ich bleibe allein in meinem Bett zurück. Schon wieder haben wir über nichts gesprochen. Als ob es eine durchsichtige Wand zwischen uns gäbe, die wir gerade noch so durchbrechen, wenn wir in der Bar sind. Aber die in der Realität alle Wörter, Sätze und Geschichten abfängt.

Was ist das? Was hat sich geändert, dass ich mich nicht mehr so bewegen kann, wie ich es gerne möchte, dass ich die Bar mit meinem Leben nicht unter einen Hut bekomme, dass selbst meine besten Freunde mir fremd sind?

Nach einem gefühlt endlosen Schlaf, nach einem Buch, einem Film, nach drei Tagen einfach mal mit mir selber. Steht auch schon der nächste Sonntag an. Das Erlebte steckt mir zwar noch in den Knochen, aber Sonntag ist Sonntag und da geht es nun mal in die Bar.

Auch an diesem Sonntag fahre ich mit Victor in die Bar. Schon vor meinem Schichtbeginn, um etwas vom Geschehen mitzukriegen. Also ziehen wir gemeinsam los. Die Zeit dazwischen verpacken wir in der Blackbox. Nein, im Gegenteil: Victor meint, ich solle das feiern. Hmhm. Mittlerweile ist Victor ja fast schon wie ein Pop-Star. Nachdem er das Booking für einige gute Läden macht und vor allem einfach die »Kontaktperson« für einen großen Teil der amerikanischen DJs ist.

DIE ZEIT DAZWISCHEN VERPACKEN WIR IN DER BLACKBOX

Wir kommen zur Tür, und die Türsteher sagen so was wie: »Oh, der Master himself.« Wollen wir ein paar Worte miteinander sprechen, wird er mir wahrlich aus der Hand gerissen. Alle wollen von ihm gebucht werden. Ich schaue mir das meist amüsiert und manchmal ziemlich schnell genervt an. »Uff, mal ehrlich. Seht ihr denn nicht, dass er privat da ist.«

In der realen Welt würdest du niemals deinen Chef mit Begleitung irgendwo in einem Restaurant ansprechen, um über den Job zu reden. Aber hier löst der jeweilige Zustand alle Grenzen auf. Böse wie ich bin, ignoriere ich Victors hilfesuchenden Blick. Um ihn dann, als er mir in einem unbemerkten Moment zuraunt: »Kannst du mich jetzt endlich mal retten«, zu umarmen. Ziehe ihn sanft aus der ihn umgebenden Runde und verweise darauf, dass wir endlich 'nen Drink und vor allem unsere Ruhe wollen. Ich drehe »my lovely husband« um und schiebe ihn, immer noch fest zwischen meinen Armen, Richtung Bar. Wie ein menschliches Schutzschild, durch die Menge hindurch. Damn. In den Moment sehe ich Hannes, ebenfalls Booker, von dem ich jetzt ungünstigerweise was brauche. Fällt mir akut ein. Lachend begrüßt er uns und hat die Szene auch schon genau beobachtet.

»Sorry, mein Lieber. Ich weiß, dass du auch deine Ruhe willst, aber ich bräuchte nächsten Samstag Gästeliste in deinem Laden«, bitte ich ihn mit einer Portion Unbehagen.

Ich weiß, dass es eigentlich in seinem Club keine Gästeliste gibt. Das machen mittlerweile einige Clubs oder Veranstaltungen so. Macht ja auch Sinn. Immer die gleichen Leuten, man kennt sich halt, da ist es schwer, noch Eintritt zu verlangen. Dafür geben viele Clubs sogenannte Clubmarken raus. Einfach an Freunde des Hauses oder DJs oder Booker oder an die Leute, die man im eigenen Club sehen will. Victor hat einen ganzen Schlüsselbund voll damit. Ich einen halben. Sie gelten meist plus Begleitperson. Bei besonderen Anlässen nur für einen selber. Die Marken sind personalisiert, es steht eine Nummer drauf, sodass man an der Eingangstür abgleichen kann, ob sie auch vom Besitzer selbst hergezeigt werden. Die Bar hat auch welche. Und diese dürften wohl die begehrtesten sein.

In Hannes' Laden gibt es aber weder Gästeliste noch Clubmarken. Also muss ich ihm wohl oder übel den Grund meiner Anfrage erklären.

Es ist mir peinlich, ihm zu sagen, dass es sich um einen Jungesellinnenabschied handelt, bei dem der größte Teil der anwesenden Mädels nicht aus Berlin kommt und ich sie auch nicht unbedingt gleich in das Sodom und Gomorrha der Bar schicken will. Vor allem auch deshalb, weil ich es nicht schaffe mitzukommen und die Girls safe wissen möchte. Nicht, dass sie noch vor irgendeiner Tür stehen und nicht reinkommen. Außerdem mag ich keine Jungesellinnenabschiede. Ich finde sie peinlich, und mein Unverständnis darüber, dass man sich für jemanden entscheidet, aber trotzdem vorher noch das »Single«-Sein feiern muss, ist extrem.

»Kein Problem, my love. Schick mir doch einfach die Namen der Girls per Mail und ich werde sie listen.«

»Top. Und danke.«

Ich nehme an, dass es so problemlos verlief, weil Victor neben mir stand. Hannes erzählt uns noch, dass es ihm auch nicht anders geht, wenn er mal privat wo sein will. »Letztens kam sogar der Typ an, der bei uns die Kabel verlegt, und meinte: ›Ei, Alta. Mein Bruder, nö, der macht och Mukke. Kann der nicht mal hier spielen?‹ Ich habe den sowas von verdutzt angesehen und ich sage euch: Während im Hintergrund Shaun Reeves Slowmotion-Techno gespielt hat, der alle tanzen ließ – zwar ruhig, aber eine schöne Welle der Musik überflutete alle Anwesenden –, da setzte der Kabeltyp noch einen drauf. ›Und zwar mal richtige Mukke. So Bum-Bum und nicht diese Kirchenmusik.‹ Tja, was soll man da noch sagen?«, fragt er uns.

»Loco Dice dazubuchen«, meint Victor ganz trocken.

Booker unter sich.

Ich will weiterziehen. Schnappe mir Victors Hand, und ab gehts Richtung Theke.

»Zuerst ein Drink, ja? Und eventuell mal in Ruhe reden. Immer dieser Insider-Quatsch«, rege ich mich auf.

»Hei, halt mal. Du hast hier noch Gästeliste organisiert, wo es keine gibt«, antwortet er.

»Jaja, aber können wir jetzt feiern?«

Zwei Drinks später stehen wir auf der Tanzfläche. Dance the pain away. Ich kenne nichts, was mich freier fühlen lässt, als mich der Musik hinzugeben. Victor ist neben mir, etwas steifer in seinen Bewegungen. Es stört mich nicht. Endlich schaltet sich mein Kopf aus. Ich werde nur noch von den Beats getrieben. Mit einer Hand halte ich mich am Holzbalken am Rand der Tanzfläche fest. Mein Körper bewegt sich daran zur Musik rauf und runter. Es ist heiß. Es ist laut. Es ist nicht von dieser Welt. Und ich bin mittendrin. Yes.

ES IST HEISS. ES IST LAUT. ES IST NICHT VON DIESER WELT

Anne tanzt neben mir auf einer Holzkiste, hinter der eine Couch steht. Gleich rechts vom DJ-Pult. Sie reicht mir ihre Hand und zieht mich hoch. Schon besser. Victor hat es sich auf der Couch gemütlich gemacht. Lacht zu mir rauf. Es ist unser Abend, unsere Nacht. Es ist, als würde ich eine Katharsis durchlaufen: anstrengend, aber erleichternd, befreiend. Oder wie ein Bekannter von mir zu sagen pflegt: »Mit den Beats bumsen und mit den Boxen ficken.« So würde ich das nicht ausdrücken, zu vulgär für meinen Stil, aber im Endeffekt kommt es auf das Gleiche raus. Nach gutem Sex ist dein Kopf auch leer.

MIT DEN BEATS BUMSEN UND MIT DEN BOXEN FICKEN

Plötzlich packt mich jemand von hinten. Umschlingt meine Beine mit beiden Armen und stellt mich sanft neben die Kiste, auf den Dancefloor.

»Was soll das?« Grrr.

Wütend drehe ich mich um, sobald ich den Boden unter meinen Füßen spüre.

Es ist Jan. Wir sind alle da. Feels like home.

SONNTAG, NUMMER 9

An diesem Sonntag ist es wahnsinnig heiß, und ich beschließe, meinen Vormittag am See zu verbringen. Rufe Jan an und frage, ob er mitmöchte. Er will. Ich schmeiße ein Handtuch, einen Bikini und ein paar Bücher in mein Auto und mache mich auf den Weg, um ihn abzuholen. Ich liebe es, ein Auto zu haben, es gibt einem das Gefühl von Freiheit. Einfach alles rein und los.

Genau so habe ich es gemacht, als ich in diese Stadt gezogen bin. Das Auto war total voll: Klamotten, Bücher, PC und Musikanlage und los. Mein ganzes Leben in einem kleinen Auto, und mein neues Leben, das auf mich gewartet hat, tausend Kilometer weit weg. Natürlich waren alle dagegen gewesen. Hätte ich doch nach meinem Studium eine Festanstellung in einem seriösen Job gehabt. Aber mein Drang nach Veränderung und nach Freiheit, die mir eine neue Stadt bot, war größer als irgendwelche gesellschaftlichen Konventionen.

Das Autoradio ist an, die Fenster sind offen, eine Klimaanlage nicht vorhanden. Spießig wäre das. Jan wartet schon unten vor seiner Haustür. Ich halte abrupt. Mein Fahrstil ist berüchtigt, gefürchtet. Lachend steigt er ein. Perfekt! Schöner könnte das Wochenende nicht beginnen. Am Weg zu unserem geheimen See halten wir wie üblich bei Burger King. Fast Food! Chili's Jalapeno Burger, Sonne und gute Musik.

Am See angekommen, machen wir es uns gemütlich. Beide eher Lese- als Wasserratten, liegen wir rum. Diskutieren darüber, was wir gerade lesen. Über Jans neues Set. Über Thesen und Theorien.

Mein Telefon klingelt. Ich wusste gar nicht, dass ich es eingepackt habe, Unerreichbarkeit ist die oberste Regel, wenn man sich entspannen will. Widerwillig, aber quasi automatisch greife ich nach dem Telefon. Hebe ab. »Yo«, sage ich gechillt.

»Hei, Matthias hier. Wir haben in der Bar Land unter. Fast alle sind ausgefallen oder nicht erreichbar (warum habe ich bloß abgenommen, fuck, fuck, fuck!), und wir brauchen jemanden, der die Hauptbar übernimmt. Du bist als Einzige schon so lange dabei. Kannst du kommen?«

Ich grummle. Murmele etwas von See und so. Aber ich weiß: abgenommen, mitgefangen. Ich kann sie nicht hängen lassen. Jan schaut sonnengeblendet von seinem Buch auf. Sein Gesicht, ein einziges Fragezeichen.

SEIN GESICHT, EIN EINZIGES FRAGEZEICHEN

»Okay. Aber ganz realistisch. Bis ich von hier wieder in der Stadt bin, brauche ich ein bis zwei Stunden«, erkläre ich ihm.

Matthias antwortet kurz und knapp: »Alles klar. Beeil dich.«

Verdammter Mist. So habe ich mir meinen Sonntag nicht vorgestellt. Jan sich seinen auch nicht. Ich kann ihn ja schlecht ohne Auto am See zurücklassen. Wir einigen uns darauf, dass wir eine Stunde Natur genießen und dann zurückdüsen. Wenn ich aufs Umziehen verzichte, bin ich in eineinhalb Stunden vor Ort.

Mich zu entspannen fällt mir schwer, denn ich denke daran, wie es ist, die Hauptbar zu schmeißen. A lot of work. Ich hoffe, dass wir wenigstens ein gutes Team sind.

Jan und ich schmeißen uns ein letztes Mal in den See. So großartig. Wir sind beide keine Schwimmer, sondern eher Planscher.

WIR SIND BEIDE KEINE SCHWIMMER

»Hei, erinnerst du dich an unseren letzten Urlaub in Italien? Als wir uns das grüne Plastikkrokodil gekauft haben?«, fragt er mich.

»Yes. Bloß niemals erwachsen werde«, antworte ich.

Wir prusten beide los. Zumal wir das grüne Tier einem kleinen Jungen vor der Nase weggekauft haben. Raus aus dem Wasser, Sachen packen und mit lauter Musik, die wir mit unserem Mitsingen noch übertönen, zurück in die Stadt. Jan steigt bei sich zu Hause aus. Kommt vielleicht nach. Und ich komme kurze Zeit später mit nassen Haaren, Flip-Flops und, äh ja, Beach-Kleidchen an. Nicht so wirklich der Barfrauen-Look.

Matthias ist sichtlich erleichtert. Und ich merke meine Anspannung. Ich habe Respekt vor der großen Bar, die Wege sind länger, die Theke riesig, die Pausen kurz. Viel mehr Menschen sind vor der Bar, viel mehr drängen sich von hinten durch den Durchgang zum Backstage und wollen auch noch schnell was. Die Tanzfläche ist direkt nebenan. Die Musik lauter. Das Geschehen ist näher. Die Leute sind ungeduldiger. Der Beat der Musik ergreift hier Körper und Kopf. Man ist ein Teil des Zentrums des Clubs und nicht ein Teil des Backstages.

»Also hör zu. Es sind schon einige Leute da. Die Bar ist noch nicht annähernd fertig und muss so schnell wie möglich aufgemacht werden.«

»Mhmh, ja, alles klar. Irgendwie kriege ich das schon hin«, antwortete ich einsilbig, fast schon müde, bevor ich begonnen habe.

»Sag mir Bescheid, wenn du fertig bist. Ich bringe dir die Kasse.«

»Alles klar.«

Ich gehe nach vorne und erstarre. Es sind schon mehr als »einige Leute« da, und die Bar sieht aus wie Sau. Verdammt. Ich hole die Jungs vom Putzteam, einfach alle, die ich finden kann. Und kümmere mich selbst um Eimer und Lappen. Bevor ich überhaupt anfangen kann, Klarschiff zu machen, wollen die Ersten schon bestellen. Ist ja auch klar: Wenn 'ne Barfrau hinter der Bar steht, bestellt man. Ich kann es den Gästen nicht mal verübeln. Ich wedele demonstrativ mit meinem Putztuch. Ein Bild sagt mehr als tausend Worte, ich muss den Leuten klarmachen, dass ich die Theke noch sauber machen muss. Dass die Kühlschränke noch aufgefüllt werden sollten. Diese Bar ist noch nicht klar, noch nicht einsatzfähig. Da fällt mir erst der Boden auf: Das ist reinster Selbstmord für die Füße, hier nur in Flip-Flops zu arbeiten. Der Boden ist mit Schmutz und vor allem mit Glasscherben übersät. Was tun?

Ich könnte heulen. So kann ich hier nicht arbeiten. Ich rufe Victor an. Der darf jetzt meinen Kleiderschrank durchwühlen.

»Kannst du mir bitte ein paar Stiefel bringen?«, frage ich ihn verzweifelt.

»Ja, klar.« Typisch Victor. Immer da, wenn man ihn braucht. Und ohne Fragen zu stellen.

Wahrscheinlich – nein, ganz sicher – war er heute noch nicht vor der Haustür. Jeder andere Mensch hätte gefragt, warum ich bei fünfunddreißig Grad Stiefel brauche.

»Und Socken, ja? Und eventuell meine Kellnertasche und eventuell auch noch …«

Ich guide ihn per Handy durch mein Zimmer, und erst bei

meinen Schminksachen protestiert Victor. Er verspricht mir, in einer halben Stunde rumzukommen. Super, diese dreißig Minuten werden lang. Ich versuche die Bar in Schwung zu bringen, mich nicht zu verletzten und verfluche erst mich, dann das Telefon, die Partywelt, einfach alles. Egal. Augen zu und durch. Matthias steht auch schon erwartungsvoll hinter dem roten Vorhang, durch den ich normalerweise nur nach hinten in den Backstage gleite oder mal durchgucke, um zu sehen, was hier vorne so abgeht.

EGAL. AUGEN ZU UND DURCH

»Du kannst mir die Kasse bringen. Irgendwie geht das schon. Zumindest kann ich schon mal Bier ausgeben.«

Victor kommt. Mein Retter in der Not. »Sag mal, was machst du eigentlich hier? Ich dachte, die Hauptbar ist nicht so dein Ding?«

»Frag nicht, wie ich hier gelandet bin, und schon gar nicht, wie ich hier wieder wegkomme.« Mir graut.

»Ein Drink für dich? Zum Ankommen? Als Dankeschön?«

»Joa, so ein Zisch.«

»Wodka.«

»Nee.«

»Nee? Nicht mal mit mir? Ich könnte so was von einen Drink gebrauchen?«, frage ich, mit Wimpernklimpern dazu.

»Zieh dich doch zuerst mal um. Ich sehe schon blaue Flecken und Blut …«

Yes, lovely husband. Ich düse durch den Vorhang, am verdutzen Matthias vorbei, im Laufen schreie ich ihm zu: »Andere Schuhe und so … und überhaupt, mich umziehen. Back in a minute.«

Ich zwänge mich in die Backstagetoilette. Zwänge mich in

die Stiefel. Es ist heiß. Mein Kreislauf rutscht runter. Damn. Damn it. Ich tusche meine Wimpern und versuche zu lächeln. Always smiling. Das sollte ich in dem Job. Und freundlich sein, nicht verschwitzt und fertig und so. Drei Minuten später stehe ich wieder da. Hinter der Bar. Victor lächelt mich an. Mistkerl. Er weiß genau, wie es mir geht hinter meiner Fassade. Dafür darf er jetzt auch 'nen Wodka mit mir trinken.

»Auf die neue Barfrau vorne. Cheers«, grinst er mich an.

Gut, dass es sich nicht gehört, über die Theke zu springen und jemanden zu schlagen, zu würgen oder zu umarmen.

Noch mal: Augen zu und durch. Seit Stunden laufe ich, bediene und versuche mein Bestes zu geben. Allein – mein Körper macht nicht mit. Alles tut mir weh. Ich wünschte, ich könnte kurz sitzen. Luft holen. Doch niemand bemerkt das, und ich weiß, ich muss 'ne Ansage machen. Dass ich nur eingesprungen bin, dass jemand übernehmen muss, dass das hier nicht mein Leben ist. Oder nicht mehr ist. Mit dem absehbaren Ende der Bar und der Realität da, die bestehen bleibt, bleibt auch für mich nur eine Realität übrig. Ich habe noch keine Ahnung, wie ich damit alleine klarkommen soll. Und wenn ich mich umsehe, dann frage ich mich, was all die anderen, die jedes Wochenende hier verbringen, bald machen werden. Nicht, dass es nicht andere Orte geben würde. Aber können die jemals so besonders sein? Ich schiebe die Gedanken weg. Denn die Arbeit holt mich ein.

An Feiern oder an meine Jungs ist gerade nicht zu denken. Knochenarbeit ist das hier, was alle leisten, um den Laden zum Laufen zu bringen. Endlich kommt Matthias. Steht neben dem roten Vorhang und weiß, dass ich meine Grenze erreicht habe.

»Danke, dass du eingesprungen bist. Frank löst dich ab, ganz gleich«, teilt er mir mit.

DAS KOMMENDE ENDE KANN AUCH ERLEICHTERND SEIN

Erleichtert schöpfe ich neue Kraft, wissend, dass das Ende nah ist. Ich fange an zu tanzen, lächelnd gebe ich die Getränke aus. Das kommende Ende kann auch erleichternd sein.

SONNTAG, NUMMER 8

Der letzte Sonntag steckt mir noch in den Knochen. Wahrscheinlich werde ich einfach älter und verkrafte das alles nicht mehr so gut. Ich fühle mich ausgelaugt. Bin wohl schon zu lange dabei.

Außerdem ist heute der Tag X. Jan sollte endlich seine Ergebnisse haben. Ich will endlich Gewissheit. Will wissen, was da los ist. Wie ein nicht sichtbares Paket, das auf meinen Schultern lastet, trage ich all diese fucking Gedanken nun schon seit Wochen mit mir rum. Es erdrückt mich. Ein Gespenst in meinem Kopf, das ich nur schwer vertreiben kann. Das ich immer wieder in meine Blackbox gesteckt habe. Jetzt wird sich die Traumwelt mit der Realität überschneiden, oder vielmehr: zusammenprallen.

Grrr.

JETZT WIRD DIE TRAUMWELT MIT DER REALITÄT ZUSAMMEN-PRALLEN

Das gefällt mir überhaupt gar nicht. Unruhig und nervös mache ich mich auf den Weg in die Bar. Ich gehe zu Fuß. Das mache ich sonst nie. Ich hoffe, dass die Zeit stehen bleibt. Berlin am Sonntagmorgen. Fast wirkt die Stadt ruhig. Ab und an torkeln ein paar Touristen oder Partyleute an den bekannten Ecken vorbei, an Clubdrehkreuzen wie dem Schlesischen Tor, vorbei an mir. Ich atme tief ein und aus. Die Luft ist herbstlich, obwohl es erst Ende August ist. In dieser Stadt gibt es kaum richtige Sommer. Ich fange an, langsamer zu laufen. Habe wenig bis gar keine Lust, mein Ziel zu erreichen.

Mein Telefon klingelt kurz. Eine SMS von Jan. »I'm already here. Just waiting for you, MIA, dear.«

Mein Schritt wird schneller. Ich will ihn nicht warten lassen. Tausend Gedanken fliegen jetzt gleichzeitig durch meinen Kopf. Ich laufe. Atemlos komme ich am Eingang der Bar an. Es ist noch leer. Der Türsteher gähnt. Wahrscheinlich steht er schon die ganze Nacht hier und wurde noch nicht abgelöst. Die Begrüßung ist dementsprechend träge, ich husche an ihm vorbei. Versuche, das Gelände zu scannen, soweit es mir möglich ist. Wo steckt Jan? Er ist nicht hinten im Backstage. Ich suche alles ab. Hoffentlich wecke ich niemanden. Es wirkt alles so leer und verlassen. Ich düse durch die Haupt-Bar hindurch. Auf der Tanzfläche geben sich noch circa acht Leute der Musik hin. Frank sitzt längst schon auf einem Hocker hinter der Bar, als ob er von dieser Position aus jemanden bedienen könnte.

ES IST »ZWISCHEN-ZEIT«

Eines ist klar: Es ist »Zwischenzeit«. Die Partyleute und das Personal der vorangegangen Nacht sind schon weg oder müde, und der neue Schwung von Barleuten und Feierleuten ist noch nicht da. Eigentlich ist das die beste Zeit, um mit Jan in Ruhe zu reden. Ich gehe weiter Richtung Ufer, zu unserem Lieblingsplatz, aber auch dort keine Spur von ihm. Ich suche nun hektisch all die Bereiche ab, wo ich ihn finden könnte. Es sind zu viele. Man kann sich hier immer unsichtbar machen. Nur weiß ich nicht, warum er das tun sollte, wenn wir schon verabredet sind. All das ist verwirrend. Na gut, dann rufe ich ihn halt an. Sein Telefon ist aber aus.

Großartig. Ungeduldig gehe ich zurück zur Hauptbar und bestelle mir einen Drink. Der arme Frank muss dafür seinen Hocker verlassen. Ich setze mich an die Theke und schaue mich um. Das Bild rechts von der Bar – sonst liebevoll mit Blumen geschmückt und ehrenvoll platziert – hängt schief. Der Haussegen hängt schief. Fluch. Segen. Fluch. Ich kann ganz plötzlich nicht mehr klar denken. Fühle mich fremd mit mir selber. Fremd in dieser Welt.

Jemand berührt mich ganz leicht an meiner Schulter. Ich drehe mich. Jan.

»Na, meine Kleine. Was machste?«

Was für eine flapsige Ansage.

»Dich suchen, mein Großer.«

»Na, dann hast mich ja jetzt gefunden.« Er schenkt mir sein typisches »Mir gehört die Welt«-Lächeln.

Verwirrt schaue ich ihn an. Was soll das jetzt?

»Zweimal Wodka, bitte«, bestellt er über meinen Kopf hinweg. Schon wieder muss Frank dafür seinen Hocker verlassen. Alles in Zeitlupe.

ER SCHENKT MIR SEIN TYPISCHES »MIR GEHÖRT DIE WELT«-LÄCHELN

»Das ist ja fast wie damals auf dem Festival«, amüsiert sich Jan.

Jaja, damals, als ich gezwungenermaßen eine Barschicht übernommen hatte. Niemand konnte mehr stehen. Ich war eigentlich nur auf dem Festival, weil ein Freund aufgelegt hatte. Nur musste ich den ziemlich schnell nach seinem Gig in die Krankenstation verfrachten. Offiziell hatte er was Falsches gegessen. In Wirklichkeit war er Opfer eines Streckmittels geworden. Das war furchtbar peinlich, weil er im Krankenzelt auch immer wieder betont hat, dass ich, seine

Freundin, auch Ärztin bin. Dabei konnte ich selber weder geradeausschauen noch stehen.

Auf solchen Veranstaltungen bräuchte man auf jeden Fall Dr. Burke, der betreibt seit Jahren eine Kater-Klinik in Las Vegas. Die Leute werden dort mit unterschiedlichen »Packages«, sprich: Infusionen, die Vitamine und vor allem Elektrolyte enthalten – die meisten sind ja vom Feiern total dehydriert –, wieder aufgeputscht. Vor allem ist sein »Hangover Heaven« auch mobil unterwegs, und sein Slogan »You feel like hell. Come to heaven!« trifft es wie die Faust aufs Auge. Eine Geschäftsidee, die definitiv auch hier florieren würde. Es wundert mich, dass noch niemand daran gedacht hat. Denn sich abschießen ist einfach, aber die akuten körperlichen Folgen, wenn der Rausch nachlässt, sollte man bekämpfen. Schließlich gibt es ja auch Leute, die feiern und danach wieder arbeiten sollten.

Ich konnte damals in der Krankenstation jedenfalls auch keine vernünftige Idee beisteuern, denn außer einer Elektrolytlösung und Schmerzmitteln hatten die Sanitäter auf dem Festivalgelände nichts mit. Aber ich war auch alles andere als frisch. Auch lost. Ich kannte nicht so viele Leute, und die Veranstaltung war mir auch viel zu groß. Ich mag es gar nicht, wenn ich nicht zumindest annähernd einen Überblick habe. Deshalb war es wahrscheinlich ganz gut, einfach hinter der Bar zu arbeiten. Beschäftigungstherapie. Trotzdem habe ich mich geschämt, als ich die Drinks in Zeitlupe rausgegeben habe. Eigentlich war ich auch einfach nur froh, die Flaschen nicht fallen zu lassen. Mehr war definitiv nicht drin. Es ist damals niemandem aufgefallen, weil alle selber so verstrahlt waren. Ich habe mit meiner Zeitlupe genau in ihren Zustand gepasst. Niemand hat sich beschwert. Der Umsatz war nicht erwähnenswert.

Vielleicht ist heute Frank so verstrahlt wie ich damals. Wir aber nicht. Wir sind stocknüchtern. Zu gerne möchte ich wissen, wo Jans entspannter, charmanter Drive gerade herkommt. Aber er macht keine Anstalten, die Theke zu verlassen oder mir zu erzählen, was die Ergebnisse beim Arzt gebracht haben. Nervös rutsche ich auf meinem Barhocker rum. Er hingegen lehnt an der Theke, fast tiefenentspannt, und schaut mich an. Vielleicht will er einfach nicht reden. Sich nicht seinen Sonntag vermiesen lassen. Damit habe ich nicht gerechnet.

»Alles zu seiner Zeit, meine Liebe«, sagt er, als ob er meine Gedanken lesen kann. Nun gut. Jan bestellt noch was. Nimmt meine Hand und zieht mich weg zu seinem Lieblingsplatz hinten am Wasser. Wir sind allein. Ruhig öffnet er ein kleines, schwarzes Tütchen mit einem Totenkopf drauf.

Ich weiß genau, was sich darin befindet.

Ich sollte mich jetzt entspannen.

Noch eines von den kleinen schwarzen Tütchen holt er raus und drückt es mir in die Hand.

»Hier ein Giftpack für dich, my dear«, versucht er zu scherzen.

Er nimmt seinen Ausweis. Streut langsam, fast in Zeitlupe, weißes Pulver darauf. Mit einer Karte zerhackt er es. Zieht fast schon liebevoll weiße Linien.

»Das beste Kokain, das man gerade kriegen kann. Reinheitsgrad mindestens sechzig Prozent.«

Ja, uhm. Das ist viel. Normalerweise liegt er in Europa bei schätzungsweise dreißig Prozent. Er reicht mir die Karte und einen schön gerollten BVG-Fahrschein dazu.

»Danke.«

Dann nimmt er mir den Schein wieder ab und zieht unglaubliche vier Lines hintereinander.

»Das soll die Zunge lösen. Weißte ja.«

DAS SOLL DIE ZUNGE LÖSEN. WEISSTE JA

Aha, er braucht also erst einen gewissen Level, um mit mir zu sprechen. Das beunruhigt mich. Oder zumindest beruhigt es mich nicht. Aber Jan ist immer noch die Ruhe selbst. Er packt das Päckchen weg, fährt mit der Zunge nochmals über die Karte. Das machen viele. Davon wir der Mund sofort taub. Ich hingegen hasse es. Und dann steckt er alles zurück in seine Tasche. Leise, aber doch hörbar schwappt die Musik von der Tanzfläche hierher. Ein perfekter ruhiger Moment – normalerweise.

Heute nicht.

Mein Bauch sagt mir, dass das alles ein Fake ist. Dass es die Ruhe vor dem Sturm ist. Dass ich das so nicht aushalte. Geduld war noch nie meine Stärke. Warum sagt Jan nichts? Aber drängen bringt nichts. Und so nippen wir beide an unseren Getränken, ziehen ab und an eine Line. Schauen dem Wasser beim Fließen zu. Ich merke, dass sich von hinten jemand nähert.

»Victor. Was machst du hier?«

Aber an dem Blick, den sich die beiden zuwerfen, erkenne ich, warum er hier ist … Victor umarmt mich kurz, und Jan beginnt von neuem mit seinem Procedere. Tütchen rausholen, aufstreuen etc. Langsam habe ich das Gefühl, im falschen Film zu sein.

»Jungs, bitte. Ich kann nicht mehr.«

»Ich habe einen Hirntumor. Ein Glioblastom, genau genommen. Die Probleme in der Lunge kommen von der Streuung des Tumors. Und hiermit übergebe ich an Mia, um alles Weitere zu erklären.

»Es ist der am häufigsten vorkommende bösartige Hirntumor. Du bist eigentlich zu jung, ihn zu haben. Er gilt als nicht heilbar. Die Überlebensrate liegt im Bereich von Monaten. Meistens sind die anfänglichen Symptome Kopfschmerzen, Übelkeit bis hin zu epileptischen Anfällen und Sehstörungen. Metastasen in der Lunge kann ich mir nicht erklären«, antworte ich automatisch.

Ich stehe unter Schock. Rattere mein medizinisches Halbwissen runter.

Mir wird schlecht. Ich würge. Mein Wodka kommt nach oben, und obwohl ich mir die Hände vor den Mund halte, spritzt mein Erbrochenes heraus, auf mich, auf den Boden. Wenigstens nicht auf Jan und Victor. Beide haben noch Reflexe, sogar Jan, und springen auf.

Ich laufe nach hinten. Lasse kaltes Wasser über mein Gesicht fließen. Minutenlang oder so. Eine kleine Ewigkeit. Jegliches Zeitgefühl ist gone, gone with the wind. Ich wanke zurück. Sehe Victor und Jan in ein Gespräch vertieft.

Alles wird plötzlich klar.

Jan hat seine Entscheidung getroffen.

Wir unterhalten uns ganz sachlich über das Wie und Wann. Ich kann keine Vorschläge machen. Ich bin leer. Keine Emotionen.

Jan weiß, was er will. Feiern bis zum Umfallen. Diesmal wortwörtlich.

»Ich sag doch, feiern bis zum Umfallen. Aber vor allem im Hier und Jetzt sein. Das Ende zelebrieren. Dann schauen wir weiter.

»Und zum Schluss einfach nachhelfen. So wünsche ich mir das.«

FEIERN BIS ZUM UMFALLEN. WORTWÖRTLICH

GHB soll es sein. Aha. Kann natürlich funktionieren. Sein Organismus ist geschwächt genug dafür. Die Anschaffung einfach und billig. Online. Im Übrigen längst schon getätigt. Ursprünglich, um durch die letzten Tage zu floaten.

Eine unbeabsichtigte, beabsichtigte Überdosierung. In hoher Dosis verursacht GHB eine Beeinträchtigung von Herzrhythmus und Atemzentrum, es entsteht die Gefahr von Bewusstlosigkeit, Gedächtnisstörungen und Krämpfen bis hin zu epileptischen Anfällen. Normalerweise muss sofort ein Notarzt hinzugezogen werden, um ein Herz-Kreislauf-Versagen mit eventuellem tödlichem Ausgang zu vermeiden.

In diesem Fall muss keiner hinzugezogen werden, weil genau das erreicht werden soll …

An dieser Substanz ist wohl auch der Multitoxikomane Richi Moscher gestorben. Sein langjähriges Motto »Never stay too long on the same drug« hat bei anderen Drogen funktioniert, hier nicht. Bei dieser nicht.

»Never stay too long for nothing«, meint Jan dazu.

Ich weiß: Bei zu viel davon droht ein sofortiger Fall ins Koma. Genau das soll es werden. Keine Palliativmedizin, kein Pflegefall, keine Mitleidsschleife.

Kein Krankenhaus, keine Schwestern in Weiß, keine Besuche und keine Freunde, die sich als keine Freunde herausstellen.

Gefährliche Wechselwirkungen mit anderen Substanzen wie Alkohol oder Benzodiazepinen und Antihistaminika, die die Gefahr des Auftretens komatöser Zustände erhöhen, sind erwünscht. Von Jan erwünscht. Er oder auch die beiden haben alles schon besorgt, damit ich nicht mit reingezogen werde. Kann ich auch gar nicht. Ich habe den Hippokrates-Eid geschworen. Zumindest in einer abgeänderten, modernen Fassung.

Irgendwie ist das doch in meinem Herzen. Das wissen beide. Wahrscheinlich ist alles mit Victor abgesprochen. Der das genauso sieht. Mein Kopf kann gar nicht so schnell denken, wie mir der ausgetüftelte Plan schon präsentiert wird.

Ahnung wird nun Gewissheit. Alles soll bis dorthin ganz normal, quasi wie immer verlaufen. Das ist Jans Wunsch.

Tränen laufen über mein Gesicht. Aber ganz leise. Ich weiß, dass ich seine Entscheidung respektiere. Ganz tief aus meinem Bauch heraus. Meine Blackbox ist plötzlich offen. Ich wusste es doch schon. Es braucht keine Worte. Nur das stille Versprechen, dann da zu sein.

Wir umarmen uns alle drei. Eine Ära geht zu Ende, unweigerlich.

Ich bin genauso klar wie die beiden neben mir. So klar wie schon lange nicht mehr.

Langsam stehe ich auf. Es gibt nichts mehr zu sagen, nichts mehr zu besprechen. Ich gehe nach Hause. Alleine. Diese Welt wird von einem Hammer getroffen in tausend Stücke zerbrechen. Zurück gibt es keines mehr.

DIESE WELT WIRD VON EINEM HAMMER GETROFFEN

Niemand hält mich auf. Genauso wie ich niemanden aufhalten werde. Ich werde Jan nicht aufhalten. Sondern ihm beistehen. Das ist das Mindeste, was ich tun kann. Was wir tun können. Victor und ich.

Aus drei werden zwei. Und am Ende ist jeder für sich alleine.

Damn. IT.

COUNTDOWN, NUMMER 7

Das Event. Das Ereignis, bei dem sich die Perfektion in Raum und Zeit überlappen sollte. So ist es zumindest geplant. Die letzte Woche beginnt. Ab heute gibt es keine Sonntage mehr. Nein, jetzt wird die ganze Woche durchgefeiert. Sozusagen bis zum Umfallen. Wenn schon untergehen, dann mit Stil. Und es beginnt am Freitag. Freitagabends.

Der erste Abend also von dem beginnenden Ende: das große Closing. Der Touchdown.

Ich fühle mich krank und angeschlagen, deshalb bin auch schon früher von der Arbeit nach Hause und habe den ganzen Tag geschlafen. Ich bin um zehn Uhr mit Victor und Jan verabredet, um kurz in der Bar vorbeizuschauen. Um vorzufühlen. Um mich und uns auf die bevorstehende Woche einzustellen.

Traditionellerweise werden beim Closing alle DJs, ihre Freundinnen und die engsten Leute zu einem Abschiedsessen eingeladen. Zum ersten Mal, seit ich in Berlin bin, gehöre ich nicht dazu.

Ich hole Victor in einem Restaurant bei uns ums Eck ab, unserem neuen Lieblingskoreaner. Er ist dort mit den DJs, die beim Arena-Opening spielen werden. Ein Laden macht zu, der andere auf. Es geht immer weiter. Manche Clubs gehen ein, und manche werden neu eröffnet. Sterben und auf die Welt kommen. Überall der gleiche Kreislauf.

Es wird viel über das Ende der Bar geredet. Es kursieren

natürlich schon die ersten Gerüchte über die letzte Party, das große Finale. Das heißt, es ist natürlich das Thema Nummer eins. In der Stadt.

STERBEN UND AUF DIE WELT KOMMEN

»Die Feier soll wohl bis zum nächsten Freitag dauern ...« oder »am Montag Morgen ist alles vorbei« oder auch »Ich gehe da nicht hin, die Zeit der Bar ist vorbei« oder auch »Ich habe mir die ganze nächste Woche freigenommen, damit ich keine Minute vom Untergang dieses Märchenlandes versäume«.

Das Gerede kümmert mich wenig. Das Ende naht, ob einen Tag früher oder später, macht jetzt auch keinen Unterschied mehr. Wichtiger ist, wann sich Jan für sein Ende entscheidet. Nach außen läuft ja alles weiter wie gewohnt. Deshalb habe ich auch zwei Schichten zugesagt.

Ehrlich gesagt wird mir beim Gedanken daran ganz übel. Ich habe zwei relativ anstrengende Schichten vor mir. Sonntagabend von zwanzig Uhr bis Montag um vier Uhr morgens und dann gleich noch mal Montag von sechs Uhr bis Dienstag um zwei Uhr morgens. Aber danach bin ich frei. Um mich zu verabschieden, abzuschießen, mir das Gehirn wegzuballern. Um mich aufzulösen.

Victor und ich starten los. Auf dem Weg in die Bar holen wir Jan ab. Er steht schon vor seiner Haustür. Auf den ersten Blick sieht man ihm nichts an. Er trägt ein weißes T-Shirt mit V-Ausschnitt, seine verwaschene Diesel-Jeans, Sneakers. Eine Altherrenjacke aus grauer Wolle mit ledernen Aufnähern am Ellbogen, die jetzt wieder im Trend sind, darüber. Seine und meine Lieblingslederjacke hat er sich lässig über die Schultern geschmissen. Er sieht heiß aus. Seine Haare sind länger geworden. Weil er seine eingefallenen Wangenknochen verdecken will. Und im Dunklen sieht man auch nicht seine

Augen, die tief, endlos tief in den Augenhöhle liegen. Wir umarmen uns.

»Partnerlook, oder was?«, fragt Jan mich lachend. Stimmt. Ich brauchte was Bequemes: Jeans, weißes Männerunterhemd, Lederjacke, offen Haare, wenig Make-up und nur meine Bauchtasche. Reduziert. So wie mein Leben nach dieser Woche reduziert sein wird. Ein Schauer läuft mir über den Rücken.

REDUZIERT. SO WIE MEIN LEBEN NACH DIESER WOCHE

Victor und Jan begrüßen sich mit ihrem üblichen Handschlag: »Alles klar, Mann?« Kurz sehen wir uns an. Den Bruchteil einer Sekunde ist es, ob wir uns alle gegenseitig und gleichzeitig an den Deal erinnern. Dann gehen wir los, und zwar frisch, fröhlich, motiviert. An der Bar angekommen steht schon eine Riesenschlange vor der Tür. Jetzt schon? Freitag um zehn Uhr abends?

Victor ist auch verwundert. Jan ist gar nichts. Wieder läuft ein Schauer über meinen Rücken, wenn ich ihn so von der Seite ansehe.

Der Türsteher empfängt uns herzlich.

»Ihr seid zu spät zum Essen. Das hat ja schon um neunzehn Uhr angefangen. Aber ihr kommt wahrscheinlich genau richtig für die emotionalen Reden.«

»Uff, auf die kann ich verzichten«, antworte ich ungewohnt aggressiv.

Wie jedes Jahr wird auch heute von Angestellten, Besitzern und Freunden des Hauses eine Rede erwartet. Nur, dieses Mal wird es die letzte sein. Mich fröstelt es, für diesen Laden, für Jan und für mich? Ich weiß es nicht.

Trotz der Menschenmenge draußen ist drinnen kaum was los. Ein alter Berliner Club-Habitus. Wir gehen gleich ins Restaurant. Dort, wo alle gegessen haben. Dort, wo alle ihre Ansprache gehalten haben. Niemand sitzt mehr. Die Stühle – alles unterschiedliche – stehen alleine zwischen den ganzen Leuten. Auf manchen befinden sich Jacken und Taschen. Im Grunde sind sie aber überflüssig. Ein Restaurant, in dem Stühle überflüssig sind. Eine Welt, in der Jan überflüssig ist.

Ob ich wohl die ganzen Tage, die jetzt bevorstehen, solche sinnlosen Gedanken mit mir rumtragen werde? Ich blicke mich um. Es sind alle da. Wirklich alle. Sehe meinen Ex-Freund hinten. Noch etwas, das ich hier mit diesem Ort untergehen lassen werde.

Frank kommt mir entgegen. »Ihr habt gerade die letzte von circa zwanzig Reden verpasst …«

»Mist«, meint Victor.

»Gut so«, meine ich.

Jan schweigt.

Frank tröstet uns. »Ihr habt nicht wirklich was versäumt. Im Endeffekt haben alle das Gleiche gesagt: ›Der Club schließt mit einem lachendem und einem weinendem Auge.‹ Und: ›Erst, wenn etwas Altes vorbei ist, kann was Neues entstehen …‹«

Ich treffe einen Bekannten, der meint: »Am besten fand ich die Sieben-Jahres-Theorie. Die Bar gab es jetzt sieben Jahre lang, und genau wie sich beim menschlichen Körper in sieben Jahren alle Zellen einmal erneuern, ist auch hier ein Zyklus abgeschlossen. Und es wird was Neues entstehen. Obwohl eigentlich bei der Bar alle Zellen tot sein müssten …« Jeder hat am Ende so seine eigene Theorie. Aber wo er recht hat, hat er recht …

Die Stimmung ist auf jeden Fall erdrückend. Die meisten tragen schon traurige Gesichter. Stehen verloren herum. Der

Nachtisch wird im Stehen gegessen. Niemand weiß so genau, wohin mit sich und mit den anderen sowieso nicht und überhaupt. Zu sagen, dass ich mich wie auf einer Beerdigung fühle, ist fast schon euphemistisch oder pervers.

Ganz hinten sitzt jetzt Frank, allein und erschöpft. Ich hole mir ein Glas Rotwein, bringe Victor und Jan eines mit. »Jungs, ich gehe mal kurz zu Frank.«

Er war mir immer einer der liebsten Arbeitskollegen. Ich setze mich zu ihm.

»Irgendwie schwelge ich in Erinnerungen an die Zeit, als noch alles gut war. Aber es gibt kein Zurück. Und irgendwie will ich auch nicht zurück.«

IRGENDWIE WILL ICH AUCH NICHT ZURÜCK

Ich bin mir nicht so sicher, ob er von seiner verflossenen Beziehung oder vom Ende der Bar, seinem Zuhause spricht. Wahrscheinlich etwas von beidem. Ich sage nichts dazu. Drücke ihm einen Kuss auf die Wange. Genauso werde ich in den nächsten Tagen alle sitzen lassen. Ich halte nichts von Abschieden. Oder habe meinen schon vollzogen.

Die Kellner laufen mit Tellern voll mit Kuchen rum. Niemand greift wirklich zu. Es ist wohl allen auch auf den Magen geschlagen. Appetit haben hier alle höchstens auf Alkohol und Drogen. Das Essen erscheint überflüssig. Eine alte Feierbekannte geht vorbei. Sie mochte mich noch nie und ich sie noch weniger. Sie ignoriert mich. Wie immer. Dabei würde ich selbst ihr heute einen kalten Kuss geben und sie mit all dem Rest in mein imaginäres Grab schieben.

»Oh Gott, ist die dünn geworden«, sagt Victor.

»Sehr charmant, mein Lieber. Du weißt doch, dass ich mit ihr meinen Frieden gemacht habe.«

Lachen muss ich trotzdem.

»Siehste, das ist das, was ich wollte. Dein schallendes Lachen hören. Du bist so hübsch dabei.«

Jetzt hat sich Victor auch anstecken lassen von der allgemeinen melancholischen Welle, die das ganze Geschehen hier schon überflutet hat. Dieses »Wir haben uns ja alle so lieb«, kurz vor Schluss.

Viele, die meisten, gehen aber schon. Wahrscheinlich, um noch mal Luft zu holen, um dann ab Sonntag da zu sein und erst wieder zu gehen, wenn sie eigentlich bewegungsunfähig sind. Ja, richtig gefeiert wird erst ab Sonntag. Ich habe das Gefühl, alle sind ermüdet von der drückenden Stimmung, starren vor sich hin. Man stößt hier und da noch an. Aber es ist keine Fröhlichkeit mehr zu spüren. Der ganze Raum ist von seiner Leichtigkeit befreit.

Sam kommt an: »Oh, ate too much. I need Kooks.«

Ich biete ihm an, schnell runter zu Iv zu springen, der treibt sich gerade an der großen Bar rum. Ich weiß, dass er normalerweise das beste Kokain hat. Aber Iv hat heute nichts. Überhaupt lässt sich kein Koks auftreiben. Sam sieht schon etwas verzweifelt aus. Damit ist er bestimmt nicht alleine. Ich fürchte, dass die Reden sehr ermüdend waren für Körper und Geist.

»In 'ner halben kommt jemand …«, meint Felix, der sich auch zu uns gesellt hat.

Mir ist das alles herzlich egal. Victor und ich sind uns einig: »Schnell raus hier.« Jan wird bleiben. Seinem Körper so lange Schlaf, Essen und Ruhe entziehen, bis er nicht mehr kann.

Ich weiß nicht mehr, wohin ich gehöre: nach draußen, nach hier drinnen, nach Hause, in einen anderen Club? Ich glaube, ich werde mich nirgendwo mehr wohlfühlen. Ich gehe noch schnell aufs Klo und treffe Gregor. Erschlagen wirkt

DIESE KLEINE PRISE ENDZEITSTIMMUNG

er, und das erste Mal seit einem Jahr umarmt er mich. Hier hat unsere Beziehung angefangen, hier hat sie vor genau einem Jahr geendet, und jetzt endet einfach alles. Ich drücke ihm einen Kuss auf die Wange. Und schnappe mir Victor. Wir verabschieden uns nicht von Jan.

Die Verabschiedung kommt noch früh genug. Mir reicht diese kleine Prise Endzeitstimmung.

COUNTDOWN, NUMMER 6

Ich wache an diesem Samstagmorgen auf, nachdem ich ganze fünfzehn Stunden geschlafen habe. Aus irgendeinem Grund muss ich wahnsinnig erschöpft sein. Selten schlafe ich so viel. Im Grunde weiß ich, dass ich nur so müde sein kann, wenn ich zu viel denke. Mir dauernd über irgendwas den Kopf zerbreche. Jan.

Die Sonne strahlt. Es ist warm. Eigentlich wollte ich heute raus. Noch mal in die Natur, bevor die Tage kürzer werden. Noch mal fliehen, bevor der Herbst und mit ihm die bittere Feuchtigkeit und Kälte über Berlin zieht. Aber der Gedanke an die Bar, an die letzten Stunden meiner Märchenwelt, hängt wie ein Damoklesschwert über allem. Ein kleiner Mann in meinem Kopf sagt: »Du musst hin. Es bleibt dir nicht viel Zeit.« Ich bin unruhig, abwesend. Und Jan. Sitzt er noch dort? Hat er sich doch entschieden, zwischendurch nach Hause zu gehen? Hängt er noch dort ab? Will er wirklich so weit gehen? Öffentlich? Genau in dem Moment klingelt mein Telefon.

Felix ist dran. Ich weiß, er steht gerade hinter der Bar. Man hört die Geräusche, aber nichts von Felix. Der Anruf war ein Versehen. Oder ein Zeichen? Also fahre ich kurz an der Bar vorbei. Obwohl ich ja eigentlich erst morgen Dienst habe, obwohl ich erst morgen beginnen wollte. Zu arbeiten, zu feiern, das Ende zu zelebrieren.

Es ist fast leer. Niemand von den eigentlichen Leuten ist da.

Felix und Frank haben sich seit acht Uhr morgens aus Langeweile mit Wodka betrunken.

Ich versäume nichts, und der kleine Mann in meinem Kopf schweigt. Beim Verlassen der Bar springe ich über ein schlafendes Pärchen, direkt am Ufer. Er hat seine Hand auf ihrem Bauch liegen. Ihre rechte Brust hängt raus. Trotzdem ein absurd friedliches Bild. Mit diesem Bild im Kopf möchte ich gehen. Alles so ruhig. Es ist fast wie ein Gemälde in Öl, das man in irgendeinem Museum konservieren sollte. Für die nächsten Generationen. Für die, die diesen Ort nur noch aus Erzählungen kennen werden.

FAST WIE EIN GEMÄLDE IN ÖL

COUNTDOWN, NUMMER 5

oooooooooooooooooooooooo

D-Day.

Sonntag, achtzehn Uhr. Es sind noch knappe zwei Stunden, bis mein Dienst beginnt. Das Wetter ist toll, und nichts scheint der Wahnsinnsmegahammer-Abschlussfeier im Weg zu stehen. Jetzt ist es wirklich so weit. Eine Flut von sentimentalen Gedanken, irrational, taucht auf. Wie so oft in der Vergangenheit werde ich ein Taxi nehmen. Wen von den Leuten werde ich wiedersehen? Wie wird es sein, wenn dieser Ort, an den ich mich so lange jeden Sonntag geflüchtet habe, einfach weg ist? Dem Erdboden gleich.

Ist es so, dass wir einfach Gewohnheitstiere sind? Und ich dann in ein paar Monaten eines Morgens aufwache und verwundert bin, dass mir die Bar nicht mehr fehlt? So ähnlich wie nach einer Trennung, wenn man plötzlich verwundert ist, dass man überhaupt jemals mit der anderen Person zusammen war?

Oder sucht man sich einfach was Neues, um das Ritual, das man gewohnt ist, mit jemand anderem zu erfüllen: sonntagabends zusammen einen Film schauen oder HBO-Serien streamen. Werden wir alle unser Ritual, am Sonntag die Welt zu vergessen, einfach an einen anderen Ort verlegen?

UNSER RITUAL, AM SONNTAG DIE WELT ZU VERGESSEN

Und was ist mit Jan? Wie wird es sein, wenn ich ihn nicht mehr anrufen kann. Wenn er nicht mehr da ist. Wenn ich ihn nicht mehr umarmen kann.

Mir geht es beschissen. Darf es mir denn eigentlich beschissen gehen?

Gibt es nicht nur eine Person, der es so gehen darf? Hier geht ein Club zu Ende, da ein Mensch.

Ich habe Angst. Vor dem schwarzen Loch, in das ich fallen könnte, vor den leeren Sonntagen, die mir bevorstehen. Vor dem Verlust meines Freundes, der nicht mehr da sein wird. Vor der Lücke in meinem Leben. Ich zwinge mich, mit meinen Gedanken zurückzukommen. In den Moment. Es sind alles nur Spekulationen. Ich werde alles erst wissen, wenn es passiert ist, da ist, real ist.

Und jetzt stehe ich noch – oder wieder – am Kottbusser Damm. Eigentlich frisch, ausgeschlafen, fit und auch irgendwie bereit. Nur weiß ich noch nicht genau, wofür ich bereit bin. Für das Schämen?

Mit dem Auto zu fahren macht wenig Sinn, und auf öffentliche Verkehrsmittel habe ich keine Lust. Ich fühle mich wie im Film »Und täglich grüßt das Murmeltier« oder einfach nur in einem großen Déjà-vu gefangen. Es ist verstörend und doch so bekannt. Also setze ich mich in ein Taxi. Zwanzig Minuten später komme ich vor der Bar an. Die Schlange reicht fünfhundert Meter den Bürgersteig entlang. Alle wollen wohl an diesem letzten Sonntag Abschied nehmen. Die Linien überschreiten. Linien, die festlegen, wie wir sind, wie wir sein sollten, wer dazu passt und wer nicht. Die meisten Leute halten sich an diese Linien, in der Welt da draußen. Hier drinnen ist das aber nicht nötig. Es gibt keine Linien.

Es ist wie mit dem Himmel: Er sieht immer anders aus, und die Wolken geben ihm dauernd eine andere Konsistenz.

So wie in der Bar auch alle und alles in unterschiedlichen Aggregatzuständen auftritt bzw. diese sogar wechseln im Laufe von Stunden, Tagen oder Nächten. Die Bar kann fast leer sein und die anwesenden Leute trotzdem voll. Oder voll mit leeren Leuten. 1001 Möglichkeiten.

Und wenn Wolken am Himmel sind – wie heute–, dann bewegen sich diese. Ich kann wunderbare Luftschlösser bauen, wenn ich sie beobachte.

Man kann sich getrost von gesellschaftlichen Hierarchien verabschieden. Die Herrlichkeit des hellen Wahnsinns findet statt. Ich muss an den letzten dritter Oktober denken. An den Tag der Deutschen Einheit. Die Berliner Mauer wurde mit Pappkartons wieder aufgebaut wurde und dazu schneite es Seifenschaum. Zu den Klängen von »Wind of Change« von den Scorpions wurde sie einfach wieder zum Einstürzen gebracht. Vergangenheitsaufarbeitung. Oder auch einfach ein Symbol, dass dieser Ort hier ist, um Mauern einzureißen.

Man braucht sich diese Welt nicht mal zu erträumen, man muss sie nur einfach mal besuchen.

Es ist kein bisschen utopisch, sondern ein gelebter Dauerzustand. In seiner Form anders, aber in allen Kulturen schon zelebriert. In unserer vielleicht ein bisschen vergessen. Kann man den Menschen, die das geschaffen haben, eigentlich genug danken?

Der Kampf gegen die Vergänglichkeit dieses Ortes beginnt an diesem Wochenende. Es ist die geplante Apokalypse. Autodestruktion vom Feinsten.

AUTODESTRUKTION VOM FEINSTEN

Und ich stürze mich hinein. Vor Ort angekommen, kriege ich kaum die Tür meines Taxis auf. Die Menschen tummeln sich auf dem Mittelstreifen. Massen. Sogar der Gästeliste-Eingang ist nicht mehr überschaubar. Als Mitarbeiterin brauche ich trotzdem nur zwei Minuten, um reinzukommen. Es erwartet mich das Grauen. Alles drängt sich in alle möglichen Richtungen. Chaos pur. Ich bin ein Flummi, springe von da nach dort und wieder zurück. Ebenso meine Gefühle: begeistert vom Chaos, davon genervt, aber vor allem wieder mal mittendrin. Ich hätte ja auch zu Hause bleiben können. Rein theoretisch.

Menschenmassen strömen in alle Richtungen. Es ist beengend. Man kommt kaum vorwärts. Als ob sich die ganze Stadt noch mal ein Stelldichein geben würde. Als ob es sich niemand leisten könnte, diese letzte Party zu versäumen.

Gleich hinter dem Eingang ist ein Zelt aufgebaut: Das DJ-Team spielt. »Hit me baby one more time …« Ich kenne die beiden. Sie legen immer Platten auf, die wenig mit Techno zu tun haben, aber top sind, um Erinnerungen auszulösen. Heute ist das gewollt. Soll sich doch jeder für immer an diesen magischen Ort erinnern. Es besteht kein Zweifel, dass wir das alle tun werden. May for ever.

For sure for ever.

Trotzdem, Britney Spears zum Ankommen, damit habe ich nicht gerechnet. Mal was ganz anderes, Unerwartetes. Weniger unerwartet ist, dass mir Victor entgegenwankt. Obwohl er nur wenige Stunden Vorsprung hat, hat er diese wohl extrem gut genutzt. Er beklagt sich als Erstes darüber, dass er überhaupt keine Ruhe mehr hat, und seitdem er das Booking für die Bar übernommen hat einfach selber zum Rockstar geworden ist. Man kann ihm schwer abnehmen, dass er das nur als Nachteil sieht und nicht den Fame genießt. Er zeigt mir sein iPhone. 132 Anrufe in Abwesenheit. Ich ziehe beide Augenbrauen hoch, eine allein kann ich nicht. Das genügt.

Victor wechselt das Thema: »Du kannst dir gar nicht vorstellen, was vorhin vor dem DJ-Pult abging.«

Na ja, vorstellen kann ich mir ja so einiges. Will aber natürlich Victors Story nicht verpassen. Die alte Tratschtante.

»Also, du immer mit deiner Digital-Natives- und Digital-Immigrants-Therorie. Vorhin stand so ein extrem junger Typ vor dem DJ-Pult und hat ewig die Plattenteller beobachtet. Das ewige Kreisen der runden Scheiben.«

»Hot Story.«

»Nee, jetzt warte doch mal. Auf jeden Fall habe ich das länger beobachtet, und ich mein, jemand muss ja ein Auge drauf haben.«

Grins. He's the man.

»Auf jeden Fall habe ich mir schwer überlegt, welche Drogen der junge Herr genommen hat bzw. wie der überhaupt in den Club gekommen ist. However. Plötzlich hat er mit seinem Zeigefinger über das DJ-Pult gelangt, ihn genau in die Mitte der Vinylplatte platziert, so zwei Zentimeter neben der Nadel. Natürlich fiel die Musik aus. Keine Ahnung, wer erschrockener war, der DJ, die Tanzenden oder der Kerl selber. Ich bin natürlich sofort hin und habe gefragt, ob er von allen guten Geistern verlassen ist. Darauf meinte er nur, dass er so was noch nie gesehen hat und nicht ahnen konnte, was passiert.«

Die Musik fällt aus, aber das Tolle bei so was ist meist, dass die Leute das nicht checken oder denken, es gehört zum guten Set oder einfach, der DJ ist genauso drauf wie sie.

»Das haben wir nun von Streamcloud und überhaupt.«

Ja, irgendwie gehen wir doch dem Untergang entgegen. Zumindest im Kleinen.

»Bei den Kindermenschen, wie Siddhartha sagen würde.«

Ich werde geschubst und getrieben. Wie ein Schwamm sauge ich alles auf. Niemand aber drückt mich, damit wieder etwas davon herauskommt. Das macht müde. Ich lege eine Pause ein. Irgendwo hinten. Auf einer Schaukel.

COUNTDOWN, NUMMER 4

Irgendwann wache ich auf. Weiß nicht, ob ich im Traum bin oder in der Welt. Und schon gar nicht, in welcher. Ich taumle noch träumend nach vorne. Schlaftrunken, aber nicht betrunken. Leider.

Husch, die Party hier ist in vollem Gange. Alles tanzt, singt, küsst, trinkt, schießt sich ab, um ein Stern zu sein. Der verglüht, sobald die Wirkung aufhört.

ALLES TANZT, SINGT, KÜSST, TRINKT, SCHIESST SICH AB

Wie immer braucht man so seine Zeit, um sich in das Geschehen einzugrooven. Ich entscheide mich, nach hinten in die zusätzlich neu aufgemachte Bar zu gehen, in der Hoffnung, einen langsamen Start in den Irrsinn zu finden. Dieser Teil der Bar wurde eigentlich nur für den letzten Sommer angelegt. Die Slums von Südafrika in Berlin. Nur ohne das Elend. Das passt ganz gut zur Fußballweltmeisterschaft, die dort in diesem Jahr übertragen wird.

Aber heute ist »langsam« nicht angesagt. Sondern eher sich überschlagende Ereignisse. Crash. Boom. Bang. Den treffen, dort Drogen nehmen, hier tanzen. So stelle ich mir das vor. Keine Zeit zum Denken. Geballte Autodestruktion. Ich frage mich, ob diese Art der Selbstzerstörung mithilfe von Drogen, Alkohol und Zigaretten schlimmer ist als jene, die versucht, durch die Medien vorgesetzten Schönheitsideale

»Size Zero« oder »Supeslim« zu erfüllen, indem man sich zu wenig Nahrung zuführt, seinen Körper Mangelerscheinungen aussetzt, oder gar kotzt, um die Ideale zu erfüllen. Bulimie. Zumindest ist jede dritte Frau einmal in ihrem Leben von einer Essstörung betroffen. Dann doch lieber mit Spaß seinen Körper kaputt machen.

Und: Hedonismus hat eine lange Tradition von der griechischen Antike und ihren Philosophen über deren Nachfolger im Römischen Reich. Irgendwann hat er dann zumindest offiziell in unserer Gesellschaft an Popularität verloren. Aber nicht überall, er hat nur nicht mehr diesen positiven Beigeschmack wie früher.

NICHT MEHR DIESEN POSITIVEN BEIGESCHMACK WIE FRÜHER

Während ich noch über Beigeschmäcker sinniere, werde ich auch schon aufgehalten. Von Heidi und seinem Freund Fascher. »Na, Süße, endlich da. Hast du schon den neuen Club auf dem Gelände nebenan gesehen?«

»Nee, aber ich wollte genau dorthin, um es etwas ruhiger angehen zu lassen«, antworte ich.

»Huch, ruhiger wird heute wohl schwierig bis unmöglich«, sagt Wenzel. Und ich muss zugeben, er ist unglaublich gutaussehend und hat unglaublich recht. Also lasse ich mich von den beiden abfangen und mitnehmen. Na gut. Auf dem Gelände gibt es einen neuen, kleinen Club. Extra für das Ende. Sie wollen ihn mir zeigen. Ich lasse mich von den beiden führen. Einer links und einer rechts ziehen sie mich durch die Menge. Somit bin ich etwas abgeschirmter. Das ist schon viel besser. Ein Wirrwarr verkleideter Menschen. Ich wette, ich erkenne hier keine Bekannten, noch nicht mal Freunde.

»Skandalööös, dass du da noch nicht drinnen gewesen bist«, meint Heidi wild gestikulierend. Grins. Drama-Queen, denke ich mir. Aber wohin würde er besser passen als hierher. Mon dieu. Eine neue Tanzfläche, die ich noch nicht betanzt habe. Und schon werde ich zwischen all den Britney-Spears-Vorortschlampentänzern durchgezogen und zwänge mich schon durch den knappen Übergangstunnel zwischen der Bar und dem neuen Gelände.

Natürlich brauchen wir für die geschätzten zweihundert Meter bis zum Club eine kleine Ewigkeit. Der Club liegt gleich hinter dem Volleyballfeld und der Halfpipe – für Skater, »so mal Sport machen zwischendurch«. Küsschen hier, Bussi da, ein bisschen Glitter hier, ein bisschen Glitzer da und so weiter. Kennen wir ja. Deshalb sind wir hier. Deshalb verschwinden wir manchmal auch wieder ganz schnell.

Wenigstens checkt Daniel alias Heidi an der letzten Bar vor dem Club noch einen Drink. Ein kleines Zeichen genügt, und wir haben alle etwas zu trinken in der Hand. Dankbar trinke ich den Wodka-Apfelsaft mit einem Schuss Sprudel quasi auf Ex aus. Atme noch mal tief ein und lasse mich wieder weiterreißen in Richtung des Clubs im Club. Es ist eigentlich nur ein kleiner Raum, direkt unter der Bahn in das Gewölbe eingebaut.

Dafür weiß man, im Inneren angelangt, definitiv nicht mehr, ob es Tag oder Nacht ist. Draußen. Da fühle ich mich als Nachtblinde dann ganz besonders wohl. Es ist klein, stickig, heiß und vor allem irrsinnig laut. Provisorisch zusammengezimmert aus Kisten, dazwischen eingebaute Glowsticks. Der Beat drinnen haut mich fast um. Lässt mich schwanken. Ich verstehe kaum ein Wort und fühle mich ganz und gar nicht nach »langsam ankommen«. Trotzdem nutze ich die Möglichkeit, mal schnell aufs Klo zu gehen.

Denn die wenigen Toiletten, die es auf dem Gelände gibt, sind meist überfüllt. Hier sind aber nur drei Mädels in der Schlange. Ich sage wie immer: »Bin Mitarbeiterin und muss ganz schnell … Dauert auch nicht lange.« Das funktioniert meistens. Vor allem, da man, wenn man arbeitet, wirklich nur schnell auf die Toilette muss und sich nicht länger wegen Drogenkonsum dort aufhält und auch nicht mit einer ganzen Gruppe die Toilette besetzt. Die dann plaudernd eine halbe Stunde den Raum blockiert. Diese Toilettengespräche tragen immer eine eigene Absurdität in sich. Wie früher auf WG-Partys. Auf der Toilette trifft man immer wen, lernt immer jemanden kennen, bleibt schon mal länger hängen und verliert sich in den abwegigsten Gesprächen. Toiletten und Küchen!

Ich werde auch vorgelassen. Eines der Mädchen, das in der Schlange steht, schreit mir ins Ohr: »Geil, die beiden da. Sie zeigt auf zwei – definitiv-nicht aus Berliner kommenden – Gäste.

»Ich habe die gerade erst kennengelernt – aus London, und sie haben mir schon einen ausgegeben …«

Das freut mich für sie. Gebe mich selbst aber zum Einstand mit einem normalen Toilettenbesuch zufrieden. Ich fühle mich reingeworfen in das Geschehen. Herumgewirbelt. Einmal durch einen Waschmaschinengang geschleudert. Nur leider hat sie immer noch nicht ausgeschleudert. Deshalb lasse ich meine beiden Freunde vorerst auch in dem kleinen Club zurück und setzte mich draußen hin. Dort wird gerade ein Soundcheck gemacht, für den nächsten Gig. Meine Ohren

> **EINMAL DURCH EINEN WASCHMASCHINENGANG GESCHLEUDERT**

schmerzen also jetzt schon. Oder immer noch, von vorher. Wer weiß das schon genau. Ich muss einfach mal sitzen. Das bunte Treiben auf mich wirken lassen.

Plötzlich steht Adrian vor mir.

»Na, 'ne Runde Tischtennis, die Dame?«

»Wie, was, wo?«, frage ich verwirrt. Es ist tatsächlich eine Tischtennisplatte aufgebaut. Ich weiß noch nicht so genau, für wen. Für Leute, die prüfen wollen, ob ihre Motorik noch in irgendeiner Art funktioniert? Für Leute, die noch eine Rechnung zu begleichen haben und das nun sportlich austragen wollen? Großartig. Was gibt es hier eigentlich nicht. Aber nachdem es jetzt ohnehin mit »ruhig eingrooven« vorbei ist:

»Why not?«

Womit Adrian aber nicht gerechnet hat, ist mein Ehrgeiz. Wenn ich spiele, will ich auch gewinnen. Liegt in der Familie, an den Genen. Also ist der junge Mann ziemlich überrascht, dass ich in Netzstrümpfen und Kleidchen einen Ball nach dem anderen schmettere oder schneide.

»Deine Frisur ist übrigens der Hammer, und du siehst richtig gut aus«, meint er zuckersüß.

»Vergiss es, damit lenkst du mich nicht ab«, grinse ich zurück.

Nein, echt ehrlich. Ich glaub ihm kein Wort und konzentriere mich weiter auf meinen bevorstehenden Sieg. Außerdem ist er einer der wenigen hier, mit dem ich auch beruflich in der anderen Welt zu tun habe. Wir sind immer sehr darauf bedacht, dass niemand draußen weiß, dass wir beide diese Realität hier mehr als kennen. Mir fällt auch noch ein, dass wir beide die gleiche Friseurin haben. Es gibt diese seltenen Fälle, in denen sich die Welten vermischen. Das möchte man eigentlich tunlichst vermeiden.

Ich war irgendwann mal mit einem Vorgesetzten auf der Fashion Week. Wir kamen einen Ticken zu spät zur anstehenden Show und standen etwas verzweifelt in der endlos langen Schlange. Bis der Türsteher mich gesehen und uns an allen vorbeigewinkt hat. Zuerst fand ich das natürlich angenehm, aber als wir bei ihm vorne ankamen und ich ihn begrüßt hatte, wurde mir schlagartig klar, dass ich nicht wusste, wohin mit seinem Gesicht.

»Hei, vielen Dank.«

»Gerne«, meinte er.

»Wir kennen uns doch aus dem Watergate?«

»Nein.«

»Der Bar?«

Bei der zweiten Frage hatte sich mein Hautton bereits ins Rötliche verfärbt. Meine Begleitung hatte schon einen etwas verwunderten Gesichtsausdruck.

»Meine Liebe, wir kennen uns von deinem Arbeitsplatz«, meinte der Türsteher schließlich lachend.

Am liebsten wäre ich im Boden versunken. Die Welten verwechselt. Eine äußerst ungünstige Aktion.

Die Nachfrage, ob ich denn öfter im Berliner Nachtleben unterwegs sei, konnte ich dann nur noch knallrot mit »Äh, ja, nö, nicht so, aber früher« beantworten. Ich bin mir bis heute sicher, dass ich nicht wirklich überzeugend gewirkt habe. Deshalb finde ich Franks Idee die beste von allen: Der sagt nämlich jedem im Nachtleben, dass sein Name Frank ist, und bei allen anderen, mit denen er zu tun hat, vor allem beruflich, ist sein Name Christian.

DIE WELTEN VERWECHSELT

Ganz einfach: Spricht ihn jemand mit Christian an, dann kommt er aus der Welt draußen und er kann ihn gleich dorthin einordnen. Spricht ihn jemand mit Frank an, dann kommt er aus der Feierwelt. So was hätte ich mir mal früher überlegen sollen.

Auf jeden Fall war ich noch zufällig mit Adrian am letzten Donnerstag bei unserer Friseurin. Zu der auch fast alle gehen, die man so kennt. Wir haben uns beide für das Closing aufhübschen lassen. Mein Haar ein bisschen dunkler und endlich mal ein vernünftiger Schnitt, Adrians Haare kürzer. Aber der sieht sowieso gut aus, wie immer.

Während ich zu Adrians Verwunderung dabei bin, das Spiel zu gewinnen, kommen immer mehr Leute auf das neue Gelände, das lässt darauf schließen, dass die Bar selbst schon heillos überfüllt ist. Wir haben kaum noch Platz zum Spielen und erklären das Match somit für beendet. Außer Atem setzen wir uns hin.

»Wie lange hast du geplant zu bleiben«, fragt er mich.

»Puh, keine Ahnung. Ich habe heute und morgen noch einen Dienst und dann werde ich mich treiben lassen. Und du?«

»Ich lasse mich ab jetzt treiben. Außerdem habe ich mir freigenommen.«

Same here.

Wir grinsen uns an. »Das heißt dann wohl, wir werden noch den einen oder anderen Drink zusammen nehmen. N'est-ce pas?«

»Auf jeden.«

Trotzdem überlege ich mir, jetzt mal langsam rüber zur Bar zu stapfen. Ich muss mich noch umziehen vor meiner vorletzten Schicht. Und fühle mich rast- und ratlos. Bereit für die Schicht, ja schon. Habe auch alles mit. Bereit für das Closing? Nein.

COUNTDOWN, NUMMER 3

In weiser Voraussicht habe ich einen ganzen Rucksack mit Klamotten mitgenommen. Mittlerweile sind die Nächte ja schon ziemlich kühl, und falls ich mal was verschütte oder ich einfach mein T-Shirt durchschwitze, ist das ganz angenehm. Außerdem habe ich nicht die geringste Ahnung, wie lange ich bleiben werde. Es ist auch ein bisschen wie das Gefühl, wenn man in den Urlaub fährt oder zumindest gepackt hat für: eine Reise.

Ob ich zwischendurch nach Hause gehe oder einfach hierbleibe. Ob ich nach meiner letzten Schicht fliehe oder gar eine Pause zwischen den Schichten brauche. Man wird sehen. Besser, alles ist dabei. Sogar eine Zahnbürste steckt in meiner Tasche, das will was heißen. Das alles hängt natürlich auch davon ab, wie es mit Victor und Jan läuft. Und mit mir. Und mit allem. Fast schon vernünftig, sich so vorzubereiten.

Ich wühle mich erst einmal in Richtung Backstage durch. Unglaublich, diese Menschenmassen. Diese Kostüme. Diese Welle des Hedonismus. Ich grüße links und rechts, aber mit der Ansage, dass ich gleich hinter die Bar muss, schlüpfe ich relativ schnell durch.

> DIESE MENSCHENMASSEN. DIESE KOSTÜME

Ich sehne mich nach meiner Bar. Ein bisschen Sicherheit. Zumindest eine Theke zwischen mir und den Menschen. Ich weiß nicht warum, aber jetzt baue ich mir schon meinen Zaun hierhin. Ich schütze mich. Habe genauso einen Holzzaun vor mir, wenn auch nicht so hoch – aber immerhin. Kann mich abgrenzen. Nur weiß ich nicht, wovon. Weiß nicht mehr, wo oben und unten ist. Ich bin froh, mich fokussieren zu müssen, etwas tun zu müssen. Beschäftigungstherapie tut mir gut.

Da kommt mir meine »Freundin« entgegen.

»Ich hab beschlossen, dass du heute mir gehörst. Ich hab Bock, dich zu küssen und anzumachen und an deiner Seite zu kleben«, erklärt sie mir. Die ist auf jeden Fall nicht mehr nüchtern. So direkt ist sie selten. Da kann ich nur hoffen, dass sie kein Backstage-Bändchen ergattert hat. Mir ist nach Flucht zumute, und ich schreite weiter zielstrebig Richtung Backstage-Bar. Ich muss mich ja noch umziehen, es ist bald Dienstbeginn und bla und so weiter. Zwischen dem Gefühl, mich hinter die Theke fliehen zu müssen oder ganz nach Hause zu fliehen, habe ich ja eigentlich meinen Rucksack zum Bleiben dabei. Mal sehen. Vorerst bahne ich mir den Weg zu meiner Bar durch.

Fast habe ich es geschafft. Ich sehe schon die Stelle hinter dem Haupteingang, durch die wir Mitarbeiter meistens nach hinten schlüpfen. Da kommt mir noch Maximilian entgegen. Ein DJ, den ich schon immer toll fand. Ich habe nicht damit gerechnet, ihn hier zu treffen. Plötzlich ist alles noch mehr durcheinander. Etwas ploppt in mir auf. Vielleicht ist es einfach nur sexuelle Erregung. Kann doch mal passieren.

Also ein bisschen vielleicht. Mein Herz bleibt kurz stehen. Wir wissen beide nicht so genau, wie wir uns begrüßen sollen. Vielleicht war unsere Nähe im Kopf zu groß. Wie auch immer. Ich stürme vorbei. Er schreit mir noch nach: »Ich besuche dich nachher an der Backstage-Bar.«

Ich freue mich darauf.

Hinten angekommen, ziehe ich mir Baggy-Jeans und einen dicken Pulli an. Die Nacht wird kalt werden, und mittlerweile ist es auch schon gegen acht Uhr abends dunkel. Den Rucksack verstaue ich im Techniklager. Selten war mir so nach bequemen Klamotten zumute. Ich fixiere mich auf meine Arbeit. Lasse erst gar keine anderen Gedanken zu, die kommen noch früh genug. Also los. Es liegen acht Stunden Arbeit vor mir. Meine Arbeitskollegin für diese Schicht hat die kleine Bar schon aufgemacht. Drei Kreuzzeichen. Ich muss die Bar nicht putzen, ich muss mir keinen Runner suchen … Und wir sind zu zweit. Toll. Das ist erstens heute bei dem Andrang auch nötig und zweitens sehr entspannt. Dann kann man ab und an mal 'ne Runde drehen. Muss sich keine Sorgen machen wegen der Kasse. Außerdem sind wir ja mittlerweile schon ein eingespieltes Team. Allerdings ist sie total verkleidet. Sie trägt ein blütenweißes Kleid. Fast hochzeitstauglich. Und eine wunderschöne venezianische Maske. Ihre Augen leuchten hindurch. Der restliche Körper ist über und über mit Glitter bedeckt. Wow. Ich bin der absolute Kontrast dagegen. Kapuzenpulli gegen Glamour. Nein, eher: verstecken gegen verkleiden. Oder Resignation gegen Lebensfreude. Wir begrüßen uns freundlich.

»Na, meine Süße, wie war die Schicht bis jetzt?«, frage ich sie.

»Gut, aber wahnsinnig viel los. Gut, dass du da bist. Ich wollte unsere Bar auch noch ein bisschen aufpeppen«, antwortet sie.

Motiviert, hübsch, gut gelaunt. State of the art. Ein Spektakel. Ich freue mich eher, im Rauch zu verschwinden. Schall und Rauch, wie so vieles. Dieser Ort ist bald nur noch Schall. Momentblitze in meinem Kopf. Gedankenfluten. Wie wird das alles hier aussehen, wenn es brachliegt? Wo werden wir alle sein? Ich denke an Victor und Jan. Sie werden mich nach der Schicht abholen. Ob dann schon alles im Nebel verschwindet?

DIESER ORT IST BALD NUR NOCH SCHALL

Während meine Kolleginn immer noch dabei ist, die Lampen oder was auch immer zu besorgen, vergeht die erste Stunde wie im Flug. Ich komme nicht mal dazu, eine Zigarette zu rauchen. Langsam vermute ich, dass meine Co-Barfrau sich ein bisschen treiben lässt. Recht hat sie. Oft können wir das ja nicht mehr.

Trotzdem – irgendwie wird meine Laune nicht besser. Ich stehe hier. Alles ist bunt. Alle vergessen, feiern, lachen, lassen los und ich bin einfach nur steif. Frozen. So wie beim Frisbee. Genauso fühle ich mich. Als ob mir – kaum will ich mich bewegen – eine innere Stimme »Freeze« zuruft.

Mein Rücken beginnt zu schmerzen, jetzt schon. Der Sommer hat mich ausgelaugt. Die Geschichte von Jan lastet schwer auf meinem Herzen. Ich bin froh, wenn ich die Schicht überstehe. An Show ist nicht zu denken … zumindest bei mir nicht. Als sie endlich mit den Utensilien zurückkommt, bin ich froh, dass ich mich noch aufrecht halten kann. Nur kann ich mich an nichts mehr festhalten. Am liebsten würde ich jetzt gehen. Eine Zigarette nach der anderen rauchen. Mich an Marlboro Lights festhalten oder roten Gauloises.

Meine Arbeitskollegin hat jetzt auch noch eine Freundin mitgebracht. Und die turnt jetzt auch noch hinter der Bar rum. Die eigentlich fast schon für eine Barfrau zu klein ist. Zudem ist sie auch noch total betrunken, total anstrengend. Ich will weg. Aber das ist utopisch, noch ganze acht Stunden liegen vor mir. Während die beiden rumturnen und Lampen aufhängen, versuche ich dazwischen irgendwie, Drinks zu verkaufen.

Ich will fliehen. Vor der Schönheit und Losgelassenheit des ganzen Treibens hier. Wenn man kein Teil davon ist, ist es mehr als bitter. Wenigstens gönne ich mir jetzt endlich mal eine Pause. Ich gehe nach hinten, steige durch das Loch im Zaun, gehe weiter, bis ich am Ziehwagen ankomme. Wahnsinn: Dort werden fleißig Bahnen gehackt und gezogen. Fingerkuppen gekaut. Ein ganzes Spektrum an Gesichtskino breitet sich vor mir aus. Wahnsinn! Durch jedes Nasenloch eine Line. Den Rest mit einem Schmatzer von der Karte lecken und quietschend über die vordere Zahnreihe verteilen. Dass ist das, was ich neben mir, vor mir, hinter mir wahrnehme.

ICH WILL FLIEHEN. VOR DER SCHÖNHEIT

Ich will hier einfach mal nur in Ruhe sitzen! Und eigentlich auch mal in Ruhe eine Line nehmen. Gegen meine Rückenschmerzen. So mal offiziell. Oder auch aus purer Verzweiflung.

Ganz hinten entdecke ich Jan. Er hat es also durchgezogen, im wahrsten Sinne des Wortes, und ist nicht nach Hause gegangen. Unsere Blicke treffen sich. Ich dränge mich zu ihm durch. Er steht auf. Fühlt sich eiskalt an, aber seine Augen sind hellwach. Er küsst mich, sanft, seine Zunge verschlingt sich in meiner oder meine sich in seiner.

Je nachdem wie intensiv man küsst, bewegen sich an die vierunddreißig Gesichtsmuskeln. Wie viele sich nach exzessivem Drogenkonsum bewegen, ist aber nicht erforscht. Soweit ich weiß.

Alle blicken auf und dann wieder weg. Mein Bauch kribbelt. Ich setzte mich neben ihn. Wir reden nicht darüber. Warum auch?

»Wie geht es dir?«, frage ich.

Er lächelt. Ich glaube, wenn man wirklich weiß, dass die Zeit abläuft, wenn man im Kopf den Sand durch die Uhr laufen sieht, dann zählt nur der Moment. Was auch sonst. Vielleicht ist man aufmerksamer, rücksichtsvoller, gelassener. Jede Entscheidung ist nur für den Moment richtig, und nur damit können wir sie später verteidigen oder annehmen. Sie nicht bereuen. Aber jede Entscheidung hat ihre Konsequenzen. Das weiß auch Jan. Klar in seiner Verzweiflung.

WIR REDEN NICHT DARÜBER. WARUM AUCH?

»Die haben meinen letzten Gig hier einfach so mal abgesagt. Kannst du dir das vorstellen?«

Mhmh.

»Niemand sagt mir, warum. Außer das Übliche. ›Zu viele, die spielen wollen‹, dieses Mal verplant oder so was.«

Oder einfach nicht sexy. Er ist blass, müde und ohne Kraft, andere mitzureißen. Keine Ausstrahlung mehr, um Groupies vor das DJ-Pult zu bewegen. Keine Anziehung mehr. Nichts mehr. Ich ziehe meine Line. Gebe die Hälfte an ihn ab. Wir halten uns im Arm, eine kleine Ewigkeit.

Es ist so, als würde die Welt stehen bleiben. Nein, sie steht. Zumindest für uns. Für Jan wird sie bald auch ganz stehen bleiben. Mit diesem Wissen brauchen wir komischerweise gar keine Worte mehr, um uns zu verstehen. All unsere Bewegungen verlaufen fast synchron. So wie unsere Handlungen, als ob alles schon gesagt wäre. Was Bullshit ist. Es gibt noch so viel, so, so, so viel.

Tränen schießen in meine Augen. Er bemerkt es. Schiebt mich weg. Das war nicht der Deal. Ich versuche mich zusammenzureißen. Mich an die Abmachung zu halten. Wackelig stehe ich auf. Drücke seine Hand.

»Ich gehe zurück zu meiner Bar, zu meiner Schicht. Du weißt, wo du mich findest«, flüstere ich noch.

Kaum merklich dreht er sich dem Typen zu, der neben ihm sitzt. Vertieft sich wieder in sein Gespräch. Ich stütze mich, soweit es geht, ab. An Stühlen und Wänden, taste mich an ihnen entlang nach draußen. Luft. Zumindest zum Atmen. Der Weltuntergang steht doch bevor. Zumindest der von dieser Welt. Alles hat sich umgekehrt. Die Welt da draußen wird weiter bestehen, die hier dem Erdboden gleich gemacht.

»Hei, beeil dich. Hier ist die Hölle los«, schreit mir meine zweite Barfrau entgegen, als ich zurückkomme.

Ich denke mir, dass ich gerade schon aus der Hölle komme. Na gut, dann halt in die nächste Hölle.

NA GUT, DANN HALT IN DIE NÄCHSTE HÖLLE

»Ein Bier, bitte.«

Wie ferngesteuert hole ich es aus dem Kühlschrank. Öffne es. Stelle es auf die Theke.

»Drei Euro, bitte.«

Back to normal. Zumindest so tun. Das Koks macht meine Hände zittrig. Jan mein Herz.

Das Motto der Veranstaltung, der letzten Party ist: »Der Letzte macht das Licht aus.« Immer wieder hallt dieser Satz in meinem Kopf. Eine Endlosschleife. Vom gestreckten Koks niedergestreckt, und der Rest läuft noch schön den Rachen runter. Genauso fühle ich mich.

Ist das Stillstand, wenn man den Wunsch hat, dass alles beim Alten bleibt? Man muss was verändern. Erzählen einem das nicht die Leute, die gehen? Steve Jobs sagte noch, dass man jeden Tag so leben sollte, als ob es der letzte sei. Bei all seinem Erfolg hat er ewig gebraucht, um das einzusehen. Nicht, dass er mit diesem Satz der Erste wäre. Aber trotzdem: die hier, wir hier in Berlin, wir wissen das längst. Und tun es auch.

Ich lasse kurz meinen Blick über den Thekenrand schweifen. Es ist so was von voll. Tanzende, feiernde Menschen. Bunt verkleidet, ohne einen Gedanken an morgen zu verschwenden.

Das ist das, was ich sehe. Was ich fühle.

COUNTDOWN, NUMMER 2

Zum Glück kann hier niemand umfallen, denn es ist zu voll. Und würde jemand fallen, dann wäre er weich gebettet. Er würde auf Konfetti fallen. Hart auf den Boden zu fallen gehört zur realen Welt und nicht hierher in die Bar.

Abenteuerlich in der Abstumpfung ist das hier. Neben Lawinen an Gefühlen. Ich befinde mich mehr und mehr, mehr als ich dachte, dass es möglich sei, in der absoluten Ambivalenz. Kein Oben, kein Unten mehr. Ich habe genug. Einfach abschießen. Man muss sich abschießen, um ein Stern zu sein.

Wie eine Supernova: Leuchtend, aber alleine. Im Weltall. Bewundert von allen auf der Erde.

MAN MUSS SICH ABSCHIESSEN, UM EIN STERN ZU SEIN

Jetzt sehe ich auch Victor. Wir sind also komplett. Ich hinter der Bar, Jan im Ziehwagen und Victor mitten im Geschehen. Zumindest sind wir alle da. Victor sieht ungewohnt gestresst, gehetzt aus. Ungünstigerweise hat sich sein Besuch aus Japan einen Trip eingeschmissen. Und es scheint ganz so, als ob dieser Japaner nicht nur weniger Alkohol verträgt, sondern auch wesentlich weniger von allem anderen als branchenübliche Feierleute. Auf jeden Fall liegt Victors Besuch seit Stunden mitten im Partygeschehen herum und lacht und heult abwechselnd.

Am Ende hat jemand die Rettung gerufen. Wahrscheinlich auch wegen Erregung öffentlichen Ärgernisses, die letzte Stunde hat er nackt vor dem Club masturbiert. Auf jeden Fall wird sein Krankenhausaufenthalt auf drei Tage festgelegt.

Ich frage mich hinterher, wie er das seiner Frau und dem Kind erklären will, die natürlich nach Europa mitgekommen sind und während des ganzen Dramas wahrscheinlich müde vom ganzen Fotografieren all day in irgendeinem Hotelzimmer seligst geschlafen haben.

Andererseits – die Leute sind jetzt egal, jetzt trinkt das Personal. Denn meine Co-Barfrau hält mir einen Wodka hin. »Sei doch mal im Hier und Jetzt.« Und Prost.

Ich wäre froh, wenn mir mal jemand dieses Hier und Jetzt genauer definieren würde.

Egal.

COUNTDOWN, NUMMER 1

Eingefroren in Drogen. Der Verfall beginnt. Jetzt. Das ist mein Hier und Jetzt. »Du musst dich abschießen, um ein Stern zu sein.«

Ist man hier eigentlich am Rande der Zivilisation oder mittendrin? All die DJs, die hier für lau spielen, weil der Ort etwas Mystisches hat. All die Jahre. Die alles übertrumpft haben, was man sich an Realitätsflucht so vorstellen kann.

Jan kommt langsam aus dem Wagen heraus. Ich kann es spüren. Victor löst sich von den Menschen, die ihn umgeben. Es ist so weit. Es fällt niemandem auf, dass irgendeine Barfrau fehlt. Wir gehen schweigend zu dritt nach hinten. Zum Wasser. Aber dorthin, wo sich nicht die Massen tummeln. Genau dort, wo wir sicher sind, dass wir alleine sind. Ich wünschte, ich könnte zurückspulen wie bei der guten, alten Videokassette.

Wir setzen uns hin. Der Mond leuchtet. Das finale Feuerwerk hat noch nicht begonnen. Darauf warten wir auch nicht.

Jan nimmt die Flasche mit GHB raus. Wir schweigen. Er nimmt keine Spritze, um es zu dosieren. Sondern öffnet den Verschluss der Flasche. Sie ist braun und hat einen roten Deckel. Erinnert an ein Apothekenprodukt. Erinnerungen an meine Kindheit. In der der Apotheker noch selbst Medizin abgefüllt hat.

Victor zieht eine Flasche mit dickflüssigem Bio-Birnennektar heraus. Jeder von uns nimmt einen Schluck von dem Saft.

Dann kippt Jan den Inhalt seiner Flasche in den Saft hinein. Rüttelt und schüttelt das Gefäß. 0,75 Liter bis zum Ende. Sie stehen vor uns am Boden. Jan öffnet vorsichtig den Verschluss.

Wir alle schauen uns den Himmel an. Nur wenige Sterne sind zu sehen.

Ich bilde mir ein, den hellsten davon zu erkennen. Den Polarstern. Der Polarstern ist der hellste Stern im Sternbild Kleiner Bär. Jan war eher mein großer Bär. Mein Rückhalt, meine Gewissheit, mein Fixpunkt in der Schnelllebigkeit. Durch den Polarstern kann man die geografische Nordrichtung bestimmen. Er gibt Orientierung.

Norden bedeutet Kälte.

Jeder Schluck macht Jan kälter. Bringt ihn näher zu den Sternen. Wir schweigen. Ich schlucke. Darf nichts sagen. Es ist abgemacht, es ist angerichtet.

ES IST ABGEMACHT, ES IST ANGERICHTET

Jan kippt zurück. Erlischt. Einfach so.

Victor zieht mich an meinen Händen nach oben. Ich lasse sie fallen. Halte lieber Jans Hände fest.

Es erscheint mir qualvoll, nicht leicht. Weder eine Leichtigkeit des Seins noch eine Leichtigkeit des Nicht-Seins ist spürbar.

Tränen am Ende, nach einer zerplatzten Seifenblase. Sie haben ganz schön gekämpft für ihre Welt und ihre Träume und mussten trotzdem klein beigeben. All die Regeln der Welt da draußen, die hier nicht galten, und das hatten sie sich ganz groß auf die Fahne geschrieben, haben diese Märchenwelt zerplatzen lassen wie eine Seifenblase. Biung. Weil der Bretterzaun nicht stark genug war, sie abzuhalten.

NUMMER 0

Wir lassen Jan liegen. Beim Sterben sind wir alle allein. Wir weigern uns zu akzeptieren, dass der Tod die ultimative Provokation unserer Gesellschaft ist. Nein. Wir zählen ihn dazu. Zerstören uns ja seit Jahren selbst.

Wir kämpfen uns auf die Tanzfläche vor. Machen das, was wir wollten. Tanzen ohne Morgen.

Irgendwann, keine Ahnung wie viel Zeit vergangen ist, wird die Musik ausgeschaltet. Gleichzeitig werden in einer anderen Welt die Geräte abgeschaltet, an die Jan angeschlossen war, nachdem ihn wohl doch jemand gefunden hatte. Ihn doch jemand in einen Krankenwagen geschoben hat. Ihn doch jemand zum Sterben rausgebracht hat – wohin er nicht wollte. Der letzte Beat endet mit dem letzten Piepen einer Maschine, an die er angeschlossen war.

Nur – niemand hat es bemerkt.

Victor meint, er gehe jetzt weiter. Vielleicht einfach in den Club schräg gegenüber. Da soll noch was los sein.

Ich gehe nach Hause. Wo immer das auch sein mag.

Du wirst mich niemals weinen hören.

Die
P
a
r
t
y
IST vorBEI.
Over and out.

MIX
Papier aus verantwortungsvollen Quellen
FSC® C006701

1. Auflage 2013

Umschlaggestaltung: Meiré und Meiré, Köln;
unter Verwendung des Fotos »Soap Bubble Nebula, PN G75.5+1.7«,
© T. A. Rector/University of Alaska Anchorage,
H. Schweiker/WIYN and NOAO/AURA/NSF
Satz: Greiner & Reichel, Köln
Herstellung: Katrin Jacobsen, Berlin
Druck und Bindung: CPI – Ebner & Spiegel, Ulm
ISBN 978-3-8493-0039-5

www.metrolit.de